ALLEGORIC CRITICISM

On Contemporary Chinese Literature and Cultural Study

寓言论批评

当代中国文学与文化研究论纲

周志强 著

图书在版编目(CIP)数据

寓言论批评：当代中国文学与文化研究论纲/周志强著.—北京：北京大学出版社，2020.1

ISBN 978-7-301-30502-7

Ⅰ.①寓…　Ⅱ.①周…　Ⅲ.①文艺评论－研究－中国　Ⅳ.①I206

中国版本图书馆CIP数据核字(2019)第091502号

书　　名　寓言论批评——当代中国文学与文化研究论纲
　　　　　YUYANLUN PIPING——DANGDAI ZHONGGUO WENXUE YU WENHUA YANJIU LUNGANG

著作责任者　周志强　著

责任编辑　闵艳芸

标准书号　ISBN 978-7-301-30502-7

出版发行　北京大学出版社

地　　址　北京市海淀区成府路205号　100871

网　　址　http://www.pup.cn　　新浪微博：@北京大学出版社

电子信箱　minyanyun@163.com

电　　话　邮购部010-62752015　发行部010-62750672
　　　　　编辑部010-62752824

印 刷 者　北京中科印刷有限公司

经 销 者　新华书店
　　　　　650毫米×980毫米　16开本　19.25印张　270千字
　　　　　2020年1月第1版　2020年1月第1次印刷

定　　价　58.00元

未经许可，不得以任何方式复制或抄袭本书之部分或全部内容。

版权所有，侵权必究

举报电话：010-62752024　电子信箱：fd@pup.pku.edu.cn

图书如有印装质量问题，请与出版部联系，电话：010-62756370

目　　录

精神的寓言：“嘻剧”

认知的寓言：“声音拜物教”

情感的寓言：“青春恋物癖”

事件的寓言：“疯狂理性”

“寓言现实主义”：重新思考“生活”与“真实”

导论：如何构建“寓言论批评”？

为了让读者可以快速而简略地理解我的这本书，我尝试以导论的形式总括这本书中一些基本的思想，以及我所提出的“寓言论批评”的核心逻辑——也可以把这一部分看作是带有“文摘”性质的全书的“简写”。

“构建一种批评”，这个说法其实有点“说大话”：一种真正有价值和有效的批评方式，岂是十几篇文章和一个人读了几本书就能完成的？反映论批评历经千年风雨，作为一种批评方式至今不是仍在探索和发展吗？一个后学小子，就胆大妄为地提倡一种“批评方式”，当然是不自量力的。

所以，我在这里讲“寓言论批评”，更多地是想探讨一种“设想”，通过对自己批评写作和批评研究的思考，来总结一点点琐碎的经验，尝试用这点经验来反思中国文化和艺术批评中出现的一些问题，并且探讨如何解决这些问题。

我想通过对自己的一点学习和思考的描述，尝试赋予“文化批评”新的品格。简单说，半个世纪以来，中国的文艺批评经历了大致这样一个过程：社会学批评（也包括庸俗社会学批评）、主体论批评（或者叫作经验论批评）和审美批评（也包括形式论批评），今天，则应该是“文化批评”。

这里包含了两个意思：

1. 不同阶段的文艺学研究有不同的关注焦点，今天的焦点则是文化批评，或者说，文化批评也可以是文艺批评的一种“思潮”。

2. 此前的社会学批评、主体论批评、审美批评都是传统意义上的“文学批评”和“文艺批评”，而“文化批评”则存在“替代”文艺批评的可能性。不妨说，作为文艺批评之具体方法的文化批评和作为一种批判范式的文化批评，在外延上有不同的规定：

前者作为一种文学艺术的批评方法，是借用文化研究的方法来进行文学艺术研究；后者作为一种新的批评构想或范式，则是与文化研究对等的概念。

用一个图来表示一下：

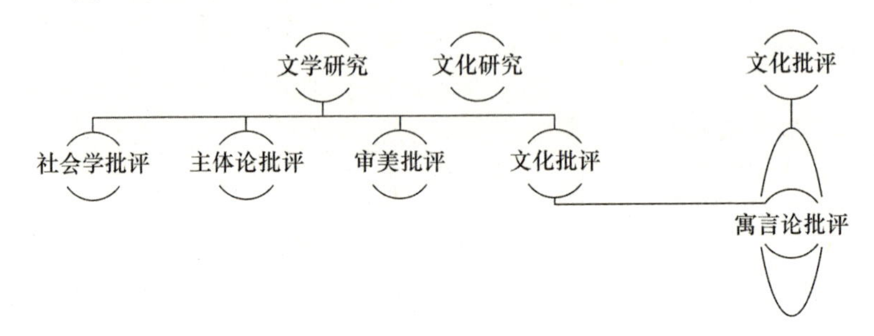

这就表明了我的两个观点：

1. 在文化领域，文学艺术批评正在借用文化研究的资源，走向一种文化批评，即使反对这一趋势的人也不得不承认，文学研究至少应该重视文化批评的方法；

2. 作为观察社会现实的知识范式，“文化批评”秉承批判理论的传统，与“文化研究”平起平坐，两者之间相互维系，也各自独立。

按照这样的设想，“文化批评”致力于对社会与文化的议题的研究，其主旨与文化研究是相同的：尝试对现代社会进行改造。这种改造的工程，所依据的当然是马克思主义的主张，也就是建构一个更加美好的未来，推动社会合理和良性地发展。相对来说，文化研究更多地致力于社会文化的改造，包括工农教育、青年文化的再造和对遏制主义的文化对抗等等；而文化批评则延续了现代社会由主流文化控制的观念，致力于对流行在大众中的各种错误观念的辨析、认知错觉的分解和话语伪装的揭示等等。来自英国传统的文化研究和更多地秉承德国理论的文化批评，虽有异曲同工之妙，却又各行其道。在中国，用审美拯救社会的思路一直延续。文学研究力求从社会学的单一政治批判范式中解脱，解放人的主体性，重建人的情感尊严和价值理想，与文化研究、文化批评有着共同的追求。也因此，文学研究、文化研究和文化批评可以多元并置，相互沟通，共同营造当前中国学术政治的基本图谱。

当然，这个设想其实是很理想主义的。因为在实际的状况里，文学研究、文化研究和文化批评都各自具有不同的学术政治诉求。比如，文学研究的学者愿意更多地强调其研究的文学意义，突出文学本身的价值，而不愿意把文学研究和社会分析联系在一起，从而形成一种学院派的研究格局；文化研究的学者也会因为各式各样的原因，强调自身的社会教育行动的影响力远远大于学院教育，出现了人在学院心在乡间的局面；而文化批评的学者则总是过度夸大观念改造的意义，并且相信依存大众媒介的占领行动就可以改造大众，最终，大众的改造只不过是知识分子的自我改造。

但是，无论从哪个角度来说，当前文艺学（也许文化研究更多是跨学科的）的三种形态，都呈现出一种“现实阐释的焦虑”。对于坚守利维斯主义的文学研究阵地的学者来说，或者悬置现实问题，甚至放弃学术和现实之关联的思考；或者一面埋头治学一面另起炉灶骂骂社会……这些都可以看作是面对现实问题的失语性焦虑的后遗症；而诸多文化研究的行动者，更愿意凸显“现实急迫性问题”的关注意义，齐泽克批评的那种“没有时间反思，我们必须马上行动”的境况，正是用急迫性的问题压抑现实阐释和反思的意义；而文化批评所倡导的“文化”似乎仅指构造现实的符号事件，爆炸性的新闻、热播的节目和正在流行的口头禅等等，缺乏对现实问题的总体性阐释的形而上学特性构成其致命的缺陷。

所以，我设想提出“寓言论批评”，一方面想要给文学的社会学批评提供一个新的思考途径，来解决审美批评或者说形式主义批评对现实的隔绝问题；另一方面，也想给文化批评一个新的意义，通过重构总体性，“恢复”文化批评的“批判”传统——尽管在西文中，“批评”与“批判”本来就是一个概念。

那么，我所主张的这种批评是如何构建的呢？

“黑格尔主义”与“多元主义”

大约是2013年吧？在上海大学王晓明教授主持的一次学术会议上，南京大学的胡大平教授听完我的主题发言后评价说，没想到周志强还是一个黑格尔主义者！

在经历了“后现代热”之反本质主义之后，评价我是黑格尔主义者，好朋友的话自然有善意嘲笑的意味，却也无意中说出了我对于文化批评的基本主张：文化批评不能仅仅是一时兴起的嬉笑怒骂，而应该建立在对于现代社会的总体性阐释的基础之上。

事实上，“多元主义”已经成为目前人们认识社会理解生活的基本共识。“现实”不过是不同的价值观念和不同的理解方式“建构”起来的东西，不存在一种历史或者生活的“本真”状况。所以，“多元主义”通过鼓励理论的多生态发展，暗中把“历史真理”这个命题取消掉了。多元主义肯定有很多思想上的源流。在中国，市场逻辑成为第一生存逻辑的时候，“黑猫白猫”的知性分辨就失去了意义，而“逮着老鼠”的实用主义法则自然占据人们的头脑意识。于是，所谓“多元主义”，归根结底可以导源于“以效用取代认知”的市场逻辑——条条大路通罗马，万千河流能赚钱。所以，表面上肯定不同人具有不同的价值，任何人的价值都不能用其他人的价值来压抑或者取代，但实际上，多元主义鼓励了这样的政治无意识：没有任何东西是值得珍视的，除了能带来好处的东西；任何能带来好处的东西，都是有价值的东西。

“现实”确实是“敞开”的。即什么样的行动，就可以导致什么样的“现实”，什么样的理论也会创生什么样的“现实”。这个世界上并没有一个“终极的现实”，譬如理念或者本质什么的；但是，这丝毫也不能妨碍我们把构建更好的现实而不是更有用的生活作为一种历史哲学的根本性主张。事实上，“多元主义”所否定的就是现代社会中人的自身处境的根本性矛盾或者困境的存在：任何现实都是被建构的，所以，任何困境都是一种偶然性的个人遭遇，不存在特定时期的根本性矛盾，也就不存在可以代表或呈现特定时代之根本性危机的困境。

在这样的意义上说，“黑格尔主义”正是对这种相对主义以及多元主义的拒绝。因为沿着多元主义的线索，我们看到的是一种对当前资本社会进行合理性辩护的诉求；而黑格尔主义首先承认一个时期有一个时期的总体或者说整体的“精神”，也就蕴涵了在纷繁复杂的今天仍旧执着追问资本社会的结构性矛盾的可能性。

我个人并没有对黑格尔的哲学做深入的研究，甚至没有认真地研究他的思想体系。我当然不认为黑格尔主义就等于黑格尔。但是，黑格尔的理念论却预设了黑格尔主义的基本问题框架。20世纪90年代初，我本科毕业后到山东省滨州师范专科学校工作（现在改名为滨州学院），因为一位同事郭德强老师的指引，我开始阅读山东大学周来祥教授的著作。他提出了人类美学发展的三个时期：朴素的和谐、崇高的丑和辩证的和谐。这是我平生第一次用这样一种整体性的眼光打量我所感兴趣的美学和艺术的发展。后来由于特殊的机缘，我见到了周来祥教授。他告诉我看书不要太杂，他说他一辈子总是在阅读《资本论》和四卷本的《美学》，受益匪浅。这番话鼓励了我，我用了四五年的时间，把精力放在黑格尔的美学和马克思的资本研究中。也因此上蹿下跳地阅读了一点康德和王国维。这个时候的我，幻想着建立一个类似周来祥教授所建构的那种对于历史精神的总体把握的理论体系。这个冲动直到1997年才被我的导师王一川先生否定。

在一川师开设的“文艺美学专题”课上，讨论希腊精神的时候，我用周来祥教授的和谐论思想阐述了古希腊美学的静穆与崇高。一川师反问我：“在你看来，是古希腊时代本身和谐，还是你认为古希腊时代和谐？”这使我大吃一惊：难道这是问题吗？不正是因为古希腊时代是和谐的，我才会这么认为的吗？

之后一川师专门找到我，提醒我要换换脑筋换换书。按照导师的要求，我用了四五年的时间去阅读阿多诺、本雅明、马尔库塞、阿尔都塞、杰姆逊和伊格尔顿。这是一张生动有趣的书单。无论称之为西方马克思主义还是新马克思主义，这些学者的思想带给我的震撼都是空前的，总结如下：

1. 现代社会是与此前的传统社会完全不同的社会，其社会经验和生活样式都由现代社会赋予；

2. 现代社会的核心方式乃是资本主义——当然是历史的偶然造就了欧洲资本主义的全球流行，但是，这种流行已经成为几百年的事实；

3. 资本主义的根本性危机从来没有消失过，却反复生产着已经消失了的幻觉；

4. 作为“主体的自我”，乃是建立在社会的预设位置上的，不是“我”成为“我”，而是对于“我”的幻觉造就了“我”；

5. 历史乃是一个“History”，是“他的故事”，我们没有办法接触到历史，只能通过讲述历史而“创生”历史——这意味着，我们通过对历史的认知才能发现历史；

6. 后现代主义时期，符号的狂欢和仿真的现实，让“现实”变得不重要，重要的是操控现实的符号生产；

在这个时期，我也就自然空前地怀疑本质主义，而相信多元主义乃是未来时代的主流。尤其是杰姆逊对我的影响巨大。他一方面坚守他所说的马克思主义的“始终历史化”，另一方面，也在大力鼓吹后现代主义的历史平面化；一方面提出历史是由文本的互文性溪流构成，另一方面，却又不忘记提醒，作为单个的人来说，并没有随便想象历史的权利。这样，杰姆逊似乎摇摆在两种看起来截然对立的社会观念之中：“现实”或“历史”只不过是特定叙事的后果，不同的叙事，出现不同的现实和历史；在终极的意义上，“现实”依旧魅影重重，掌控大局。

于是，我开始了最早对于大众文化的关注。因为杰姆逊的影响，我对大众文化抱持了一种“理解＋阐释”的态度。这有点像是杰姆逊在《后现代主义与文化理论》这本名著中所宣称的那样：我是一个后现代文化的评论者。“评论”这种态度激励了我。事实上，杰姆逊接受了葛兰西转向之后的大众文化观，结构主义的思想深深影响了他。按照这样的想法，现代社会是一个由马克思所讲的“生产方式”作为核心编码(The master code)所主导的系统，这个系统内部的每个要素都具有各自的位置和功能。于是，杰姆逊的思想帮助我在接受了后现代主义的理论视野之后，依旧愿意用宏大叙事的方式解读我们所处的时代。在我看来，大众文化内部存在各式各样的编码，分解这些编码，重构一个时代的精神地图，便成为大众文化批评的题中之意。

但是，杰姆逊的理论也最终令我迷失：既然一切都是平面化的编码，那么，我们所遭遇的具体的困境便显得轻飘飘了。杰姆逊让我们看到了这个世界的抽象的痛苦，却无法显示马克思在《论犹太人问题》中所强调的那种“感性的、单个的、直接存在的”人的痛苦[①]。在这个时刻，黑格尔主义用它的反面的形式激发了我对文化批评的理解：文化批评就是通过重组文化编码的方式，激活大众文化的积极因素；人的解放，在后现代时期就是符号的解放本身。

所以，在这个时期，大约1997—2005年，对于大众文化，尤其是各种新兴的媒介文化——互联网、数字电视、MP3等等，我都采取了积极认可的态度。事实上，我的文化批评之路，最早乃是开始于“文化评论”。后现代主义去政治化的理论景观开始让我迷醉。我感兴趣于后现代主义所鼓吹的戏仿、改写或者挪用等说法，乃至于坚持只研究和讨论问题本身，不对问题做出任何判断；而新媒介与建立在新媒介基础上的新生活更成为我关注的课题。那个时候我相信，人类已经告别了革命的时代，进入到一个多元价值并存、自由话语争锋的年代，这个世界似乎已经终止于现有的历史模式了。

事实上，这段时间的经验也让我意识到，黑格尔主义与多元主义极有可能并生共存而相互提供支持。黑格尔主义对于抽象的整体性的叙述，因为不能落到现实社会政治经济的实处，而很

---

① 《马克思恩格斯文集》第1卷，北京：人民出版社2009年，第46页。

容易落入后现代主义的理论迷宫,并沉溺其间。杰姆逊所说的那种"始终历史化",无形中变成了"总在历史化",即"历史永在成为历史的途中",这也就事实上"取消了历史":杰姆逊借用拉康的理论把"现实"书写为一个神秘而抽象的"The Real"的时候,也就等于不再承认现时代还有真实。

提出"傻乐主义"

2005年之前,我一直无意识地信奉"符号的变革会带来世界的变革"。我在《文艺研究》发表的关于"私人媒介"带来文化变革或者时代革命的主张,乃是这一时期这种信念的成果(尽管文章发表于2007年)。然而这个信念很快就被动摇——与一川师在中国现代文学馆的草坪上散步,他忽然很严肃地跟我提到了"技术决定论",并警告我小心不要陷入其中;中国人民大学的曾艳兵教授是我多年的老友,他曾经感兴趣后现代的种种议题,却最终完成了对后现代主义的学术批判。在一次酒后,他很认真地跟我说:"后现代提出的问题是后现代主义解决不了的。"这句话其实令我很震撼,因为在此之前我一直认为我们真的到了只需要提出问题就等于解决问题的时候了。

2005年,我开始了南开大学文学院的教学生涯。因为课程设置的原因,也因为李瑞山教授的激励,我决心系统研究大众文化理论,并考察文化研究的内涵。借此,我开始重读马克思主义,把主要精力放在了法兰克福学派的批判理论上。娱乐文化的繁荣与房地产迅速发展造就的社会阶层分化,构成了新思考的背景。我尝试重新阐释马克思主义的文化批判问题,尝试把文化的问题与社会政治经济的问题联系在一起进行研究。我认为,只有从社会经济和政治角度观察社会文化和生活的发展,才可能真正构建现代生活本身。

也是在此时,我完成了《大众文化理论与批评》一书的撰写。在写作这本书的过程中,我重读了马克思的一些经典文献,尤其是重读了《神圣家族》《德意志意识形态》和《共产党宣言》。我开始慢慢接受与此前北师大的老师们所倡导的“文化诗学”有所不同的文学和艺术研究思路。在我看来，我们今天要解决的核心问题不是文学和文化产品的意义是什么，而是其社会功能是什么。换言之，文学和文化的研究，其目的不应该限定于阐释（Interpretation）和评论（Review），更在于对其所在的社会位置和它所生产的政治无意识的后果进行定位和剖析。而一旦我从这样的角度入手，就立刻对中国的大众文化产生不满。我曾经这样描述这种不满给我的思考所带来的影响：“我越来越意识到，中国社会陷入新媒介社会，一方面可以进一步扩大普通人的话语权，强化他们文化表达的力量；另一方面，新型的媒介文化和娱乐文化也可以成为一种‘造梦’的推手，成为‘塑造’人们‘现实处境’认识的整体性图景。于是，我越来越怀疑这种大众文化所带来的符号的‘大解放’，怀疑它不仅不能带来现实层面的变革，反而会舒缓人们呼唤进步和发展的能量，造就生活繁华的假象，甚至让人们深深被娱乐、傻乐所围困，找不到进入现实处境的入口。于是，情感越多，真实的经验越少；符号越多，历史性的理解也就越少。”①

沿着这样的思路，几年前我还抱持的“大众文化释放大众诉求、带来社会变革”的观念瞬间崩塌。高高的房价、贫富的分化、社会治理的难题和日益自私冷漠的情感，都与电影电视里面那些浪漫美丽的童话世界相去甚远。一面是垂头丧气机械琐碎的生活，一面是装疯卖傻哈哈大笑的小品；学界还在讨论“日常生活的审美化”，我却感觉到日常生活已经被娱乐美学进行了有效的“情感围困”。恰逢天津师范大学的夏康达教授——一位耿直而内心纯粹的长者——一如既往地向我约稿，我就撰写了《从娱乐到傻乐》这篇论文，系统阐释了我对新世纪以来中国大众文化去政治化的傻乐主义生产逻辑的批判。

2009年，首都师范大学的陶东风教授主持召开青年学者论坛。陶老师显然不太认同我的观点，却依旧毫不客气地将我推

---

① 周志强：《我这样理解“文化批评”》，《艺术广角》2017年第1期。

上了全国青年论坛的大会主题发言席。这是我第一次以赵本山的小品为例，阐述新的思考背景下自己的文化批评作品；也是在当时大家都倾向于认同“草根文化”的民主性和解放性的时候对大众文化进行的整体性的批判。在这篇论文中，我第一次用“娱乐工程”这个概念阐述我对娱乐文化反智主义政治功能的批判。也是从这一刻开始，我真正从文化评论转向了文化批评。

对于我个人来说，这肯定是一个巨大的转变。首都师范大学的胡疆锋教授一直致力于青年亚文化的研究，对我对中国大众文化的激烈批判态度抱持了警惕。他觉得这个改变值得反思和批判。他认为，我从一个大众文化的鼓吹者变成了大众文化的批判者。我有时候为自己辩护，觉得这种变化不是我自己造成的，而是文化自身变化的后果[①]。而我跟疆锋最大的分歧，恐怕在于我们对大众文化尤其是亚文化的社会政治功能有不同的理解。在他的研究中，大众文化，尤其是亚文化，肯定不能被文化工业全权垄断，不能仅仅把它们看作是虚假个性和伪经验的意义载体，而是“大众”（尤其是有独立思考和阶级意识的青年）生命经验的表达，并蕴含了对权力话语的热情抵抗。我反对这一主张，因为这种表达和抵抗，无法摆脱大众文化的商品逻辑，甚至还可能是一种吸引年轻消费者进行文化消费的商业策略，并以这种抵抗者的姿态幻觉掩盖真实社会危机。然而，尽管我们无法相互说服，却保持了坚定不移的“革命友谊”。

说到这个转向，就不能不向从 2009 年始就对我提携有加却又总是存在思想分歧的陶东风教授致敬。作为我的师长，我既以得到陶老师的认可为荣，也无意识地与陶老师的文化批评保持着“差异”——这是不是一种“影响的焦虑”呢？

然而，共识依旧大于分歧。我们至少都同意，当前我们的社会生活出现了很多值得关注的问题，而这些问题并不仅仅是导致这些问题本身的直接原因的直接后果，还是更加幽深的历史

---

① 相关观点可参见胡疆锋：《中国当代青年亚文化：表征与透视》，北京：中国电影出版社 2016 年。

困境的后果。简单说，我们在黑格尔主义的思路上达成了共识：存在支配性的矛盾；却在马克思主义的思路上发生了分歧：我认为资本社会的引擎出了问题，他认为这个引擎的动力没有被开发出来。

不妨打个不恰当的比方：一个孩子生病了，大部分人会反思医疗体制和父母的生育观念，而陶老师会更多地关注不良的医疗体制和生育观念依存于怎样的生活环境，我却更感兴趣“生病”这个事件之所以成为“事件”，乃是因为在一定时期内总是存在“医疗的阶级差距”问题——如果人人都能看得起病，其实“孩子生病”就仅仅是一个医疗故事而非社会故事了。所以，当陶老师批评网络文学等装神弄鬼没有呈现这个时代的“历史真实”的时候，我却固执地认为，这个时代到处在生产“伪经验”，其文体的政治内涵决定了它不会致力于历史真实的生产。事实上，正是陶老师的鞭策，让我不断反思自己，不让自己的文化批评流于空疏。

遭遇卢卡奇和本雅明

大约2012年左右，我决心在南开大学文学院给硕士生和博士生开设“批判理论”的课程。对卢卡奇的阅读似乎让我终于可以找到一种文化批评的理论起点，或者说立场。

之所以“选择”批判理论，是经过一番考虑的。

我不懂德文，肯定不能致力于批判理论的研究工作。同时，我也一直对“啃”一个或一派理论家没有耐心、能力和兴趣。少年时期形成的懒散无着的心态，似乎一直影响着我的一切。我从来不认为哪一个过去的——无论是西方的还是东方的思想家，可以发明出适合今日中国之问题框架所需要的理论思想。对于理论家的学习和研究，应该抱持一种“思想对话”的心态，而不是学究式的索隐式研究。

但是，我还是决心下功夫把我一直钟情的批判理论进行一番精细研究，其目的当然不在于回答“阿多诺的后期思想是什么”或者“哈贝马斯如何令法兰克福学派发生了思想方式的转型”，我更喜欢“重建”批判理论的“批判”议题。

在我看来，对于法兰克福学派的很多理论家来说，犹太人的身份构成了其理论的“解放冲动”。犹太人经济上的巨大成功与政治上的无权状态，无形中形成了法兰克福学派在文化政治方面的强烈诉求。在我想象中，或者犹太人真的是最具有无产阶级属性的族群：伟大的哲学能力与除非解放全人类否则就无法解放自身的处境，创生了批判理论的深刻意蕴——当然，我对犹太人的这种评价，与马克思对犹太人意识或者说犹太人精神的批判并不一致[①]。在批判理论发生的时候，以哲学的形式反思法西斯主义何以发生以及现代文化如何取消了人们对于强权的愤怒，成为他们关注的问题核心。事实上，批判理论用一种形而上的方式构建了“现代社会的批判哲学”，形成了对资本主义时代根本性问题和生活困境的总体性表达。

给我巨大震撼的乃是卢卡奇和本雅明。

当卢卡奇提出马克思主义并不是一种科学，这等于引导我们思考：“马克思主义的科学性不是自然科学意义上的科学性，而是一种认识和理解方式的科学性，其意义不仅仅在于它可以提供历史的阐释，更在于它提供了真实性地推动历史的变革模型。也就是说，马克思主义确立了斗争的、对立的，即矛盾地认识和改造历史的模式；这种模式的价值在于，它总是以一种辩证性的方式敞开被历史遮蔽的生活处境——至少在迄今为止的历史中，人类生活的基本秘密乃在于，社会中的一部分人总是被另一部分人压迫、剥削，而各种各样的历史哲学及其附属品都在掩盖这个秘密。”[②]

一方面是剥削制度的总体性存在，另一方面则是对这一事实进行自我辩护的合理化过程。人们已经没有能力脱离建立在

---

① 参见马克思撰写的《论犹太人问题》，《马克思恩格斯文集》第1卷，第21—55页。

② 周志强：《真实意识与批评的政治——从总体性到寓言》，《外国美学》2014年第1期。

资本主义合理化基础上的“理性”而想象和安排自己的生活。资本主义的文化把情感神圣化，使之抽离人的现实境遇；把思想抽象化，使之摆脱具体的政治语境；把道德普遍化，使之变成可以指责任何问题的武器。于是，卢卡奇所说的“物化”，归根到底乃是把现实和人的关系颠倒了过来，用人的内心的生活取代人的外在的生活。于是，当电影明星白百合因为被偷拍而表达自己心情不好的时候，网友跟帖说“心疼你白百合”，而另一则网友回复说：“你吃着方便面心疼一个身家过亿的人？还是先心疼你自己吧！”在这里，卢卡奇所致力于思考的阶级意识问题浮出水面：所谓阶级意识，也就是一种能够真实地意识到自己生活处境的真实意识，对于无产阶级来说，就是意识到“只有解放全人类才能解放自己”的那种意识。这样，在卢卡奇那里，“真实”不等于科学意义上的“事实”，“真实”乃是一种正确地意识现实社会真实处境的意识，也就是解放的意识。

正是在这里，卢卡奇为我所醉心的文化批评提供了基本的文体政治意涵：文化批评乃是一种“构建真实”的文体，作为社会行动，乃是重建解放意识的行动。这显然是建立在一种“总体性批判”的基础上的行动。如果没有这种总体性的意识，即首先意识到个人在一个大的时代里的真实处境，那么，我们就会被文化艺术作品中那些具体的、活生生的“生活”迷惑，就会因为留恋“生活的真实”而忘记“现实的真实”。就会遭遇到“有生活而无现实”（如《乡村爱情故事》）、“美生活而假现实”（如《欢乐颂》）的状况，甚至出现只懂生活细节真实而不懂历史真实的状况，就会否定“假生活而真现实”（如《赤脚医生万泉河》《涂自强的个人悲伤》《炸裂志》《望春风》等）。

然而只有总体性批判还是远远不够。还要解决如何实现这种总体批判的策略问题。我在2016年撰写了系列关于文化批评的社会学内涵的文章。在《唤起一种危机意识》和《我这样理解“文化批评”》两篇文章中，我都尝试强调将卢卡奇的物化理论与本雅明的“紧急状态”问题联系在一起进行思考。于是，所谓“物化”就是对“危机意识”的掩盖，而“危机”以其周期性和内在性常在，文化批评也就致力于将我们习以为常的日常生活与周而复始的内在的危机进行勾连，从而呈现出“紧急状态”。

所谓“紧急状态”，本雅明这样描述：

> 被压迫者的传统告诉我们，我们生活在其中的所谓“紧急状态”并非什么例外，而是一种常规。我们必须具有一个同这一观察相一致的历史概念。这样我们就会清楚地意识到，我们的任务是带来一种真正的紧急状态，从而改善我们在反法西斯斗争中的地位。①

我用自己的方式“改写”了本雅明和卢卡奇。

首先，我更愿意把本雅明的一生看作是一种“寓言”：“这是从一个人类巨大灾难走向另一个人类巨大灾难的过程。这个过程本身就构成了现代人类社会困境的基本寓言。换言之，从‘一战’到‘二战’，期间人类社会之发展进步、工业制造能力之辉煌成绩，以及丰富多彩的娱乐文化生产，都呈现出一个欣欣向荣的时代气象。可是，正是这个欣欣向荣的时代气象，却深藏着难以弥合的矛盾和危机。这正是本雅明之钢铁玻璃建筑的隐喻性背景：在富丽堂皇之中因为隐含着坍塌和废墟，玻璃建筑才如此富有魅力；反之，这种魅力又来自于随时坍塌的未来的可预期性，因此隐含着被拯救的内驱力。”②

在这里，本雅明所说的“紧急状态”，与马克思恩格斯对资本主义危机状况的描述有着紧密的联系。“繁荣”和“危机”的交替，生产过剩和停滞的反复交替，其实已经蕴含了“紧急状态”的内涵。当然，在我看来，“紧急状态”这个概念所蕴含的力量乃在于其对繁荣和进步神话所召唤起来的社会冲动进行了翻转性的批判。我曾经说过，本雅明更愿意强调，平静甚至勃勃生机，进步发展而奋发图强，这些现代资本主义社会所鼓吹的常见现象，却是内在地趋向于坍塌的“紧急状态”。本雅明的“紧急状态”就

---

① [德]瓦尔特·本雅明：《历史哲学论纲》，张旭东译，《文艺理论研究》1997年第4期。

② 周志强：《我这样理解“文化批评”》。

是寓言性地认识到的当下俗世本身，是我们所处的这个琳琅满目志得意满的时代[1]。

不妨说，“紧急状态”恰恰指向一种隐藏在繁花似锦的时代里面的日常危机。这是马克思早就发现了的危机：资本主义根深蒂固的矛盾，使之成为一种总是带着自我埋葬的未来趋势的状况。所以，透过伟岸的玻璃大厦，我们可以看到坍塌的危机；穿过不断发展进步的历史长廊，我们应该意识到面临断崖的窘困。换言之，现代社会就像是内部暗潮涌动而表面井井有条的风景，如何透过这乱花渐欲迷人眼的景观，看到紧急状态的危机，正是文化批评的使命。

寓言与名词帝

显然，本雅明的思想启发我们，可以在壁垒森严的、整饬的资本主义图景里面找到批判美学的入口和重新构建未来的向往。也正因如此，文化批评有理由趋向于救赎的渴望：即用文化的政治批评对抗资本主义世界。一方面，紧急状态置身于普通的生活之中，另一方面，任何普通的生活现象，尤其是文化现象，就立刻变成了紧急状态的不同形式。而这正是寓言论批评的现实基础。

换一个角度说，卢卡奇所说的物化的世界，构造创生了寓言批评的现实基础。现代社会是双重叙事的社会：一方面是伟大的创造，另一方面是伟大的破坏；于是，现代社会一方面存在马克思所说的那种剥削和压迫，另一方面则是用（商品）文化的形式为不存在这种压迫和剥削做辩护。拜物教的诞生，证明了这样一种现代社会文化与现实之间的“寓言性关系”：任何事物都不是表面看起来的那个样子，因为拜物教的文化在扭曲、改造和

① 参见周志强：《一种唤起危机意识的方式》，《社会科学报》2016年12月15日。

伪装现实[1]。

卢卡奇说：

> 笼罩在资本主义社会一切现象上的拜物教假象成功地掩盖了现实，而且被掩盖的不仅是现象的历史的，即过渡的、暂时的性质。这种掩盖之所以可能，是因为在资本主义社会中人的环境，尤其是经济范畴，以对象性形式直接地和必然地呈现在他的面前，对象性形式掩盖了它们是人和人之间的关系的范畴这一事实。它们表现为物和物之间的关系。[2]

现在，我们可以重新理解卢卡奇所说的“物化”：所谓“物化”，也可以看作是一种“去危机化”，或者说“去紧急状态趋势”。由此，卢卡奇提醒我们意识到，现代社会本身就在生产一种可耻的寓言：你不能从你自身的现实处境来理解你的生活，而需要引入生活之外的意义——美轮美奂的城市、浪漫迷人的爱情、温情脉脉的慈爱与无限宽容的宗教——来阐释自己的生活。

“寓言”乃是这样一种文本结构：其内部的意义需要借助外部的意义来“拯救”。整个资本主义文化的特点，乃是来自抽象空间里的神圣意义“拯救”琐碎无聊空白同质的真实生活。寓言的时代自然需要寓言的批评。

简单地说，面对寓言式的现代文化生产逻辑，我们需要构建一种“新型寓言”来代替这种“旧寓言”，即用马克思主义的乌托邦代替文化生产中的异托邦，用创造新的社会的勇气来代替温情浪漫的文化生产的妥协和虚弱；用召唤起来的危机意识来代替被装饰起来的文化奇观；总之，用来自解放意识的总体性寓言，代替源于压抑和遏制的诡辩寓言。

那么怎样构建这种关于危机意识的文化批评寓言呢？

---

① [美]大卫·哈维：《资本社会的 17 个矛盾》，许瑞宋译，北京：中信出版集团 2016 年，第 XXVII 页。

② [匈]捷尔吉·卢卡奇：《卢卡奇文选》，李鹏程编，北京：人民出版社 2008 年，第 15 页。

我的策略就是“概念”。

我的亦师亦友的同事王志耕教授鼓励我，不妨学习一下齐泽克，通过发明富有冲击力的概念形成理论的力量。他的提醒，让我重新反思了这几年我不断创造新概念的价值和意义：只有通过植根于一个时代的精神状况，创造富有冲击力的概念，才能把人们“带离”每个人所处的“安然自得”，才能摆脱“常识围困”，然后构造一个新的理解世界和未来的寓言。这不就是我的文化批评的特点吗？

简言之，只有“概念”，一种在到处是油盐酱醋茶的物质化生活里可以创造抽象的形而上冲动的东西，才能把我们习以为常的经验爆炸成可以重组的意义。

所以，寓言论批评，也可以看作是通过概念的爆发力将人们从具体的生活经验里拖拽出来的方式。每一次词语的发明，都是一次击碎同质化历史意识的过程，也是一次为当下的生活打开外部之门的行动。

我的博士生陈琰娇于是叫我“名词帝”。

这几年来，我发明了一系列的概念，也算是不辜负这个“名词帝”的称号吧。“傻乐主义”“声音政治”“伦理退化症”“怨恨社会”“都市新伦理”“私通机制”“新穷人困境”“青春恋物癖”“多语性失语症”“叙事阉割”“唯美主义的耳朵”“卑恋情结”“现代主义的现实主义”“嘻剧”“解放性压抑”“伪经验”“现代性跳转”“胀满情感的无情者”“声音拜物教”“听觉中心主义”……

在2014年的一篇文章中，我用“文化批评的政治想象力”来总结这种寓言论批评的品格和策略。即概念的创生，乃是建基于辩证意象的想象力、社会学的想象力和乌托邦的想象力的基础之上的文化行动。学术界也许需要稳定的术语来界定或限定自己的研究，而文化批评所面对的现代文化生产，却需要丰富多彩的新词语来赋予其另外的意义。我们并没有生活在无新意的文化经验中，于是，我们也需要新的概念来创造这个时代的“概念星丛”，为人们谋划新的认识的星空图谱。

用寓言的批评视野来看待世界，文化批评正在确立这样一种认识范式。我希望用这种范式来重新反思反映论与审美论的批评，并批评学科化的和学院派的批评的去政治化倾向。

所以，寓言论批评致力于重新拯救“潜伏”在我们日常生活经验里的解放意义，并通过这种拯救，重新唤起对于未来的希冀。我提出，文化批评要有政治想象力，这种想象力就是敢于相信更加美好的未来的乌托邦冲动的能力、一种借助于这种想象来辩证分析现实的认识能力，也就是能够在个人的处境中寓言性发现整个历史的秘密的能力。

简单说，文化批评作为一种寓言论批评，不是为了批评，而是为了召唤；不是为了理解和阐释这个时代，而是为了想象另一种未来；不是鼓励简单地付之于行动的反抗和抵制，而是鼓励历史性地思考我们结构性的生活困境。

将我们的生活变成历史处境的寓言，并召唤危机意识以抵制物化意识，重新确立马克思主义的批判议题，应该就是我所说的寓言论批评的核心。

文化批评何为？

第一章　文化批评的政治想象力

当我在百度上敲下“文化批评”这个词的时候，得到了1,350,000条结果；而 *cultural criticism* 则有3,370,000条结果；如果把时间限定在一年内，则得到1,060,000条结果[①]。这不仅说明了文化批评在中国的热度，也充分证明了这种热度在最近一段时间保持了上升的趋势。有趣的是，电视台也曾经推出“文化批评脱口秀”，甚至周立波的“海派清口”，也曾经被人们称之为“文化批评”，可见人们是如何乐见一种尖锐而犀利的对社会问题和艺术文化的批评。

学术界的情况如何呢？根据知网统计，以“文化批评”为主题词的研究文章，2011年为52篇，2012年为247篇，2013年则上升为299篇。2014年8月，已经达到了149篇。从这些数字可以看出，学术界对于文化批评的关注也在不断增加。

一方面，人们对“文化批评”寄予热望，认为“1990年代市场化、世俗化进程的加速发展，大众文化与消费主义的兴盛，成为文化研究与文化批评出现的最重要的文化背景”[②]，也就是将文化批评看作是当下中国社会转型的产物，从而，能批判和剖析这一社会内在的意义生产和制作逻辑，并凸显特定的中国经验；另一方面，又将文化批评的崛起，看作是中国知识与西方知识的合理结合，并充满信心地认为，文化批评是“针对传统文学研究方式所进行的修正和补充”[③]。

---

① http://www.baidu.com/s? q1=&q2=%CE%C4%BB%AF%C5%FA%C6%C0&q3=&q4=&rn=100&lm=360&ct=0&ft=&q5=&q6=&tn=baiduadv，搜索时间为2014年7月13日。

② 陶东风、徐盛蕊：《当代中国的文化批评》，北京：北京大学出版社2006年，第27页。

③ 王晓路：《文化批评：为何与何为》，《文艺理论研究》2011年第3期。

不妨说，在文化批评热的背后，凸显出国人对当下生活进行阐释的强烈欲望和内在焦虑。也许我可以说，中国的“文化批评”正处在一种狂热的时期，人们对于当下社会的不满，尤其是由于不知道如何归因而滋生的对于现状的焦虑不安，使得国人对“文化批评”寄予过高的期待。

这就涉及文化批评的社会功能问题。在现代社会的发展过程中，如果社会处在变动、转型、失范（Anomie）的时段，文化批评就会相对繁荣发展。就中国而言，文化批评这种文体的诞生和繁荣，本身就与近代中国的巨变紧密联系在一起。梁启超以恢弘的气势撰写了大量文化批评文章，所评论和分析的现象几乎囊括了晚清至民国时期社会政治、经济、心理和文化的各个方面；而五四运动前后，杂文随笔随着现代报刊媒介的崛起而大量出现，鲁迅的杂文作为特殊的文化批评文体，针砭时弊、嬉笑怒骂，让我们看到一个历史时代里面所蕴藏的复杂矛盾和冲突；而毛泽东在 20 世纪 20—30 年代撰写的政论文章，更是将中国社会的阶级对立图景呈现在读者面前；甚至十年“文革”时期，社会的动荡不安与各种奇形怪状的文化批评——也包括姚文元等人“创造”的大批判文体，向我们证明了混乱时期文化批评的畸形繁荣状况；而自从 20 世纪 90 年代以来“文化批评”作为独立的学术概念传入中国以后[①]，就极大地激发了人们通过文化批评的写作阐释中国、理解社会巨变和思考时代命题的热情。可以说，20 世纪 90 年代那场“人文精神大讨论”，就是文化批评的一次大爆发。

时至今日，随着中国社会的日益复杂化，中国问题的特殊内涵也渐渐浮出水面。文化批评的历史使命和特定的文体意义，

---

① 一般认为，“文化批评”（cultural criticism）这个概念是由雅克·巴曾（Jacques Barzun）在 1934 年说明的，大约由布莱克（Casey Nelson Blake）于 20 世纪 90 年代作为术语而使用。而在 20 世纪八九十年代现代主义思想和后殖民理论传入中国后，文化批评这个词也就频频出现，并逐渐形成影响。相关资料参见维基百科“Cultural Critic”（http://en.wikipedia.org/wiki/Cultural_critic）；王晓路：《西方马克思主义文化批评研究》，北京：北京大学出版社 2012 年。

也应该被重新阐述。在我看来，如何发挥文化批评的批判力，重新认识并凸显当前文化批评的政治内涵，已经成为文化批评不得不面对的命题。

政治斗争与文化批评

在我看来，对于“文化批评”的理解，尤其是对于中国文化批评的理解，不能仅仅从这种文体的学术传承和理论谱系角度来完成，还应该将这种文体的意义与当下中国社会的基本矛盾和境遇紧密相关。

在德语中，“批评”与“批判”是同一个词：Kulturkritik 这个概念，“暗示着只有学究们才会去探讨的一些价值”，也就是一些所谓“不谙时政者”（unpolitical man）才会去探索的那些价值[①]。从传统的文化批评的意义来看，文化批评是用来区分哪些是好的文化哪些是不好的文化的；而有趣的是，沿着这一思路，文化批评却日益变成了与文化无关的批评，变成了关于社会典章制度、精神意识和社会状况的批判。

而如果将文化批评仅限于对文化、审美的批评，同样也是一种“老学究的学问”。事实上，文化批评之滥觞，与法兰克福学派学者将政治领域的斗争转移到文化领域当中来的总体策略紧密相关。在这里，所谓“批判”，既是继承了康德的传统，致力于知识的判断和德行的分析，同时，更是充分发扬了马克思主义社会批判的传统，将政治经济学的批判“置换”为文化的批判。

事实上，20 世纪资本主义社会危机的出现和社会体制的转型，令国家权力和资本的统治方式发生了重大的变迁。马克思在《共产党宣言》中所主张的无产阶级的革命并没有及时到来，或者说并没有按照推翻一切压迫和剥削阶级的模式到来，而是被民族革命、反帝国主义斗争和资本主义国家主导下的利益纷

① ［美］理查德·沃林：《文化批评的观念》，张国清译，北京：商务印书馆 2000 年，第 13—14 页。

争所围困。在这个过程中,就有学者提出资本主义社会的体制性矛盾已经消失了:

> 自由民主国家的出现,各种工业仲裁形式的建立,包括法律上对罢工权利的正式承认,使工业领域的冲突得到了调解和控制。前者使政治领域中代表各种不同阶级利益的政党正式组建成为可能,后者则使工业领域中的不同利益得到了类似的承认。由此形成的结果是,卸除了阶级冲突这颗定时炸弹的引信,并使19世纪相对激烈的阶级斗争让位于和平的政治竞争和工业谈判。①

对于政治斗争的消失这种现象,虽然不同理论派别的学者表示了不同的看法,但是,不能不承认的是,20世纪之后,尤其是五六十年代以来,资本主义社会的政治斗争形式不再以革命为主导,而是以文化为主导。也就是说,表面上看起来法治的、秩序的社会,却隐含着意识形态的宏大的安抚工程。有人将这个工程称之为"同意工程学"(engineering of consent),它在公民中培养起"对现状的顺从"态度②。而教育、文化、艺术、宗教、法律等等领域,都参与了这一宏大工程的"建设"。

显然,对于早期西方马克思主义,尤其是法兰克福学派的人们来说,文化批评首先是一种新的批判资本主义的形式。资本主义没有采取马克思所描绘的那种严峻的、残酷的剥削和压迫形式,而是采用了控制需要、生产欲望而博取利润的形式。在这里,现实的被剥削和压迫的状况,被文化(商品拜物教主导下的文化)所生产出来的幻境所掩盖,从而为文化批评的发展提供了基本的历史背景:所谓"文化批评",不是因为文化而发生的批评,而是因为文化成为意识形态的核心形式的批评,是文化被大众媒介所推动而成为政治统治的基础之后的批评。

---

① [英]安东尼·吉登斯:《社会学:批判的导论》,郭忠华译,上海:上海译文出版社2013年,第24页。引文为吉登斯总结的达伦多夫的观点。

② 同上书,第32页。引文为吉登斯总结的密里本德的观点。

也正是在这样的背景下，文化批评的崛起，乃是一种新型的政治斗争的方式，是应对资本主义物化逻辑下文化幻象生产的新的策略。必须充分认识到文化批评并不是轻飘飘的关于文化和艺术的分析，而是关于经济体制和意识形态机制的批评，是关于大多数人无法面对自身真实的处境和境遇的政治批评。

所以，文化批评，连同文化研究，之所以日益成为"关于日常生活"的学问，正是因为这种"学问"的目的并不是为生活生产意义，而是通过意义的阐释而解放生活；不是通过对文化的批评来鉴别阿诺德意义上的好坏文化[①]，而是通过文化的分析和批判，"导致"对生活真实的重构。

在这里，日常生活的批判乃是文化批评的基本原则。从马克思、韦伯到卢卡奇，西方思想家对于资本主义文化社会、统治模式和文化逻辑的批判，让我们看到，资本主义社会的体制权力不是通过警察和军队来实现，而是通过修改日常生活的经验和欲望来实现。也就是说，马克思主义确立了斗争的、对立的，即矛盾地认识和改造历史的模式；这种模式的价值在于，它总是以一种辩证性的方式敞开被历史遮蔽的生活处境——至少在迄今为止的历史中，人类生活的基本秘密乃在于，社会中的一部分人总是被另一部分人压迫、剥削，而各种各样的历史哲学及其附属品都在掩盖这个秘密。与这个秘密相对立的，正是资本主义社会机制下掩盖这一秘密的"巧妙的形式"。

于是，如何理解和发现，或者说重构"真实"，就不是一个简

---

① 相对来说，阿诺德文化理论同样认可文化谋取真实的意义。他这样说："现在恰是文化起作用的时刻了。文化之信仰，是让天道和神的意旨通行天下，是完美。文化即探讨、追寻完美，既然时世已不再顽梗不化地抵挡新鲜事物，那文化所传播的思想也就不再因其新而不为人所接受了。一旦如此领悟文化，即认识到文化不仅致力于看清事物本相、获得关于普遍秩序的知识，而这种秩序似乎就包含在世道中，是人生的目标，且顺之者昌，逆之者哀——总之是学习神之道——我说了，一旦认清文化并非只是努力地认识和学习神之道，并且还要努力付诸实践，使之通行天下，那么文化之道德的、社会的、慈善的品格就显现出来了。""人类是个整体，人性中的同情不允许一位成员对其他成员无动于衷，或者脱离他人，独享完美之乐；正因如此，必须普范地发扬光大人性，才合乎文化所构想的完美理念。"[英]马修·阿诺德：《文化与无政府状态：政治与社会批评》，韩敏中译，北京：生活·读书·新知三联书店 2002 年，第 9、10 页。

单的经验、体验和感受的问题，而必须是一种超越经验、体验和感受的问题。总之，批评不再建构对世界的体系化的解释，而是置身于具体的历史境遇之中，致力于对现实问题的揭示和阐释，致力于在历史世界中搅动革命的波澜。这正是20世纪以来运行于大众媒介之上的文化批评所确立起来的品格。在这里，批判致力于“文化”本身，这才是文化批评的主旨所在——而不是人们习惯性认为的，文化批评是运用文化理论进行的批评。正是现代资本主义运用文化来组织其社会管制和体制认同，文化批评才会纠缠于文化领域的批判与解析。简言之，文化批评的文体自觉，恰恰是建立在对于现代社会叙事危机的充分理解和把握的基础之上的。

文化批评的想象力

文化批评必须重建社会真实，这意味着社会真实并不是直接诉诸我们眼前。对于“真实”的遮蔽，已经成为一种系统性的现代社会的文化工程，而对于“真实”的去蔽，自然也要借助于特定的途径和模式。也许“真实”并不是呈现出来的，而是“计算”(workout)出来的；并不是表达出来的，而是暴露出来的；并不是可以反映的，而是可以折射的。

简单说，文化批评必须具备这样一种能力：除非可以想象一个时代的基本社会图景，否则就无法建构理解具体的文化问题；任何单个的文化问题，都是想象整个时代和历史的特定入口。

这也就是所谓的“文化批评的想象力”问题。

美国学者米尔斯提出，社会学的研究应该具有“社会学的想象力”，认为“个人只有通过置身于所处的时代之中，才能理解他自己的经历并把握自身的命运，他只有变得知晓他所身处的环境中所有个人的生活机遇，才能明了他自己的生活机遇。社会学的想象力可以让我们理解历史与个人的生活历程，以及在社会中二者之间的联系。它是这样一种能力，涵盖从最不个人化、最间接的社会变迁到人类自我最个人化的方面，并观察二者之间的联系。在应用社会学的想象力的背后，总有这样的冲动：探究个人在社会中，在他存在并具有自身特质的一定时代中，他的社会与历史意义何在”[①]。

有意思的是，米尔斯的社会学的想象力，突出强调的是一种“心智品质”，其功能就是可以“戏剧性”地让个人现实与更大的现实关联在一起[②]。米尔斯难以回答这种心智品质如何获得的问题，就只好简单地说这种想象力是一种“视角转换”的能力，即一个人可以通过个人来想象（转到）他人、通过政治学来想象（转到）心理学、通过简单的家庭考察想象（转到）国家预算的评估，也就是“涵盖从最不个人化、最间接的社会变迁到人类自我最个人化的方面，并观察二者之间的联系”[③]。这种社会学想象力的方式，说到底乃是一种基于个人思维和学术视野的能力；而“社会学的想象力”这个概念本身，也蕴含了对于想象力的学理限制：即想象力是一种与科学观念和意识相对立的能力，它本不应该出现在社会科学的研究领域中，但是，为了更好地理解社会生活的基本处境，也有必要倡导这一种非科学的方法或者说形式[④]。

事实上，米尔斯不愿意承认的一个问题乃是：社会学的想象力必须首先是一种政治想象力，否则就只能是神秘主义的胡思乱想；简单地说，只有首先保证想象力乃是建立在对当下社会现实基本矛盾、困境和冲突的理解的基础上——即只有在首先充分理解资本体制所规定的基本社会现实的基础上，才能建构起对“真实”的完整想象。

换言之，只有在马克思和卢卡奇的意义上理解现代资本时代所带给人类社会和生活的根本性问题，才能具备社会想象的能力。米尔斯不愿意承认想象力的政治性，只愿意承认想象力的学术性；而换成马克思主义理论学派的语言来说，如果不具备

---

① [美]C.赖特·米尔斯：《社会学的想象力》，陈强、张永强译，北京：生活·读书·新知三联书店2005年，第4—6页。

② 同上书，第14页。

③ 同上书，第5—6页。

④ 同上书，第15页。

总体性的意识，也就不会具备想象一个时代的能力。

在这里，真实地想象一个时代，也就是在“总体性意识”的支配下对于一个时代不可见的支配性矛盾的建构和发掘。而所谓“总体性意识”，归根到底乃是抽象地理解现实所生成的那种自我意识——在资本主义时代，这种自我意识，只有构成典型的阶级意识（无产阶级意识）的时候，才能达到对现实的真实意识。

这也就回到文化批评的政治命题上来了。那种尝试建构一种普适性的文化批评的理想是非常渺小的，因为这种批评只能在强调道德、信仰、灵魂和精神的层面上变成用“阿门”来结尾的说教。换句话说，文化批评只有当其具备了改变世界的政治理想的时刻，才会具备分析世界的内在能力；而当其能够深入一个社会的基本经济和政治矛盾的内部的时候，才有资格讨论文化的危机和症候。

这也正是卢卡奇的理论所呈现出来的“总体性”“辩证法”和“阶级意识”三个概念内在一致的特征。卢卡奇把科学性（真实性）和革命性（阶级意识）巧妙地结合在了一起。在卢卡奇那里，资本主义呈现出整个社会体制管理的更加合理化和秩序化（韦伯的理性化理论直接影响了卢卡奇对资本主义外在现象的理解）；而这种理性化，恰恰呈现为人类生活的内在物化。在资本主义的时代，人们失去了不按照理性化安排自己生活的能力，也就是说，人们失去了任何逃脱物化体系的自我意识和认识困境的可能性。由此，“真实”变成了符合物化的现实体验的后果，越是所谓真实的，就往往越是建立在虚假的经验和理解的基础之上，成为人们“理所当然”认为的“真实”。这就使得作为经验的“真实”，日益陷入“常识”的围困之中，而“常识”也就成了不证自明不可追问的理解世界的起点。这恰恰是资本主义意识形态的典型症候：将日常生活的知识作为恒久具有历史和人类价值的知识来使用，从而彻底隔绝“历史—当下—未来”的关联。一旦未来视角消失，乌托邦政治在常识知识系统面前变成虚无缥缈的可笑故事的时候，“解放”也就变成了值得同情的“革命歇斯底里症”患者的口头语了。所以，卢卡奇所强调的“真实”，就不是静如湖水的常识真实，而是波澜起伏，勾连着革命、解放和未来欲望的现实经验的再发现和再阐释的历史意识。在这样的意义上，卢卡奇始终坚持真实性必须建立在自我意识从物化的逻辑中解放出来的前提之上；而艺术的真实，必然同时是一种意识到总体资本主义图景的令人沮丧的那一面的真实认识。所以，在卢卡奇的理论中，革命性（阶级意识）与科学性（真实性）从来就不是两个可以分开的问题。只有通过革命性的理解，真实性才能呈现出来。这也就构成了卢卡奇的总体性原则。

要实现这一目的，文化批评总是要面对一个个单独的事件，而也总是能够透过每一个事件的不同细节，把一个文本置放在更加宏大的总体的历史进程当中去，以此来凸显文本中原本被压抑、被隐藏的，看不到的东西。在前几年的一次“五一”节期间，天津卫视组织了四位嘉宾就“高薪还自由”一题进行辩论。论辩期间，我的对手举证广告歌曲 MTV《多好啊》来证明现代人应该更多地享受自由和自然，而不应该过度地投入加班加点的工作。有趣的是，这个 MTV 的内容仅仅在表面上支持举证者的观点，却在文化批评的总体性上丧失了其本身的合理性。画面上，我们可以看到几个家庭的成员坐车到郊外野餐、父母假日里面给孩子买气球、夫妻两个相拥打车回家等等场景；阳光、森林、田野和天伦之乐，构成了这个 MTV 浪漫温馨的情调。有趣的是，一旦将这个 MTV 置放到中国社会面临的双重叙事危机的总体性图景中，其内部的含义就发生了逆转：阐释者在解读“多好啊”这个主题的时候，忘记了其中“不好”的元素——出租汽车司机，卖气球的人，公共汽车司机，野餐的草坪上那些没有出现的打扫卫生的人，整理草坪的人，公路上那些铺路、修路的人；大家突然就明白了，原来浪漫的“多好啊”里面隐含了多少的“不好”，才能塑造一个阶层的人们的“多好”，而这些“不好”总是不被意识到，我们也就总是被“多好”的场景所征服。显然，从单个的文本里面找到单个的细节的感情，而不把它放在一个总体的资本体制贫富分化的框架里面的话，这个 MTV 所刻画的场景是非常美好的，其感染力是非常强大的；而一旦文化批评调动了总体性的想象去观察里面的场景的时候，就立刻造成了现实世界的戏剧性的颠覆。在这里，如果没有明确的阶级意识的思想，就必然丧失对这个文本所掩盖的社会真实的发现和阐释。

不妨说，文化批评要想建构和想象一个时代的“真实”，就必须首先确立基本的政治理想，即为了让世界变得更加美好的理想；而只有具备了观察世界的基本矛盾的欲望的时候，文化批评的想象力才能被解放出来。

这就使得米尔斯所说的“想象力”由技术性和学理性的概念，变成了社会性的和政治性的概念。在这里，米尔斯对于一个时代的想象力，一旦置换为卢卡奇的“总体性”的时候，也就是一种学究式的文化批评转换成了行动者的文化批评；而一旦行动者的文化批评成为可能的时候，学究式文化批评的意义才能够真正被释放出来。

在我看来，文化的批评，作为一种总体性的批判，乃是建立在充满解放意识的对于真实性的再把握的基础之上的。作为一种“批判”，它体现为必须把任何单独的文本镶嵌到社会的总体性视野中才能凸显其意义。这事实上为文化批评的政治品格和批判原则提供了基础。毋宁说，在今天文化消费主义的时代，艺术的真实已经被现实意识形态的总体虚假生产体系暗中操控，不再成为有自我澄明能力的历史叙事；而只有借助于艺术文化的批评，才能通过对艺术文本的重组实现对现实真实处境的“重讲”和“拯救”。

说到底，文化批评的想象力，乃是一种“批判的想象力”，即坚持用想象未来的乌托邦主义视野发现当下的矛盾和困境，并通过坚守对当下困境和矛盾的开掘致力于建构更好的未来的能力。

简言之，如果不能想象未来，也就无法发现现实的困境和内在的矛盾，从而也就无法建构真实，这正是文化批评的宿命。

文化批评的“批判”

文化批评，也可以叫作文化批判。但是，如果强调文化批评的政治想象力，不妨将文化批评的批判性作为一个单独的概念来使用。

“批判”既是文化批评的效果，也是文化批评的基础。也就是说，只有具备想象未来的能力，才会有批判的意识；只有充分认识到当下社会的种种矛盾困境，才能建构批判的冲动；而只有坚守对于当下矛盾困境的政治想象，才能实现批判的使命。

在这样的前提下，文化批评的批判就不能仅仅是愤懑、怨咒、辱骂和角斗，也不应该陷入谴责、对抗、纠缠和解构，而是一种充满了对未来的召唤的批判，是一种努力从当下的社会问题中发现蕴含着导向更好的未来的可能性的愿望，从而最终是一种暴露生活的根本性危机、理解社会发展的核心阻力和揭示新的可能性的批判。

为了达到这一目的，文化批评的批判就必须建立这样几种基本的想象力：将一种社会现象和文化现象作为“寓言”或者“症候”来使用的想象力，不妨称之为“辩证意象的想象力”；能够在简单的事物中发现复杂的社会运转过程的想象力，也就是米尔斯所说的“社会学的想象力”；抽象而简明地建构关于历史发展“神话”的想象力，姑且将之命名为“乌托邦的想象力”好了。

对于辩证意象的想象力来说，文化批评应该同此前普通的社会批判和审美批评划清界限。文化批评致力于在文化艺术乃至社会现象间发现内在的历史叙事危机，凭借强大的想象力，将一个简明的意象叙述为蕴含着矛盾和对立的冲突性意象。正如本雅明引用波德莱尔的话所说的那样：“一切对我都成为寓言。”[①]在这样的寓言中，一切可能性里面蕴含着颠覆和摧毁，在丝绒的光滑里，可以看到对于破碎的过去的留恋；在玻璃的透明中隐含着崩坏时刻的坍塌。本雅明这样说明这种意象的特点：“暧昧是辩证法的意象表现，是停顿时刻的辩证法法则。这种停顿是乌托邦，是辩证的意象，因此是梦幻意象。商品本身提供了

---

① ［德］瓦尔特·本雅明：《巴黎，19世纪的首都》，刘北成译，上海：上海人民出版社2006年，第20页。

这种意象：物品成了膜拜对象；拱廊也提供了这种意象：拱廊既是房子，又是街巷；妓女也提供了这种意象：卖主和商品集于一身。”[①]在本雅明那里，资本主义文化的基本生产逻辑就蕴含着意象的想象力：商品通过新奇诉诸其消费者，而商品不过是且总是陈旧的剥夺的形式。于是，本雅明有能力通过巴黎林荫大道的建设想象对于革命者的警惕，在闲逛者那里想象知识分子寻找出卖自己机会的猥琐，也在辉煌的世界博览会中看到了特制品的统治力。甚至资产阶级的主人意识，统治一切的思想，本雅明也是在城市的“痕迹”这种意象中来想象和解读：“他们乐于不断地接受自己作为物品主人的印象。他们为拖鞋、怀表、毯子、雨伞等设计了罩子和容器。他们明显地偏爱天鹅绒和长绒线，用它们来保存所有触摸的痕迹。”[②]

显然，辩证意象的想象力，说到底乃是能够在当下社会现象和文化现象中间解读造就这种现象的各种力量的能力。这种想象力令一个简约的文本，变成了具有寓言内涵的文本，令日常生活具备言说历史故事的能力——简言之，并不是任何对于当下历史的言说都是关于现实的，只有富有这种想象力的对当下历史的言说才能“构造”现实的历史[③]。因此，辩证意象的想象力，就是通过建构“琐碎”的文化地图来建立关于历史真相的惊鸿一瞥的能力。在这里，“每一个人、每一个物、每一种关系都可能表

---

① [德]瓦尔特·本雅明：《巴黎，19世纪的首都》，刘北成译，第22页。

② 同上书，第45页。

③ 历史的亲历，不等于有能力“进入”历史。在电影《斗牛》(2009)中，主人公虽然“身陷”抗战的历史之中，却又无法理解和阐释这段历史，从而并没有“人在其中”。一方面是自顾自的历史(荷兰奶牛的反法西斯故事)，另一方面则是个人无法逾越的记忆鸿沟(当下生命经验的局限性)。在这部电影中，“红色记忆”被撕裂为一种非连续性的“突发事件”，而个人的亲历性故事则保持着完整的形态。于是，作为功能性记忆形式的“红色记忆”，其连续性历史的宏大诉说能力遭到空前的质疑，而“私人”，作为记忆主体，被赋予了极大的功能性记忆的地位。在这里，对于革命时代的历史记忆，“重建记忆主体”乃成为20世纪历史重写的一种集体行动。简言之，只有借助于想象性记忆，才能完成亲历性记忆。参见周志强：《身体狂想与想象性记忆的建构——以萧峰为个案》，陶东风、周宪主编：《文化研究》第11辑，北京：社会科学文献出版社2011年。

示任意一个其他的意义”[1]，一个文化批评的学者，也应该像本雅明所说的寓言作者那样，在所面对的对象中建立一种可以通向“隐藏的知识领域的钥匙”[2]。

在这里，米尔斯所说的社会学的想象力与本雅明的辩证意象的创造，也就变成了相辅相成的关系。辩证地想象一个意象的意义，也就是在单个的意象中发现历史，令社会变成寓言，即在日常生活的变迁中，发现主导性的社会权力的存在。

问题在于，米尔斯的社会学的想象力所匮乏的乃是一种政治批判的勇气和能力。于是，在他看来，社会的种种困境乃是可以通过技术调节来去除的困境。比如他提出社会维持平衡的两种形式乃是社会化和社会控制：一方面人们要自我驯服，成为社会化的人；另一方面，也要存在社会控制系统，规范和强迫人们的行为[3]。这样，在米尔斯的理论中，社会学的意义就在于发现并找到维持这种平衡的基本结构条件。这就意味着，如果一个人遭遇到了失业的困境，那只不过是个人生活的困扰，只有当大多数人失业的时候，才需要思考经济和政治制度问题[4]。这事实上等于去除了个人生命经验与米尔斯所倡导的时代环境的勾连的能力。在这里，米尔斯的社会学想象力只肯承认公共性论题的价值，而不愿意从抽象的层面上来反思一种经济制度和政治体制本身的结构性困境。这种数字型管理的手段，所追求的不是建立在基本公平基础上的社会，而是建立在基本平衡基础上的社会。

显然，辩证意象的想象力与社会学的想象力，都必须依托乌托邦的想象力。对于米尔斯来说，想象力只能止于从个体中发现全体，在论题中找到问题，而无法从历史的进步和发展的层面

---

① ［德］瓦尔特·本雅明：《德意志悲苦剧的起源》，李双志、苏伟译，北京：北京师范大学出版社2013年，第209页。

② 同上书，第222页。

③ ［美］C. 赖特·米尔斯：《社会学的想象力》，陈强，张永强译，第33—34页。

④ 同上书，第7页。

上想象未来。所谓文化批评的乌托邦的想象力,也就是一种敢于想象未来的能力。“即认为未来有可能优于现在的一种信念”[①],这正是文化批评所需要秉承的基本的批判精神。在一个消费主义不断塑造神话来搅乱人们的认识、构造虚假经验的时代,对于当下社会的批判必须建立在对于未来社会的合理想象的基础之上。也就是说,只有具备富有政治批判性的乌托邦想象能力,才能令自己对当下社会的批判具有政治力度;反之,一旦对于未来的想象力匮乏,也就只能在当下的话题中转转呼啦圈,导致花样百出的循环论证。

没有任何证据表明,文化批评必须承担建构未来的使命;但是,文化批评终究不是为了阐述当前中国电影的艺术风格或者新世纪中国文学的发展格局的批评。文化批评既能用文化观察和分析的方式,凸显陷入文化领域中的权力制衡力量的状况,又能在大胆想象未来的勇气中分析和思考社会问题困境。

也正是在这里,文化批评的批判,在技术上是社会学的想象力,在方式上是辩证意象的想象力,而在批判的原则上,或者说在其根本性的历史品格上是乌托邦的想象力。

失范的时代与文化批评的未来

有学者这样描述我们所处身其中的时代:

> 人自身对于创造一种“属于人类自身的生活”已经没有了信心。他们宁愿把自己托付给无聊、沉沦与堕落:无论是社会主义者、激进分子,还是左派,如今都不再,也没有能力梦想一个迥异于现在,而且远较现在优越、完美、自由、幸福的未来。
>
> 说得更严重些,整个社会,乃至整个世界都已经丧失了

---

① [美]拉塞尔·雅各比:《乌托邦之死》,姚建彬译,北京:新星出版社2007年,第2页。

想象未来的能力。不，这样说还不够准确！毋宁说，人类已经丧失了想象力本身！没有想象力，自然也就没有洞察力，这两者的丧失，恰恰证明了人类自身的迷惘、困惑与沉沦。畏畏缩缩的人类，搔首弄姿地向实用主义、物质主义、实利主义谄媚，同它们调情，像个淫荡的妇人周旋于功利与物质的胯下。[①]

尽管作者使用了诗性的语言夸张地描绘了想象力的丧失这个话题，却也很精准地将当下人们的精神和生活的基本症候暴露了出来：因为被琐碎而强大的功利和物质的欲望围困，人们丧失了想象未来的能力。

事实上，资本主义，尤其是发达资本主义的意识形态的结构性的功能就是令人们丧失想象另一种生活的能力。在资本统治的时代，人们不是通过满足他人的欲望，而是通过控制资本流通进而控制人们的欲望的方式来获利。垄断让人们只能接受高出成本许多倍的价格来购买必需品；标准化生产让人们丧失想象另一种生活需要的能力。

就当前中国而言，这种资本机制的困境和想象未来能力的消失，共同造就了一个“失范”(Anomie)的时代。

在这里，所谓“失范”，首先是涂尔干意义上的规范和传统被破坏，而新的规范和传统尚未建立起来的那种混乱和失衡的状况。“在社会生活的某一特定领域，如果没有明确的标准指导人们的行为，失范就会出现。”[②]一方面，资本的社会叙事在日常生活层面上讲述其规范的合理性，另一方面，社会主义的社会叙事在上层建筑领域中构造其规范的合法性。合理与合法的内在矛盾不仅仅构造了《秋菊打官司》(1992)中现代社会转型的痛苦，

---

① 姚建彬：《乌托邦之死·译后记》，[美]拉塞尔·雅各比：《乌托邦之死》，姚建彬译，第303页。

② [英]安东尼·吉登斯：《社会学》(第4版)，赵旭东等译，北京：北京大学出版社2003年，第198页。

也构造了当前中国社会意识形态的双重矛盾[①]。在这里，失范指的是规范在位而无所从。

有趣的是，中国的文化矛盾还存在于涂尔干思想的修正者默顿的描述中。默顿认为，当社会的宏大叙事所允诺的东西是虚假的，不可能在现实层面获得的时候，失范也就出现了[②]。正如电影《老男孩》(2010)所呈现的那样，“80后”在童年时期接受了美丽的王子与公主的教育，却在成年后面对残酷的丛林规则的社会，这种巨大的反差正是失范发生的根源。

显然，中国的所谓“失范”，正发生在丧失了想象未来的能力又丧失了理解社会总体内涵的能力的时刻。其导致的结果就是，从普通人到学者，往往会陷入不知所措而又不得不立刻行动的窘境之中。米尔斯说：“当人们珍视某些价值而尚未感到它们受到威胁时，他们会体会到幸福；而当他们感到所珍视的价值确实被威胁时，他们便产生危机感——或是成为个人困扰，或是成为公众论题。如果所有这些价值似乎都受到了威胁，他们会感到恐慌，感到厄运当头。但是，如果人们不知道他们珍视什么价值，也未感到什么威胁，这就是一种漠然的状态，如果对所有价值皆如此，则他们将变得麻木不仁。又如果，最终，他们不知什么是其珍视的价值，但却仍明显地觉察到威胁？那就是一种不安、焦虑的体验，如其具有相当的总体性，则会导致完全难以言明的心神不安。”[③]在这里，这个时代所具有的冷漠和麻木不仁，乃是与这个时代的价值失衡和规范失范紧密相关的。于是，“我们的时代是焦虑与淡漠的时代，但尚未以合适方式表述明确，以使理性和感受力发挥作用。人们往往只是感到处于困境，有说

---

① 参见周志强：《景观化的中国：都市想象与都市异居者》，《文艺研究》2011年第4期。

② [英]安东尼·吉登斯：《社会学》(第4版)，赵旭东等译，第198页。

③ [美]C.赖特·米尔斯：《社会学的想象力》，陈强、张永强译，第9—10页。米尔斯区分了“论题”和“困扰”，在他看来，“困扰”仅仅是个人生活的偶然遭遇，而“论题”则是“困扰”达到了一定基数之后，成为牵连到社会基本制度的各种困境并因此备受公众关注的话题。

不清楚的焦虑，却不知用——根据价值和威胁来定义的——困扰来形容它；人们往往只是沮丧地觉得似乎一切都有点不对劲，但不能把它表达为明确的论题”①。

不妨说，这段批评，恰恰可以看作是对当下中国文化批评丧失政治想象力的状况的一种批评：文化批评被看作是建构公共领域的核心形式，我们却发现公共领域的文化批评变成了道德批评或者贴身肉搏；文化批评被当作是文学艺术新批评的形式，却事实上强化了文化批评的学院化色彩，令其变成了学究式的价值表述。

简言之，中国文化批评的病症，作为政治想象力丧失的后果，乃是将文化批评变成了失范时代想象性地克服生活焦虑的代用品，却无力将其作为未来生活的召唤者。

在这里，文化批评经常性地弱化为琐碎的道德批评——如梁文道在其《关键词》中分析“炫富”时所做的：“我们国家这批炫富者其实就是一群很没有自信心的可怜人。”②这种看法只能止步于从道德修养层面来理解“炫富”，没有能力想象炫富乃是资本流氓化所“圈养”出来的拜金拜权的权钱能力证明；或者，文化批评被当作是一种不同文化派别之间的战斗形式——有学者生动地用一连串判断句宣告韩寒的无价值，却没有能力想象是一个什么样的时代和什么样的特殊的意义创造了韩寒这种“无价值的价值”；而文化批评想象力的缺失，也可以体现为没有能力阐释当下社会和文化现象的复杂隐喻，只能从画面和文字的直接意义来讲述意义，这种过度依赖体验和感官的批评，更是想象力匮乏的表征——正如某篇批评电影《天注定》(2013)的文章所展示的那样，作者天才般地想象了这部电影生产机制过程中的资本媾和，却令人吃惊地看不到作品所呈现的底层暴力背后对压制性机制的绝望和麻木。看到鲜血就骂暴力，这正是文化批评的政治想象力逐渐被街头骂架的

---

① [美]C.赖特·米尔斯：《社会学的想象力》，陈强、张永强译，第9—10页。

② 梁文道：《关键词》，北京：中信出版社2014年，第32页。

想象力所替代的有趣后果。

总而言之，文化批评的政治想象力，并不是简单的政治批判，也不是不得要领的道德谴责，更不能成为立场鲜明而匮乏辩证意象能力的学究式拷问。在我看来，当前中国文化批评乃是失范时代焦虑症患者的医疗代用品，也是建构未来的关于危机的预言家。文化批评的未来与中国社会的未来是紧密联系在一起的。

第二章　伪经验时代的文学政治批评

本雅明与寓言论批评

近来，中国学界关于文学理论的学科危机与话语危机的反思，引发了很多思考。进入新世纪以来，随着中国文学的三大分化——网络—娱乐型文学、市场—消费型文学和社会—审美型文学各自为政的同时，前两者又毫不客气地将新时期以来各种文学理论确立的价值标准和美学范式抛到一边，这令文学理论处于一种失重的状态。一方面，文化研究的兴起，令文学理论再次面临跨学科扩张的局面，另一方面，文学自身的变化、传统文学类型社会影响力的降低，又令文学理论处于学科缩水的窘境。

这就有了文学理论与文化理论的争锋问题。在我看来，这个争锋的意义，归根到底乃是要不要文学理论的政治批评的问题。也就是说，是要执着于传统的建立在所谓审美自律基础上的文学理论批评呢？还是要首先承认文学理论应该把“文学”看作是一种社会性和历史性（即政治性）的活动呢？

在这里，如何让文学理论回到当前中国的社会政治层面，通过探讨和研究当前社会生活的“中国问题”，从而确立文学的政治批评形态，乃是当前中国文学理论面临的核心问题。

然而，长期以来，人们出于对庸俗社会学和庸俗马克思主义的警惕，往往对文学与政治的关系采取一种漠视的态度。而众多作家也唯恐自己的作品沾上“政治”的边儿。他们认为，文学最为可贵的品格乃是摆脱为政治服务尤其是为特定政治目的服务的功能，并在此前提下，成为人类理想社会和共同经验的表达。在这样的思想的影响下，文学宁可风花雪月装神弄鬼，文学批评宁可人性论泛滥,也强过凸显文学与文学批评内部隐含的不可能去除的政治意义。

上述认识的由来,一方面与过度政治化的"大批判"有关,另一方面,也表达了人们对文学的政治批评包括文学的马克思主义式的批评过分强调思想倾向、内容题材的研究范式的不满。简单地说,文学政治批评的困境,主要来自于批评模式的老化;传统的反映论尽管在学理层面上不断遭到质疑,但是,新的批评范式却并没有在中国文学批评界确立起来。要么拒绝文学的政治追问,要么缺少有效的政治批评,这正是当前中国文学批评的危机之一。

为此,本文着力探讨本雅明的寓言论批评问题。在我看来,正是本雅明向中国文学理论界贡献了政治批评与审美批评相结合的有效范式。借此,本文对中国当前文学理论建设的去政治化趋势进行必要的反思,在充分承认当前中国文学的政治批评的重要性的同时,着重讨论如何重新确立文学政治批评的话语策略和生产逻辑,从而令文学的研究回到当前中国社会生活的境遇表达的地面。

重回"经验"的地面

鼓吹文学的政治批评,首先必须恢复文学的政治批评与文学艺术所直接表达的生命经验之间的关系。

在这里,对于"经验"的隔膜,一度构成了文学政治批评丧失魅力的重要原因。

事实上,传统的文学政治批评对文学社会属性的强调,常常会减损对文学作品所包含的生命经验价值的重视。活生生的具体的生命经验,与富有鲜明阶级属性或者时代特性的意义解读之间,常常不免会有感受落差。从林黛玉的尖锐与薛宝钗的温婉之中思考其性格特征或者阶层特性所依赖长成的社会语境,确实需要比较强大的"社会学的想象力"。同时,也不是任何时代都需要这种想象力。在所谓前现代时期,文学经验与批评经验常常呈现出相同的生产逻辑。无论是“以意逆志”[①]还是“如诗如画”[②]，都是在强调文学作品的内涵可以且有必要清晰地呈现出来；即使是但丁强调的“寓言解读”的策略，也是出于对宗教阐释的要求，而试图引领读者理解一个作品内部的神秘意义[③]。一方面，前现代社会中，人们认为艺术本身就是对现实世界经验的反映，另一方面，这个时期的艺术文化还没有整体性地成为一种美学统治的工具，也就没有整体性地通过伪经验的生产来掩盖或置换（displace）人们现实生命经验的内在驱力。因此，传统文学政治批评忽略或者轻视经验的批评，乃是因为这种文学的经验本身并不具有历史的丰富曲折性。解析经验，也就自然成了传记式批评或者印象式批评的职能。文学政治批评则引导人们通过观察文学的经验而形成对历史和社会的认识。

马克思恩格斯对现代资本主义社会文化生产方式的观察，颠覆了传统文学政治批评对文学经验的历史真实性的信赖。“虚妄的意识”理论，警告人们必须要对文学的经验进行新的阐释和解读，否则就可能导致错误地把握历史真实规律的后果。

不妨说，现代社会，尤其是资本主义社会到来之后，文学的政治批评始终面临表意的焦虑：如何通过分析和阐释文学艺术所提供的经验来建立政治批评的美学有效性？活生生的情感体验与冷冰冰的社会分析之间，是否必然是断裂的鸿沟？

事实上，正是因为文学的政治批评不能有效解决社会学分析与文学内部经验的沟通问题，才助长了形式主义、结构主义乃至后现代主义对于文学政治批评和历史阐释的蔑视，也相应鼓

---

① 杨伯峻译注：《孟子译注》，北京：中华书局1960年，第215页。

② ［古希腊·古罗马］亚里士多德、贺拉斯：《诗学·诗艺》，罗念生、杨周翰译，北京：人民文学出版社1962年，第156页。

③ 但是，不能不承认，但丁对于“寓言意义”的主张，已经构成了在文学作品内部建构第二文本的倾向。参见《致斯加拉亲王书》（1319），［英］拉曼·塞尔登编：《文学批评理论——从柏拉图到现在》，刘象愚、陈永国等译，北京：北京大学出版社2000年，第310页。

励了这些理论毫不客气地抛弃了文学阅读的直接体验，信心十足地强调文学形式与文学经验的脱离状态。正如尼尔·路西所说的，在文学批评中，“历史”已经变成了一种文学批评活动中的“先验的符号”，是“符号的符号”，丧失了其具体指涉的内涵[①]。一旦文学的政治批评脱离了活生生的文学作品内部所书写的经验，就会把“历史”“现实”“时代”或者“社会”变成抽象化的词语，面容模糊而构造一致，不能回答和激发具体的、个性的和富有鲜明“时刻印记”的思考。也就是说，一旦脱离了经验，政治批评就变成了千篇一律的模式化的东西，丧失了其修辞感染力。

那么，可否恢复古代社会政治批评的方式，让现代社会中文学政治批评直接将文学内部的生命经验转化为外部社会的“认识”或者“概括”呢？就像毛泽东所强调的那样，文学是对现实的更理想和更典型的反映[②]，从而，最终令文学政治批评变成以文学内部经验为出发点的社会批判。这对于现代文学政治批评来说，恐怕也是不合适的。

人类进入现代社会尤其是资本主义社会之后，就不得不面临资本主义社会的合法化叙事问题。资本主义总是用非常美好的承诺来叙述这个世界；而作为一种经济体制和政治体制，它能够带给人们的实际利益却远远小于甚至背离了它作为美学和文化的美好叙事。资本主义社会叙事鼓吹天赋人权、人人生而平等，可是另一方面，又鼓吹进化论，鼓吹某些种族总是比另外一些种族更加文明。从这个角度讲，资本主义作为一种权力的组织形式，采用了一种美学统治。也就是说，资本主义更多的是要制造认同，制造人们美学上的同化，制造人们对国家的自豪感、热爱感然后来完成对政府和国家的认同。正是在这样的意义上，1931年霍克海默才重提“批判”，并使用了“批判理论”这一

---

① [澳]尼尔·路西：《历史之死》，阎嘉主编：《文学理论精粹读本》，北京：中国人民大学出版社2006年，第263页。

② 毛泽东《在延安文艺座谈会上的讲话》强调：“文艺作品中反映出来的生活却可以而且应该比普通的实际生活更高，更强烈，更有集中性，更典型，更理想，因此就更带普遍性。”《毛泽东选集》第3卷，北京：人民出版社1991年，第861页。

概念。这个概念让现代社会的人们理解到，我们将要面对一个现代人的宿命般的矛盾，国家、政权或者是经济体制永远在讲述一个美好的世界图景，而实际的现实生活中，这个美好的图景却永远不能到来。按照马克思的理论逻辑，“在资本主义社会里面，宗教和政治信仰宣称个人有权拥有土地或资本；他们有权使用生产资料为自己谋利，而不是为集体谋利。他强调指出，每个人都接受这些价值，但是，却只有少数几个人，诸如地主和资本家，可以行使这个权利”[①]。这恰恰体现了资本主义内在危机的叙事性逻辑：总是用全人类的文化主张来掩盖这种主张里面隐含的利益关系；总是用想象的平等、公正来替代实际生活中的不平等和不公正。

这正是一种典型的资本体制时代的文学表意的合法化症候：一方面总是承诺一个令人神往的未来，另一方面大部分人生活在困顿和衰败的挣扎之中；一方面总是用各种各样的手段激发人们瑰丽奇伟的浪漫想象，另一方面总是让人们像机器一样在现实的生活中日复一日地劳作；一方面告诉人们大自然的美丽和爱情的甜蜜，另一方面却永远在物质的层面上走向两极分化。

也就是说，一方面给人们想象的幸福，一方面让人们忘记经济的幸福，这正是资本体制带来的一种整体性的精神分裂症。一切心灵的和情感的关系，都可以无意中变成对污浊的、卑劣的关系的掩盖和重新想象。总是用幻想的和想象的方式来拒绝真实的和历史的关系，这正是资本体制时代精神分裂症的根源。资本体制的叙事所讲述的世界的美丽和我们的真实处境是如此的不同：当在现实的生活里面很多人办一场婚礼都捉襟见肘的时候，《非诚勿扰 2》却办了一场规模如此宏大的离婚典礼；当很多人因为无钱治病而失去生命的时候，《非诚勿扰 2》却搞了一个如此温馨的生命告别仪式。

---

① ［英］乔纳森·特纳等：《社会学理论的兴起》，侯均生等译，天津：天津人民出版社 2006 年，第 119 页。

资本体制的社会在创造了工业社会的同时,更多地创造着杂志女郎和热气腾腾的肉体欲望。没有什么比白皙苗条、宛若天人的女星身体更能显示这种“解放性压抑”的精神分裂症的症候了:杂志女郎撩拨了男人们的欲望,让任何男人觉得这是一个没有性压抑的国度,“性”是私人的和自由的,是允许公开和自然表达的;但是,杂志和电影中的曼妙女体,说到底乃是一个“Nobody”,是一个现代男人在日常生活中永远也无法得到却在想象里面不断得到的欲望——没有人可以在现实的生活中遇到那个杂志女郎,这个女郎是平面的、纯粹的和无形的,所以,最终也是对刚刚被解放出来的性欲望进行压抑的。

在这里,虚假经验的生产变成了现代社会美学意识形态的体系化生产。告诉你一个神话,在现实生活中却只有一部分人可以得到这个神话的体验;给你看到虚假的杂志女郎的机会,让你的欲望疯狂生长,却永远不能在现实生活中“享受”到这个欲望的实现。于是,现实和历史就不再重要了,重要的是,每个人永远处在欲望的纠缠和压抑的痛苦之中。

于是,文学经验逐渐沦落为一种想象性地解决现实矛盾的经验,而不是直接面对社会困境反思和批判基础上的经验。这就为文学的政治批评提出了新的挑战:如何通过一种有效的形式重建文学的现实经验,并通过这种具体的、活生生的经验的阐释,极大发挥文学政治批评的实践指导与理论指引的政治功能,成为当前文学政治批评的核心要义。

伪经验与经验的拯救

在很多中国学者的想象中,本雅明是一个革命和动荡年代里面的边缘人,似乎不具备革命政治批评家的色彩。而事实上,本雅明却是一个有着强烈的革命政治主张和革命暴力美学色彩的理论家。不妨说,本雅明突出经验而运用曲折的寓言论分析方法的独特政治批评模式,很容易让人们忽略其批评的政治核心。

本雅明生活的时代恰恰是德国“新康德主义”流行的时代。康德提出，对于世界的、物的认识，是永远不能到达物自体的；新康德主义者则进而思考人类对这个世界的认识是哪里来的？既然我们不能到达这个世界，那个我们怎样形成这个世界的呢？他们认为，总是存在一个先验的判断。康德把超验和先验进行了区分，超验是指灵魂的、神秘的、鬼怪的东西；先验是指以逻辑的形式先于我们的经验而存在的东西，它在我们认识事物之前先验地存在于我们的观念之中。

本雅明认为，康德通过物自体概念而发现的认识、理性的限定，乃是犯了混淆知觉与感觉的错误。康德认为，既然世界无法用认识去认识它，那么经验也就变得不可靠，所以我们的感觉就不重要，因为人的感觉总是虚假的；但是本雅明却反驳说，恰恰是因为人不能到达客体的最客观的世界，因此真正属人的“知识”就必然在于他的被动性中的主动性，就是经验或说感觉[①]。

按照本雅明的理论，康德笔下的“星云”之所以会导向不可知论，乃是因为一种“感觉”的缺失——一旦忽略了具体个体的“感受”，星云的亲切性就消失了，而呈现为一种神秘的形式。而本雅明显然支持这样的思路：把黑暗之中的一片片亮光称之为星云，是因为人的观察建基于“感受”——只有先建立了一个感觉的知识，才能再建立一个辩证思考和理性判断的知识；假如不能把星云从宇宙的浑浑荡荡中用一种感觉把它拯救出来，又怎么去探究星云是否存在以及怎样存在的问题呢？

在本雅明那里，任何私人的、个人的经验都必然可以通向一个总体性的经验。一方面我们要在总体性中确定单个物体或者单个文本的意义，但这个确定本身是建立在一个总体的经验基础之上的。也就是说，对于卢卡奇来说，总体性是一个社会的进程、历史的进程，但对于本雅明来说，总体性首先来自于个人的一种经验——只有感觉上先把星云叙述成几个辩证的意象，星

---

① 参见[德]瓦尔特·本雅明：《经验与贫乏》，王炳钧、杨劲译，天津：百花文艺出版社1999年，第72—74页。

空才能作为一个辩证的总体进入到你的视野中去。所以本雅明对经验的把握可以使其哲学有理由冠名为“经验的哲学”。

本雅明通过比较浪漫主义艺术理论中“批评”概念与康德的用法的差别和联系，试图向我们展示艺术的批评和分析的不同①。在本雅明那里，分析是康德式的，即通过一个假定的、客观的视角对物体进行剖解——在德语中，kritik 这个词，它的含义就是分析、分解，德语中批判某某就是指把某某分解开来，而这个分解的过程其实是经验流失的一个过程。在本雅明那个时代，很多人对于艺术作品，对于现实的理解不是从个人的经验出发，而是——用本雅明的话说是从“神话”出发，事先规定好一个教义，按照这个教义去找一些例子来证明教义的正确，证明教义是可以放之四海皆准的真理。本雅明认为，在这个历史的批评图景中，经验却暗中流失。

为此，本雅明进行了他的经验式的批评，其中比较著名的就是他对歌德小说《亲和力》的分析和评判。歌德的《亲和力》讲的是一个复杂的四角恋爱故事：爱德华伯爵娶了一个美女，伯爵的好朋友是一个上尉，上尉妻子奥黛丽也在他们的圈子之中；但是奥黛丽与爱德华通奸，而爱德华的妻子疯狂地爱上了上尉；结果奥黛丽不能忍受通奸带来的良心谴责，出家做了修女；爱德华也因此痛不欲生，最后两人都死了。在当时德国文学的批评氛围中，歌德是被作为一个神话式的人物看待的，那么这个作品也就被讲述成了一个具有神话式的永恒母题的故事。可是本雅明却按照自己特定的经验对这个作品进行了分析。

本雅明依照个人的经验对《亲和力》进行了重新的建构和解释。小说中的人物被置换成了本雅明本人和他的妻子朵拉，以及他的一个好朋友，一名建筑师、诗人和他的爱人拉图斯，他的这位好友带着爱人到本雅明家做客，结果朵拉疯狂地迷恋上男客人，而本雅明却对拉图斯一往情深、难以自拔。夫妻两人分别选择了新的恋爱对象。但是本雅明本人缺少吸引女人的魅力——本雅

① [德]瓦尔特·本雅明：《经验与贫乏》，王炳钧、杨劲译，第 66—67 页。

明的好友弗洛姆曾谈论过，女人不喜欢本雅明，因为他是令人尊敬的艺术家和批评家，但却毫无性的吸引力。他戴眼镜，满头乱发，脸色苍白，这实在难以引起女人的兴趣，直到后来有了名声以后，才有女人崇拜他。

本雅明把个人经验掺杂进去后，就把歌德的文本辩证地看作是堕落的资本主义图景的象征：这种爱的混盲（verblandung）[①]，对于婚姻的拒绝，通奸带来的良心谴责恰恰是冷冰冰的资本主义现实图景中发生的一个令人焦虑的、沮丧的情感故事，如果没有外在世界的冰冷，就没有那么强烈的聚焦力、黏附力，人为什么突然之间对另一个异性发生迷狂？这个迷狂背后恰恰是外在世界的冰冷，养育了内心里面难以克制的热情。

从这个角度来看，本雅明的批评恰恰是依照经验的阅读，从经验的总体感受基础之上，形成对世界的把握。他的救赎与寓言，都是建立在经验的基础之上的。他对资本主义的批判也因此展开。本雅明认为，资本主义社会是高度物化的、商品拜物教的社会，它对主体性最大的损害就是经验的损失，使得人无法合理、合法地使用自己的经验，经验常常被嘲笑和戏弄。如果人们要表达对一个人、一个事物、一部作品最真实的感觉，这种感觉一旦有悖于资本主义整个知识图景，就会立刻被理性或者公共的经验修改，同时也会遭到别人的嘲笑。本雅明认为，这种经验的缺失已经深入到现代资本主义整个艺术、文化的层面上去了——“虚伪的和骗取来的经验”令人类在现代整体性地损失了真实的、现实的经验[②]。

但是，何谓我们生活的真实经验呢？这是一个复杂的问题。本雅明由此向我们揭示了一个有趣的问题：所谓的“经验的贫乏”，并不是人们生产经验的匮乏，而恰恰是“经验过剩”。正是资本主义的文化生产体系不断生产掩盖其现实处境的经验，才

---

① ［德］瓦尔特·本雅明：《歌德的亲和力——献给尤拉·科恩》，［德］瓦尔特·本雅明：《经验与贫乏》，王炳钧、杨劲译，第157页。

② 同上书，第253—254页。

构成了人们在日常生活层面上经验的贫乏。饥饿戳穿了肉体的经验、人们变成了微不足道的衰弱的群体[①]。正如《山楂树之恋》这部电影所显示的，感情、经验越饱满，而真实的经验就越稀少。在本雅明看来，资本主义已经变成了扭曲异化的图景。《山楂树之恋》恰恰是因为经验的缺失而塑造了一种伪经验，一种虚假的、建立在物化基础之上的纯洁，如果没有一个物化的现实图景的话，谁会要那种畸形的"纯"呢？这正是本雅明的经验批评所面临的重大课题：资本主义乃是一个不断生产伪经验的时代，所以它就充满对所谓纯粹的经验的强烈追求——这就是长期物化世界扭曲人的感受、扭曲人的经验的结果，它不是对真的经验的叙事，它的泪水是建立在物化世界的逻辑之上的。

因此，本雅明的经验批评，要关注的并不是文学作品中感情的饱满度，而是作家有没有建立在个人真正的体验基础之上的表达。这个体验，在本雅明那个时代，就是在一个资本主义总体物化的图景中个人抵抗和救赎的经验，用本雅明的话说，就是寻找那种超越绝望的希望。

由此，本雅明主张将"批评"与"评论"区别开，将真正的艺术批评与传记式批评区分开。一方面本雅明立足于主体经验建构其政治批评的战略，另一方面，他又反复强调批评必须跟经验脱离。其间的逻辑乃在于：现代资本体制社会已经令人类处于一种"伪经验"的围困中，到处都是感人的和虚伪的叙事，而到处又是令人沮丧的真实经验的遮蔽。他指出，批评应该致力于对作品的真理内涵的把握，而评论则仅仅局限在题材内容上。这样，本雅明明确反对跟着文学作品以及作家的经验走，相反要另起炉灶，重建文学内部的经验。

简言之，一方面必须确立文学批评对经验的依赖，另一方面又必须割裂文学的内部经验，从其中辩证性（爆破）拯救出生产这种"伪经验"的历史现实经验，这正是本雅明的文学批评所要解决的问题。而他所提供的途径则是"寓言"。

---

① ［德］瓦尔特·本雅明：《经验与贫乏》，王炳钧、杨劲译，第253页。

走向寓言论批评

在本雅明那里，“寓言”（allegory）是与象征（symbol）相对立的思辨概念。刘象愚总结说，本雅明理解的寓言不仅仅是一个修辞或者诗学概念，而是一个审美概念，是一种“绝对的、普遍性的表达方式”；他从自然和历史的关系来看待寓言和象征，象征可以将死亡和毁灭处理得理想化，而寓言则能够在整饬和完美的途径中向人们揭示世界的黑暗、自然的衰败与人类的堕落[①]。

本雅明将人类的文化历史看作是一种文明不断堕落的历史。他提出，艺术史逐渐地由一个与人的经验与身体紧密相关的状态，向一个野蛮的、暴力的、掠夺式的、和人的经验相隔很远的状态发展。在这个意义上，本雅明试图找到艺术体现的衰败景象或溃败景象所具有的特殊意义。不妨把本雅明的这种艺术美学称之为“毁灭美学”。毁灭、坍塌、消逝，这些意象暗含着拯救救赎，一种要在坍塌之后重新回望和构建的渴望。在本雅明看来，艺术的整个景象都以一种寓言的形式与坍塌的世界联系在一起。本雅明在观察这个世界的时候，他可以把整个世界的空间形式都看成要么是逐渐秩序化要么是逐渐坍塌的两类意象。

他对拱廊街的分析显示了这种寓言论批评的内在逻辑：一种玻璃和钢铁的混合物。一方面是钢铁，一方面是玻璃，本雅明发现了玻璃对于私人空间与公共空间的特殊隐喻。这是一个既能区隔私人空间和公共空间的装置，又是一个视觉开放的可以把公共空间带入到私人空间去的装置。整个长廊内部的结构整体上既是封闭的，又是开放的，形成了本雅明所说的“多孔式结构”。人们从任何一个孔都可以到达外部的世界，而任何一个孔又内分成主体欲望塑造的出口。在那不勒斯，本雅明发现私人

① 参见刘象愚：《前言：本雅明学术思想述略》，陈永国、马海良编：《本雅明文选》，北京：中国社会科学出版社 1999 年，第 25—26 页。

空间和公共空间这种敞开交流的状况构成了那不勒斯拱廊街的一个秘密;可是在柏林,本雅明认为,这个秘密却没有了——柏林通过严格的街道区分,把人规划到不同的领域当中,私人生活的空间和人的脚步的领地是紧密联系在一起的,就是你走到哪里,哪里就是你生活的空间。

事实上,正是壁垒森严的现代都市造就了本雅明所讲述的这样一个拱廊街的景象和本雅明所说的毁灭美学之间有趣的关联:越是壁垒森严,这个世界就越显示出它的冷漠,越显示出它对坍塌的抑制力——玻璃这个易碎的意象无形当中让我们从光怪陆离、美丽灿烂中同时感受到瞬间毁灭的可能性的世界图景。玻璃所区隔的世界既是一个虚假的又是一个真实的世界。玻璃把人的活动空间分成两个领域,并激发起人们浪漫的想象。但这个想象又是虚幻的、不稳定的,是瞬间破坏的,而且是很容易被动摇的。

本雅明的毁灭美学和他对拱廊街的理解混杂在一起。这构成了一个妙趣横生的“政治的寓言”。在巴黎,本雅明发现,拱廊街里面游弋着一些不稳定的元素。而香榭丽舍大街的建筑者带着对大革命中街垒战的恐惧建设了这条著名的街道——他想把这种堡垒式的革命在巴黎彻底地根除。可是本雅明却在拱廊街里面进一步发现了革命的因素,他称之为流浪汉、波西米亚人、阴谋家、小偷、游手好闲者,正是这些人构成了一个内在的蠢动的对于这个世界具有毁灭和颠覆性意义的元素。

在这个意义上,本雅明在壁垒森严的、整饬的资本主义图景里面找到了毁灭美学的入口。流浪者、无产阶级的暴徒、阴谋家、小偷、吸毒者,这些人总是作为资本主义体系之外的颠覆性的力量,令资本主义的世界图景变得不稳定,甚至走向它的反面。

于是,经验的批评,最终导致了救赎的渴望,也就相应造就了本雅明用文学的政治批评对抗资本主义世界的冲动。本雅明通过其生命经验来呈现资本主义社会中毁灭与拯救相互辩证依存的关系。这就构成了典型的寓言论政治批评。

这种批评的逻辑，用本雅明的话说，就是牺牲外表层面上的感情来破开内在的内核。所以，在本雅明那里，寓言论批评要做的第一件工作就是外壳的剥离。在本雅明看来，如果你能够被一件作品的艺术震撼力完全地捕捉住，完全地给笼罩住，那么你就很难剥离附着在作品身上的情感的外壳；反之，如果这个作品无法打动你，无法感染你，那么你同样不能达到作品经验的贯通。本雅明非常有意思地提出了一种艺术连续体观念：在寓言论批评的眼中，一切艺术的类型都可以消除，没有什么一流艺术和二流艺术，没有什么绘画、小说、戏剧的区隔，艺术最根本的东西在本雅明那里被简化了成了这样一个问题：它如何层层包裹经验？

那么，作为读者，人们如何去打开这个包裹呢？

事实上，本雅明的"经验批评"对世界和艺术的把握是一个外向度的视角，是观察的、观看的、第三者的视角。在本雅明看来，一些现代主义作品中的叙事者同时是作品世界内部的流浪者，一个对于时间、空间纪律的打破者，一个穿梭于文化的缝隙之中不断地和作品中的人物纠缠、结交、融合、矛盾、对立和冲突的隐藏着的流浪者。流浪者的视角可以打开这个世界所隐含着的内部的经验，就像本雅明能够在玻璃和钢铁的组合里面发现资本主义的多孔性，发现私密空间与外部空间被严格区分之后的那种焦虑。

显然，本雅明的寓言论批评，其实质就是把艺术的情感外壳给剥离掉，把艺术作为另外一个世界，另外一种经验呈现出来。本雅明在对古希腊悲剧和莎士比亚的悲剧进行比较之后，重点分析了莎士比亚的《哈姆莱特》。他认为，《哈姆莱特》的布景像一个坟墓，整个舞台的装饰就像是棺内发生的故事；而哈姆莱特的行动和内心的盘算，是与故事情节内在分离的。《哈姆莱特》本可以把复仇的故事演绎得很悲壮，但是，它却把这个故事讲得很悲苦。从悲壮到悲苦，这个过程在本雅明看来就是作品内在的意义发生分裂的一个过程，你无法将一个作品内部全部的细节缝合在一起去阐释这个文本的全部的意义——在这里，"任何物体、任何关系都可以绝对指别的东西”[1]，这正是“寓言论批评”之能成立的根本性原则。

当一部作品，不是从其内部的经验，而是从一种整体性的历史、社会的活生生的生命处境的经验进行寓言式解读的时候，文学的政治批评就获得了崭新的意义。

寓言论批评的政治内涵

显然，本雅明的寓言论批评的核心乃是所谓的“现实的绝对相关性”。如果在阐释策略上要走出文本，用文本外部的东西来阐释文本内部的东西，那么外部的东西是什么？我们对文本的阐释要达到外部的哪个疆域才能够彻底地实现呢？这就有了“当下”这个问题。即任何有效的救赎性的批评，都是对当下问题困境的回答。按照本雅明的逻辑，当下就是一切过去和一切未来都融合到一起的瞬间，是过去和未来共同发生的偶然的瞬间。所以任何当下里面都包含着一个历史历程，而这个历程在哪里爆破？在当下。本雅明既打破了历史连续性，同时又让历史连续性在一个瞬间灿烂辉煌地爆发出来。

正因如此，本雅明寓言论批评的特性显现了出来。当下性，就是现实相关性或当下相关性，就是所有的文本阐释都是一个在途中的阐释，而不是各归其位的、终极化的阐释。也就是说，对本雅明而言，这样的判断是没有意义的：作品就是什么什么。尽管可以使用这样的语句，但这样的语句毫无真实的意义，永远不能把一个文本看成是恒定不动的东西——人的经验逐渐在变化，换一个当下，未来和过去都因此发生新的爆破，于是读者对这个文本的阐释就有可能是一个新的当下的阐释。

于是，任何阐释都是不稳定的。只要把文本当下的未来、现实、此刻、过去融会到一个文本当中，让它当下像一个爆炸物一

---

① ［德］瓦尔特·本雅明：《德国悲剧的起源》，陈永国译，北京：文化艺术出版社2001年，第143页。

样爆开，铺在人们面前，整个意义就会溃散。

本雅明所讲的这种寓言论批评，相应确立了我们今天从事文学批评的政治视野。我把本雅明的寓言论批评总结为这样三个方面："轰动效应""震撼效果"与"多重立场"。

轰动效应。用马克思的话说，重要的不是对这个世界进行哲学的解释，而是用哲学去改变这个世界。文学批评恰恰是在这个意义上来确立文体政治学的基本主张。文学批评要做的就是将其力量传达到最普通的民众中，要参与到那种革命性力量的拯救中。所以本雅明鼓吹以暴力美学的形式来反暴力美学，他鼓吹艺术家、批评家像革命者一样吹响号角，用简约的、简略的、粗犷的思考来代替那种复杂的、学院派的、论证的、分析的思考，这恰恰是文学的政治批评所需要的东西。文学的政治批评的使命就是鼓动大众，而要想鼓动大众，就要产生轰动效应，就要把自己观察的目光、选题的目光落到那些公共领域里面，抓住有轰动效应的问题来打进现实。

震撼效果。本雅明非常擅长的寓言论批评的特点是把本不相关的事物关联在一起。文本内部的细节无法对文本形成一个解读，看起来很不相关的事情有可能经过寓言论批评而关联在一起，形成特有的震撼。本雅明成功地做过一些这方面的分析，比如说他认为现代艺术的舞台布景就是一口棺材，他从中找到了很多与死亡仪式有关的元素从而把整个舞台看成是一个灾难笼罩的资本主义世界的图景。这就是震撼效果。

多重立场。本雅明的文化批评和文学批评有多种变化的角度，并总是在拯救与颠覆的游动中，把自己的思想融入各种立场的政治主张中去。

简言之，文学的政治批评，应该是一种本雅明式的寓言论批评，至少是一种用寓言论的批评视野来看待世界的范式，是摆脱了反映论的、审美论的、学科化的和学院派的批评模式的新批评范式。

晚年的本雅明对于乌托邦有一种特殊的感受。布洛赫的乌托邦的历史主张鼓动着本雅明，这令本雅明在看不到希望的时候用他的文学批评去创造希望，去创造获得希望的希望。他不让我们在一片废墟之中丧失意义，所以他才有理由把整个现代世界阐释为一个废墟，一个亟待拯救的、在溃落的过程中不断地感受到溃落对于人的损耗、对于美好世界的遗落的过程，溃落本身恰恰是一种救赎，只有在堕落的途中你才可以自省，你才可以领悟，你才可以瞬间地用你的想象力去建构天堂的美丽的幻景和浪漫的未来。所以，按照本雅明的逻辑，任何历史学家只有充分地意识到历史将会终结的时候，才会如此认真地看待他的历史，这个逻辑如此朴实，但无形中却构成了文学批评的一个总体的背景。所以，文学的政治批评的策略和文化批评的斗争内在是分裂的又是统一的，分裂是指文化批评总是抓住轰动效应，追求震撼效果，统一是指它的目的是让你不要陷入具体的批评，不要陷入具体的世界，最终构造一个总体的历史化的图景。

总之，寓言论批评一方面去除当前文化生产的“伪经验”，将文学的经验通过寓言阐释的方式“还原”为现实生活中的真实处境；另一方面，以震撼性的效果暴露现实生活的矛盾，唤起公众强烈的政治诉求。这样，文学的政治批评，也就变成了沟通文学与现实的有效途径。只有这种途径的建立，才能让文学的批评和生产回到现实社会地面上，成为历史意义的真正表达。

第三章 艺术的社会学批评如何可能?
——以舞蹈为例

在艺术领域,批评与实践的关系应该是一种有趣的辩证关系,甚至可能导致吊诡逻辑(即悖论)。即使艺术实践水平不高,批评却可能因为发现问题而成就很高;更为常见的是,艺术创作的水平与艺术批评的水平同时处在低下的状况;比较少见的是艺术创作水平总是很高,而艺术批评水平却始终低下。事实上,历史上每一个艺术发展的活跃时期,总是很快迎来批评的巨大发展。所以,从艺术的长远发展来看,艺术实践与艺术批评的状况基本是同步的。但是,在中国艺术领域,常常遇到这样一种奇特的现象:艺术实践者以蔑视理论、忽视批评为荣,仿佛艺术创作的不景气,来自于批评家的过多干涉。赵本山曾经骄傲地宣称,那些批评自己的批评家是无法做到拍摄一部央视收视率第一的电视剧的,尽管他们常常批评做成这件事情的艺术家们。这种观点的逻辑乃是:如果有人批评一只母鸡下的蛋不好吃,这只鸡应该勇敢地反击批评者说,你来下一个我尝尝![1] 在舞蹈界,这种对艺术批评的拒绝态度是常见的,甚至在一次讲座中,有学者高呼,如果讲究理论,就会丧失艺术。

我觉得,舞蹈艺术家有理由对批评和批评理论进行一定意义的"拒绝"。舞蹈艺术所具有的特性要求舞蹈批评必须建立自己独特的思考方式和逻辑;长期以来,对于文学理论和戏剧理论的依赖,使得舞蹈批评常常成为变了形的文学批评和戏剧批评:要求一个舞蹈剧作必须塑造"典型",讨论舞蹈作品的时候套用

---

[1] 周志强:《这些年我们的精神裂变》,北京:社会科学文献出版社 2013 年,第 48 页。

现实主义或者反映生活等概念，或者纠缠舞蹈艺术的真实性问题，等等。这些原本属于文学领域的话题，也成为舞蹈批评的核心话语。20世纪50年代以来，大量移植苏联理论模式的艺术批评，无疑极大地损害了人们考量舞蹈艺术本身的美学特性、价值和意义的批评活动。与此同时，也相应出现了大量以“史诗”“巨制”“历史画卷”等大词标榜的舞蹈作品，似乎也能印证突出社会政治要求和历史本真的批评的有效性。

在今天，舞蹈艺术逐渐摆脱国家主义话语的支配，以艺术家的独立创作意识为指标的实践活动变得活跃，而依旧延续20世纪文学理论或戏剧理论话语逻辑的舞蹈批评也就相应面临话语更新的课题。如何从舞蹈艺术的美学特性出发，重新建构舞蹈批评话语模式，乃成为当前中国舞蹈艺术批评的核心命题。

在我看来，舞蹈艺术的魅力乃在于本雅明所说的那种“灵氛”(aura)[①]，这不仅仅因为舞蹈艺术极其古老，往往能在其间隐约见到神秘的巫术的暗影，更因为这是由“人的肉身”来最终实现和完成的美学作品。

简单说，舞蹈的魅力，乃在于一种难以言说而千变万化的内在灵氛的沟通。

这也就对舞蹈批评或者说舞蹈阐释提出了根本性的挑战。舞蹈似乎属于这样的艺术领域：要么只能对作品的技巧进行评论，要么只能脱离作品，将舞蹈艺术作为社会文献材料来使用，其艺术的内涵阐释和批评几乎是不可能的；在中国舞蹈界，几乎大部分舞蹈艺术家会相信创作者的意图乃是舞蹈批评的“上帝的声音”；是否能够“理解”和“感受”创作者的意图，乃是舞蹈艺术批评的主旨，从而留给理论家阐释的空间就变得微乎其微了。

于是，舞蹈艺术批评，要么只能跟创作者谈心，要么就只是

---

① 本雅明的“aura”这个概念，汉语学术界一般将其译为“光晕”“灵晕”或“灵氛”，本文采用“灵氛”，乃是因为在汉语中，“灵氛”的意思包含了神秘性的色彩，如《楚辞·离骚》：“索琼茅以筳篿兮，命灵氛为余占之”，王逸注：“灵氛，古明占吉凶者。”

说得太多而实际上跟艺术美学已经无关。

显然，舞蹈艺术的特点让舞蹈批评举步维艰。如何才能建立起一种相对独立（不依附创作者意图）而又跟舞蹈创作紧密关联的舞蹈艺术批评，也就成为当前中国舞蹈艺术面临的新课题。

身体的直接感染力

作为所谓“灵氛”的艺术，再也没有一种艺术会像舞蹈艺术这样，即使表演者经历了严格的程式化训练，也往往在具体表演过程中发生细致的改变，并由此带给不同场次的观众完全不同的美学体验。这正是本雅明所谓的“独一无二”的灵氛艺术的核心意义。

本雅明这样比较了舞台艺术和电影的不同：

> 舞台演员所作出的艺术成就，对观众来说最终是由观众在其自身人格中得到体现的。与之相反，电影演员所作出的艺术成就对观众来说是由某种机械体现的。后者具有双重结果。把电影演员的成就展现在观众面前的机械并没有把这成就作为整体去对待，它是在摄影师操纵下展现了电影演员的成就。电影的这种状态是由剪辑师根据提供给他的材料合成的。这样导致的结果便是组成了一种由剪辑合成的电影。这种电影含有一些活动要素，而这必定是摄影机的那些活动要素——我们无须指出诸如大场面摄制这种专门的镜头调节，因此，电影演员的成就受制于一系列视觉校测机械，这是电影演员的成就由机械来展现所导致的第一个结果；第二个结果是，电影演员由于不是本人亲自向观众展现他的表演，因而，他就失去了舞台演员所具有的在表演中使他的成就与观众一致的可能。由此，观众就采取了一种受到与演员非个人接触影响的鉴赏者的态度。[1]

---

① ［德］瓦尔特·本雅明：《机械复制时代的艺术作品（节选）》，王才勇译，朱立元、李均主编：《二十世纪西方文论选》上卷，北京：高等教育出版社 2002 年，第 649—663 页。

简言之,一个舞台表演者,其作品乃由“人”来完成,其心境、体力、情绪都随时发生微妙又关键性的变化,一个作品的内在韵味,与这个表演者“此时此刻”的行为紧密关联。不妨说,我们可以在电影镜头里面看到章子怡表演的“定型化”,但是,在剧场空间中却只有一次机会遭遇王亚彬“此时此刻”的《扇舞丹青》[①]。在这里,本雅明所说的舞台表演的不可复制的东西,正是这个演员所谓的“人格”,或者干脆说就是这个演员的“个性”。显然,作为舞台艺术的代表性的形式,舞蹈作品的灵氛是很难用清晰理性的语言进行捕捉的。同一个作品不同的人演绎可能给人的感受存在天壤之别,而即使同一个人不同的场合和时间跳同一个作品,也可能会在不同的瞬间滋生不同的领悟。所以,舞蹈之美,已经成为一种“媚”:总是跟具体的肉身韵味紧密相关的美感。

这种状况其实也存在于舞蹈编导的创作过程中。正如皮娜·鲍什的团队在叙述舞蹈剧场的创作时所说的那样,创作者的排练的过程,本身就是一种自我探索和文本变化养成的过程,一旦身体动起来,各种感觉都在变化之中;难以有一个主导性的理性思考被始终如一地表达。

在我看来,无论哪一种舞蹈都具有共同的特点:依靠“身体的直接感染力”传达意蕴,并影响观众。

何谓“身体的直接感染力”?简单说,舞蹈作品的魅力通过身体的内在感染性直接作用于观者,人们不是通过解读其语义的符号建构认知,然后再生成感动(文学),也不是在视觉流动性

---

① 很多人相信摄影机会记录下舞蹈的瞬间,事实上这是对视觉技术的过分信赖。镜头的“单眼主义”,通过移动、推拉、摇摆和追身实现对对象的捕捉,也就同时转换了——甚至是再生产了对象的艺术活动。很难想象《千手观音》的拍摄机位不位于正前方时,这个作品的悬念仍旧被保留的情形。当大量特写被应用在舞者的头部时,我们可以感受到这个作品抒情性的表达欲望;而俯拍的镜头,则会增加观众对舞蹈作品空间的掌控感。很难想象《踏歌》的视频版能将呼吸相连的女性婉约现场尽显眼前。事实上,舞蹈的现场才是身体感染的唯一处所。皮娜·鲍什拒绝自己的作品被摄制,这其实正是对肉身表演的唯一性的尊重和保护。相关资料参见[美]道格拉斯·哈登:《技术的艺术:影视制作的美学途径》,蒲剑等译,北京:中国传媒大学出版社2004年。

中通过与现实景象的互视而发生理解(电影),更不以静态的画面构想时间凝固中的空间意义(美术),或者以质感的撞击臆想"富于孕育性的顷刻"[①](雕塑),同样不能通过"凝缩"(Condensation)的空间创生故事幻觉(戏剧)——相对而言,舞蹈更接近音乐,都是在瞬间以直接感染的形式完成其意义的生成。但是,音乐的声音感染更具有模糊和抽象的特点,从而其形象和感受更加不稳定,也就更加自由甚至任意。而舞蹈的身体直接感染力,决定了它可以引发观看者的"内模仿"(inner imitation)行动,以动律和节奏激活人们的情感,并创生丰富生动的意义。

当然,舞蹈不一定直接导致内模仿,但是,其意义的生成逻辑却深深植根于这种行为的心理结构之中。谷鲁斯这样描述内模仿:

> 例如一个人看跑马,这时真正的模仿当然不能实现,他不愿放弃座位,而且还有许多其他理由不能跟着马跑,所以他只心领神会地模仿马的跑动,享受这种内模仿的快感。这就是一种最简单、最基本也最纯粹的审美欣赏了。[②]

"心领神会地模仿",这是一种由动态的、节奏化的活动激活的身体和心理的内在反应;马的奔跑与人的舞动,都可以激活这种反应,相对而言,观众对于舞蹈的鉴赏,首先是被这种身体的动律直接感染,然后才会有意义的联想和认知。而很多时候,即使没有这种意义的联想和认知,舞蹈的动律本身也已经成为抽象的、形式化的人的力量或者力量的可能性的"印证",并以这种方式令人激动不已。

相对谷鲁斯而言,浮龙·李更侧重内模仿中情绪反应与内脏器官感觉的关联。浮龙·李认为,内模仿是指当审美主体面对审美对象时,人的全身包括筋肉和呼吸系统都会产生明显的

---

① [德]莱辛:《拉奥孔》,朱光潜译,北京:人民文学出版社 1984 年,第 83 页。

② 朱光潜:《西方美学史》,北京:人民文学出版社 1979 年,第 603 页。

反应，同时产生一种相应的情感[①]。这个理论具有浓烈的生理主义的特点，却也能说明舞蹈艺术接受过程的基本逻辑：舞蹈的魅力，乃由身体之间的沟通完成，不借助于思考、联想、认知的中介，而是直接性的和感染性的。

一方面，这种身体的直接感染力是运动的，节奏的，也就令舞蹈与文学、戏剧、雕塑和音乐等其他艺术有了天壤之别；另一方面，舞蹈的这种身体直接感染力，又内在地与各种艺术血脉相连：它终究不是简单的身体的感染力，如同足球被踢偏了方向后观众们的侧身反应一样，它是一种包含了艺术美学的基本规律、可以引发人们丰富复杂的美感的感染力。

换言之，舞蹈艺术之独特魅力，在于这种身体直接的感染力激活了人的生命的"律动"感，让人们在欣赏舞蹈的时刻，"陷入"自由而狂喜的身心呼应之中[②]。在宗白华的论述中，"律动"是沟通人生、艺境和宇宙的节奏。正如胡继华所论："宗白华将艺术形式分为'形式结构'和'价值结构'。形式结构，是指数量的比例、形线的排列、色彩的和谐、音律的节奏。价值结构，则指不可言传、不可摹状的心灵姿势和生命律动。形式结构是艺术的表层结构，而价值结构是艺术的深层结构。艺术的深层结构即'生命和心灵的节奏'。换言之，生命、心灵、宇宙包含着丰富的动力和严整的秩序，都表现出生命的条理和至动的和谐。"[③]所以，舞蹈的这种身体直接感染，却又发生在漫长而丰富的艺术经验的积累的基础之上。一方面是舞者的灵动舒展、自由挥洒的情态，另一方面是默会于心、身心相应的观者的感悟和理解。在这样的互动中，宗白华所描绘的"舞"的至高境界或会出现："尤其是

---

① 朱光潜：《西方美学史》，第608页。

② 对于舞者来说，跳舞本身的体验可能会复杂得多。如美国学者 Helen Thomas 在对舞者进行的民族志调查中发现，年轻女性舞者会更多地从主动性动作的快感角度来体验舞蹈的乐趣，而男性舞者则更多地体验到了力量感。参见 H. Thomas (1993), "An-Other Voice: Young Women Dancing and Talking", in H. Thomas (ed), *Dance, Gender and Culture*, Basingstoke: Macmillan. P89。

③ 胡继华：《宗白华的节奏论美学批评》，《文艺理论与批评》2006年第2期。

‘舞’，这最高度的韵律、节奏、秩序、理性，同时是最高度的生命、旋动、力、热情，它不仅是一切艺术表现的究竟状态，且是宇宙创化过程的象征。”[①]这样，宗白华用“舞”来说明中国艺术意境的节奏魅力的同时，也就将“舞”的感染力的秘密揭示了出来。

由此可见，舞蹈的身体直接感染力，来自于这种艺术所依托的舞者独一无二的个人生命气息；这种生命气息不可复制，无法言传，却可以直接引发观看者内在情感的呼应，并创生动律快感。于是，对于舞蹈的批评也就显得空间很小：这种灵动的体验性艺术，似乎其意义已经关闭在美妙的体验之中了，变成了只要有生命律动的呼应就可以不去深度解读的东西；如何建构一种来自外部的理性审视和不特别依赖观感的文本分析，也就变得极其困难。

舞蹈批评的结构性困境

所谓“批评”（criticism），普遍地被认为含有挑剔的意思，同时也包含着判断。但是，在应用到文学艺术领域中以后，这个概念的意义发生了重大变化。其现代意义的获得乃是拜康德所赐。而其复杂的含义连同其独特的评价和阐释艺术的方式，也在此基础上建立，并逐渐构建独特的话语体系。

英文中的Critic，即康德所说的kritik，译为批评或批判，偏向于对“能知”的世界的分析和区别的意思。在康德的理解中，我们面临永远不可见的所谓物自体，这个“物自体”无法被任何知识描述和捕捉。对康德来说，这个“物自体”就像永远湮没在黑暗之中的黑洞一样，任何对它的探索都是不可能的。由此，康德遭遇到了这样的矛盾：我们对世界的知识，是建立在一个被遮蔽的层面上的；人类对自然世界的观察和对人的世界的观察是分裂的，并且是永远分裂的。康德意识到，知识的限定也就意味着宗教领

---

① 宗白华：《中国艺术意境之诞生》，宗白华：《美学散步》，上海：上海人民出版社1981年，第67页。

域和认识领域发生了彻底决裂，德行和幸福并不能相辅相成[①]。显然，“批判”之所以确立，乃是因为人们不再相信“哲学”对世界的宏观叙述和本质论证，换言之，不再在哲学的意义上使用哲学这种知识。康德彻底改造了柏拉图以来确立的知识观念：哲学趋向于理论，它是对世界的阐释，而不是对世界的解释；是通过宣布自身的有限性而不是无限性的观念生产形态[②]。

在这里，哲学向理论的靠拢或者说让度，正是批评崛起的关键。

简单地说，批评的现代含义，乃是辨别、分析、考核、评定、评判，找出不足并改善社会，所以，批评或者批判的德文含义里面，更多地包含了判断、分析的意思，极端的条件下才会指攻击性的活动[③]。而其基本的要求则是对感性的摆脱（反思常识）、对理性的延伸（区分不同行为理性）和对理论思辨的依赖（强调阐释）。它不再强调自身可以回答一切的能力，却隐含了分类、对话和分析的欲望。

按照康德的理解，除非使用理论阐释的方式，我们无法达到真正的认识，这就需要批评或者批判。在这里，人归属于自然的一个组成部分，人对自然的观察本身就是对人自己的观察，而这种观察永远不能最终实现。也就是说，我们能够在镜子里面看到我们自己，看到别人，但永远看不到我们自身，相应地，也永远无法超越对自我的观察来“客观理解”世界。

由此，所谓“批评”，与其说是对神秘的客体的言说，毋宁说是立足客体之外的对于世界意义的开发和重构。

回到舞蹈艺术领域，也就不难认识到，批评之困境，归根到底乃是批评家同时又是业内的被感染者，是舞蹈艺术的融入者，

---

① 叶秀山：《上篇 西方哲学观念之变迁》，叶秀山、王树人：《西方哲学史》，南京：凤凰出版社、江苏人民出版社 2004 年，第 9—11 页。

② 周志强：《社会叙事危机中的总体性批判——谈“震惊体寓言批评”的文体政治》，《文艺理论研究》2012 年第 2 期。

③ ［瑞士］埃米尔·瓦尔特—布什：《法兰克福学派史》，郭力译，北京：社会科学文献出版社 2014 年，第 3 页。

由此无法最终实现批评的使命。批评者应该有机会站在一个艺术作品的外面，不被这个作品的白日梦[①]一样具有诱惑力的情感所动，运用一套理论对这个作品说三道四。而对于舞蹈艺术来说，这样的批评本身可能在一开始就陷入两难。

我所谓的这种“舞蹈批评的两难”（the paradox of dance criticism），指的是批评者一方面要在这种灵氛的艺术形式中充分把握和感受作品的美与媚，缠绵其间，身心呼应；另一方面又要发挥特殊的批评想象力，通过冷静的分析，并引入第三方批评理论，扩展舞蹈意义的理解空间，开发更加多元的舞蹈作品内涵。

“批评”，乃是生发意义的方式，而在舞蹈领域，这种方式也就因为舞蹈艺术的根本性的特点而面临“宿命”的困境：如何阐释和分析由身体的直接感染力而“撞生”的舞蹈作品的内在意义，乃是一个几乎难以完成的使命。如果舞蹈批评仅仅依靠身体感染过程中的“观感”展开，那么这种批评就永远只能是感性的、零碎的、缺少方法论和无法达成学术共同体的批评；而如果舞蹈批评可以像电影批评、文学批评那样，不追问“作者意图”[②]，又会脱离舞蹈的身体直接感染力，从而显得隔靴搔痒。

事实上，中国当前舞蹈批评的困境正是深深植根于这种过分强调舞蹈的身体感染在舞蹈评论中具有支配性地位的观念，这就造就了当前舞蹈批评的种种问题。有趣的是，当评论者亦步亦趋地追问个人的舞蹈观感的时候，却往往会发现，这种观感

---

① “白日梦”是奥地利学者弗洛伊德提出的重要概念，认为艺术作品具有一种“魔力”，让人们的欲望在其中得以实现。在弗洛伊德的理论中，这个概念没有汉语中常见的讽刺、嘲弄等的负面意义。参见[奥]西格蒙德·弗洛伊德：《作家与白日梦》，车文博主编：《弗洛伊德文集：达·芬奇对童年的回忆》，长春：长春出版社 2004 年，第 57 页。

② 法国著名思想家罗兰·巴特曾经以《作者死了》一文振聋发聩地指出：“一个文本不是由从神学角度上讲可以抽出单一意思（它是作者与上帝之间的‘讯息’）的一行字组成的，而是由一个多维空间组成的，在这个空间中，多种写作相互结合，相互争执，但没有一种是原始写作：文本是由各种引证组成的编织物，它们来自文化的成千上万个源点。”罗兰·巴特阐明，只有不去将作者的意图作为文学批评的根本目的，作品的意义才能被解放出来。参见[法]罗兰·巴特：《罗兰·巴特随笔选》，怀宇译，天津：百花文艺出版社 2005 年，第 300—301 页。

其实因人而异，难以形成理性的共识，从而反复呈现“批评—艺术家”的对立状况。而在这种对立中，往往艺术家更有发言权裁定批评者是否说出自己的心思；反之，批评家只有在获得了艺术家的“认可”后，才具有自己发言的权力。

于是，中国舞蹈批评也就过分倚重形式批评，相对忽略舞蹈的社会学批评。因为形式的批评最容易达成共识，最容易避免“批评—艺术家”对立状况的出现。一旦上升到社会学意义上的批评，就会产生纠缠不休的讨论。

在这里，以艺术家阐释为核心的舞蹈批评很容易造成非技术性批评的缺失。不止一次的学术会议上有人会提醒从事社会学批评的批评家，不要用“外行的眼光”来评价舞蹈，因为不跳舞就没有发言权。这个逻辑其实是行不通的。文学批评家很少有会写小说的；电影评论者也几乎不可能去直接拍摄电影；很难想象没有唱摇滚乐才能的人就失去了评论摇滚乐文化的资格；同样，也很难想象体育评论者都必须是奥运会的冠军。

就批评来说，注重形式的批评和注重社会学意义的批评是不同的批评理论，而在当前中国舞蹈领域，在“艺术家核心”基础上建立起来的这两种批评，其缺陷都是非常明显的。

形式主义批评关注意义是怎样被表达的，从而关心表达意义的形式如何被突破、如何被使用和如何形成了个人风格。在舞蹈领域，这种关注却倾向于技巧、节奏、调度和舞美的方式的研讨。人们关心一个作品的“形式”是否合适，是否应该做出这样或者那样的调整，从而令批评被限定在舞蹈技术的范围之内，变成了艺术实践的“出谋划策”，也就无法从情感观念和艺术精神的高度，分析相应的艺术形式的得与失。

在这里，舞蹈的形式主义批评变成了抽象的形式化批评，每个舞蹈作品，只要演员优秀、编舞动作新鲜而处理流畅，就会获得好评。“形式的花样”至关重要，而特定形式如何生成深沉的体验和情感，在很多人眼中已经不那么重要。

这种批评倾向反过来对于舞蹈创作者的不良影响是非常明显的。最为突出的表现就是很多舞蹈作品尽管名目不同、动作类型有别，可以分属于现代舞或者古典舞，抑或民族与芭蕾，但是，除了技术的差别之外，几乎很难发现它们在艺术精神和情感观念方面的不同探索。

于是，中国现当代诸多舞蹈作品都在重复地使用“格言体内容”或者“类型化母题”。所谓“格言体内容”，指的是许多作品采用人所共知的意义来作为作品章节展开的依托，仿佛口口相传而缺少独特内涵的格言故事，不断重复这些表面深沉实则单调苍白的思想主旨。诸如“人性中……的表达”“对于……的讴歌”和“热爱……的品格”等等，常常在节目单上作为舞蹈作品意义的注解——有兴趣的人如果搜集不同作品的节目单，也许会发现舞蹈作品阐释具有一种话语形式的“家族相似”。而一些情感类作品，则常常使用类型化的母题，“母爱的伟大”“爱情的浪漫”“冲破家长制的压抑”等等，甚至一些本来可以有独特情感意义的作品，也常常会用一些大而无当的宏大命题来“误导”观众。

显然，舞蹈批评的形式化，看似紧跟舞蹈艺术的身体直接感染力，努力挖掘艺术家的用心，却因此不免把舞蹈作为不表达特殊意义而仅仅表达格言意义和类型化情感的艺术类型。而很多时候，那些花费巨大的所谓历史诗剧，一方面是景观化[①]的视觉震荡，另一方面则是主流意识形态的简单图解，意义匮乏、情感空壳——当舞蹈批评缺乏生产意义和分析历史的能力的时候，舞蹈自然就不断将景观化的历史作为历史来呈现了。一方面努力将舞蹈动作编创得性格化或者情感化，编导们可以改编戏剧和小说作品，使之成为“反映”所谓历史长河的内在规律的东西；

---

① Spectacle，景观、奇观，出自拉丁文 spectae 和 specere，意思是观看、被看。使用“景观”这个中文词进行翻译，可以体现出 spectacle 这个概念所指称的事物不为主体所动的那种静观性质；使用“奇观”，则可以体现出 spectacle 这个概念引发关注、引人迷恋的特性。二者意义相结合，意在说明现代文化的奇异景象：艺术常常以其视觉震撼效果达到引人注目的效果，而相对忽略其文化内涵的建构。相关资料可以参见[法]居伊·德波：《景观社会》，王昭风译，南京：南京大学出版社 2006 年；[美]道格拉斯·凯尔纳：《媒体奇观：当代美国社会文化透视》，史安斌译，北京：清华大学出版社 2003 年。

另一方面，舞蹈身体表意的局限又使得这些作品的“意义”总是“格言化”“寓言化”甚至“童话化”，几乎起不到艺术家们预设的“启发”“感染”或者“揭露”“批判”的作用。于是，很多舞蹈作品就只好陷入这样一种“表意困境”：一部作品乃是为了表现深刻意义而创作的，但是，却不得不大量加入炫技性场景或者震撼性舞美因素，最终只能变成技巧展示或者服装展示。这正是舞蹈批评的困境所造就的舞蹈艺术表意的焦虑。

舞蹈批评的策略与模式

由上可知，建构一种以身体直接感染力为基础、以形式批评和社会批评相结合的新舞蹈批评，已经成为亟待解决的命题。那么，这种舞蹈新批评的具体原则和策略是什么？其基本的方式方法又是什么呢？

形式批评和社会批评的结合，具体到舞蹈作品中，就是确立一种“舞蹈是以身体为媒介、以直接感染力为目的的艺术修辞方式”的基本观念。

由上可知，舞蹈是“直接感染”的，这说明了舞蹈的表意过程和基本模式是不必依赖理性的思考和功利的分析的；但是，这并不说明舞蹈的“直接感染”就仅仅是形式的、技术的和视觉的感染，恰恰相反，舞蹈艺术之感染人，在于它可以通过身体这种最迅捷的感染媒介，将人的生命遭遇和生活境遇，快速和直接地传达给观众，让观众通过身体的直接沟通，达到奇妙的体验交融。当我们通过卡夫卡的小说认识到现代人的自我困境的时候，这个认识必然经过了反复的思考、分析和研读，甚至需要学习现代主义的知识才能完成；而在皮娜·鲍什的作品里，舞者像机械设备一样运动肢体，瘫坐在地的委顿和挣扎不已的上身，构成鲜明的对照，一列火车在钢铁碰撞的声音中急速驰过……在这里，对机械文明与人的生命困境的表达与卡夫卡异曲同工，但是，皮娜·鲍什的作品却可以直接打动人，在瞬间让观者产生无力感和沮丧感。

显然，对于这样的舞蹈作品，舞蹈批评如果仅仅局限在技术的和形式的角度，那么就完全不能阐释这种瞬间感动的丰富意义和批判内涵。在这里，中国舞蹈批评往往被“瞬间感动”缚住了思想的手脚，认为这种瞬间感动是无法用理性的语言和分析的方法来陈述的，于是，就不去关心这种瞬间感动所依赖的社会历史的特定语境和隐喻性意义的陈述了。

如果我采用表单的形式来表述这两种批评的不同思路，也许会更加清晰：

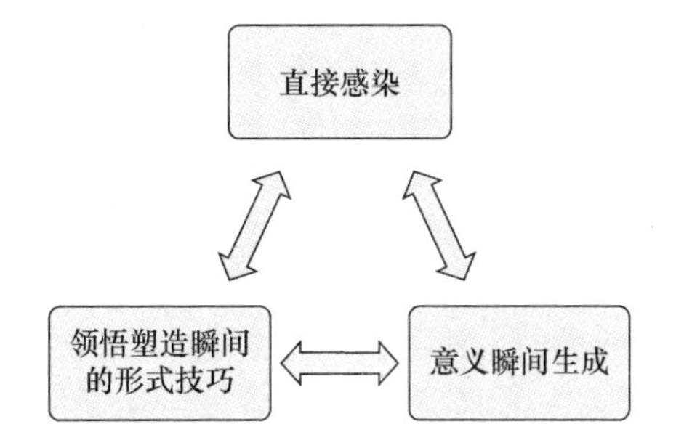

就第一种批评来说，批评者相信舞蹈的直接感染力最终来自不可复制的塑造了意义瞬间的技术技巧，从而忽略了舞蹈作品意义表达的内容，而偏重意义表达的方式，并最终形成一种“循环论证”：舞蹈就是一种身体的感染力，它来自创造性的形式和高难度的技巧；而这种技巧和形式，才是舞蹈值得我们欣赏的魅力所在，即身体的直接感染力。

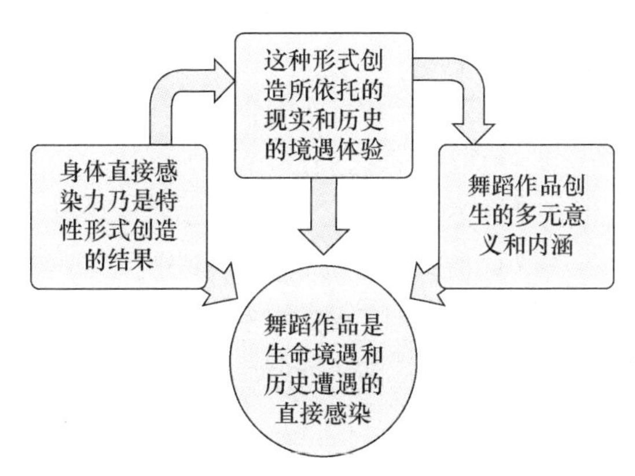

在第二种批评中，首先要承认舞蹈作品最为独特的美学形态就是其身体的直接感染力，同时，能够发现这种身体的直接感染力所依托的具体可感、个性创新的形式技巧——事实上，只有具有充分的艺术感悟力的舞蹈家，才能创造出具有个性创新的作品来；相应，这种批评不止步于发现了艺术家独特的匠心和独创的形式，而是进一步思考为什么这种匠心和形式在“这样的历史时刻以这样的形式出现”；最终，通过将舞蹈作品的形式技巧与产生这个形式技巧的现实勾连在一起，发现或者说“解放”这个作品的内在意义。

皮娜·鲍什的《穆勒咖啡屋》里游魂一样的衰败的生命，绝对不会出现在意味丰满的古希腊时期，也不会出现在蒸蒸日上的、创造了鲁滨孙的资本主义上升的时代，而只能发生在人的意义被战争的阴影笼罩，个人的肉身被绝望的现代性体验所捆绑的历史中；同样，只有处在一个重新发现传统的冲动中的孙颖，才会创造出生动而含蓄的《踏歌》的韵律——如果不是曾经有过的国家主义话语对女性身体姿态的规训和笼罩，女人的性情之美也就无法以如此婉约撩人的形式被创造；而《雷和雨》中在地上滚爬的繁漪只能出现在20世纪末，女性不知所措的焦虑不安，一方面是男权社会中女性的惯有体验，另一方面，又是一个飞跑的时代里面每一个中国人主体感丧失的集体想象——而在《雷雨》的时代，女性的主体性会让她们承受爱情的折磨和充满勇敢的绝望，却不会有《雷和雨》中女性的这种无尊严感和无意义感(跪爬行为)。

当然，舞蹈批评不是简单发现舞蹈和时代的关系，我在这里强调的是，舞蹈批评应该，也已经到了必须从舞蹈和语境的关系重建的角度展开批评的时候了。归根到底，“为什么这种个性创新的形式技巧以这样的方式在这样的时刻发生”，这个问题的出现，应该成为中国舞蹈批评的核心语句。在此之前，人们只懂得直接感染力的形式技巧是艺术家的创造，在此之后，应该充分展开“批评的想象力”[1]，从更加广阔的角度理解，成功的舞蹈作品的形式技巧，不仅仅是艺术家个人能力的结果，还是特定语境中具有丰富思想内涵和伦理意味的形式，是无形的时代的手拨弄的后果。

---

① 美国学者提出，社会学的研究应该具有“社会学的想象力”，认为“个人只有通过置身于所处的时代之中，才能理解他自己的经历并把握自身的命运，他只有变得知晓他所身处的环境中所有个人的生活机遇，才能明了他自己的生活机遇。社会学的想象力可以让我们理解历史与个人的生活历程，以及在社会中二者之间的联系。它是这样一种能力，涵盖从最不个人化、最间接的社会变迁到人类自我最个人化的方面，并观察二者间的联系。在应用社会想象力的背后，总有这样的冲动：探究个人在社会中，在他存在并具有自身特质的一定时代，他的社会与历史意义何在”（[美]C. 赖特·米尔斯：《社会学的想象力》，陈强、张永强译，第 4 页）。在英国学者吉登斯看来，批评和分析也要借助于这种想象力，尤其要建构一种“批判的感受力”（[英]安东尼·吉登斯：《社会学：批判的导论》，郭忠华译，第 10—17 页）。相对舞蹈批评来说，发挥批评的想象力，就是同时建立舞蹈和历史语境之间的审美和文化的关系。

第四章　中国文化研究与寓言论批评的危机意识

2016年6月，我在北京语言大学参加文化研究与教育问题的国际学术研讨会。与会学者突然围绕乡村文化建设的合法性与合理性问题进行了争论。青年学者、新工人问题的关注者吕图倡导创建新的工人文化，为以北京皮村为代表的工人们创造更多的表达空间和良好生活的可能性；而长期从事文化研究的陶东风教授则批评乡村建设运动有过多的道德姿态而缺失真正的行动，尤其是与强大权力机制进行正面对抗的勇气。争论立刻延展开来。关注乡村建设和新工人问题的青年学者力主知识分子应该去底层劳动者那里改造自己的思想，并且以此确立学术研究的新理性，即抛开自私自利的学术资本主义，让思想回到当前社会阶层对立的线索中重新追问文化研究的价值和意义；而学院知识分子强调自身批判理性和学理反思的价值，鼓吹应该具备观察中国社会问题的思想力，并更认同让思想摆脱政治权力的操控和管制。这可能是一场永远也没有止境的争论。关注乡村建设和新工人问题的学者们确实存在用崇高的道德感和俯身下视众生的崇高感去创造行动的价值幻觉的问题——可能，没有比行动本身更能制造幻觉；与之相应，学院派知识分子突出自身思想的社会困境，将思想的贫乏归结为权力体制的压抑，存在着将复杂的社会问题尤其是阶层差别问题简单化的趋势。而作为大会总结者的我，因为过分强调会议争论本身的价值和意义，没有表明自己的立场，就被一位学者称之为“中右派”。

2013年11月，南开大学与上海大学联合主办了“热风学术”论坛。与会学者在论及当前城市农民工和打工者的生活困境时，使用了“知识分子的罪感”这个概念。事实上，知识脱离群众乃至脱离社会，这确实是当今中国学院派知识分子应该反思的一个问题；但是，对于“罪感”的过分强调，又有引发一种“天然政治正确”的“学术服务大众”的意识之危险。用道德冲动和理想幻觉来确立学术理性的价值，这肯定是有问题的；同时，丧失关注现实的能力，又是知识分子中一种常见的现象。

2015年年尾，首都师范大学召开了一场关于民族主义问题的学术研讨会。国内知名的老中青学者参与者颇多。会上明显可以感觉到自由主义知识分子的批判激情和带有新左派印记的知识分子的思考冲力。“民主国家之间不会发生战争”，这个议题激活的论争热情，让会议呈现高潮。我不幸做了会议的主持人。可是，两位思想派别明显不同的知名学者的“斗争”热情，已经不受我的控制。对于发展神话的批判、发展进步思想的价值强调、民主与法制的关系追问以及民族主义是会引向强大的未来还是导致混乱的局面的探讨……种种议题，触及当前中国社会形态和思想功能的话题。

2016年12月，上海大学举办乡村与城市问题的学术研讨会，陈思和、王安忆、李陀、贺雪峰等学者和作家就“乡村消失了”还是“农民生活得更好了”等问题发生了争论。有趣的是，王晓明教授最终提出的一种融合了行动与思想的理论似乎让争论变得有可能“和解”：“城乡结合度”。王晓明提出，应该用城乡结合度来考量今天城乡的发展，应该将乡村的自然资源与城市的现代化资源相互融合，让社会全面发展。他强调要注意“城乡结合度”不是一蹴而就的事务，而应该是长期坚守的一种“意识”或者说“理想”。

显然，在中国文化研究领域，出现了一种我称之为“行动与思想”的矛盾命题。无论是吕途、陶东风的争论还是陈思和、王晓明的对立，都蕴含了一个值得我们反复思考的话题：学者应该如何介入社会？有趣的是，这个问题也就天然地遮蔽了这样一种思考当前中国社会问题和处境的思路：历史地考察中国社会文化。

这个矛盾命题的出现，要求我们用新的角度重新反思中国近三十年文化研究之途，也就必须思考这样一些问题：到底中国的文化研究走过了怎样的道路？这个道路留给我们怎样的文化研究之内涵、功能和特性的思考？

但是，尽管中国的文化研究逐渐从游离于学院体制的状况转化为依托体制生存，完成了从学术边缘向中心的转移，本文却无意去综述性介绍中国的文化研究这种具体发展历程[①]。在我看来，当前中国文化研究面临的核心命题，乃是从文化研究与学术政治的角度，反思中国近三十年文化研究的议题所承载的社会理想与文化愿望。事实上，早有学者指出，作为一种理论，“文化研究”承担了特殊的社会政治愿望，可以促成“历史的大联合”[②]。任何对文化研究的研究，都不应该只是简单转述其思想，而是要探讨为什么要有这样的思想，以及这种思想之创生乃是依托于怎样的社会历史语境的压力。

---

① 由于中国的文化研究起步较晚，针对其发展历史的梳理，有影响的成果尚不多见。但是，也已经出现了比较有代表性的成果。大致可以分为三类：第一类，中国文化研究阶段性总结和理论成果。如汪晖的《九十年代中国大陆的文化研究与文化批评》(1995)、戴锦华的《隐形书写——90年代中国文化研究》(1999)、《犹在镜中——戴锦华访谈录》(1999)、王晓明的《在新意识形态的笼罩下——90年代的文化和文学分析》(2001)以及王岳川的论文《90年代文化研究的方法与语境》(1999)，后者为1990年代的文化脉动进行分期总结并提出多重语境中的文化研究的问题等。王岳川的《中国镜像》(2014)也聚焦1990年代，讨论中国文化研究的意义、知识分子的思想定位、文化思潮等。第二类，中国文化研究状况概览。王宁的《文化研究的历史与现状》总结了文化研究进入中国语境以来的发展路径与成果。陶东风的专著《文化研究：西方与中国》(2001)、《当代中国的文化批评》(2006)将当代文艺思潮作为切入点开展思想史的研究，但在严格意义上并非中国文化研究史著作，而是以文化研究视角对当代文化文艺思潮的反思。他的《文化研究在中国——一个非常个人化的思考》(2008)从自身学术兴趣发展的角度回顾了文化研究在中国学术界的发展与流行。周宪的《文化研究：为何并如何?》(2007)讨论了当代中国文化研究中的知识政治、知识本土化与理论生产等问题，并提出文化研究的未来以及所面临的危机。另外，杨俊蕾的《“文化研究”在当代中国》(2002)、陈光兴的《文化研究：本土资源与问题意识》(2007)、颜桂堤的《文化研究的理论范式转换及中国经验》(2016)和《文化研究：中国经验与介入》(2016)等成果，在回顾文化研究在中国的发展历程的同时，着重关注了中国经验与西方文化研究理论的关系。第三类，中国文化研究成果汇编。金元浦主编的《文化研究：理论与实践》(2004)将1990年代以来的思想文本归档整理，形成重要的历史资料和思想地图。另外陶东风从2010年开始主编《文化研究年度报告》，至今已出版5期，主要板块包括“年度论文”“文化研究工作坊”“年度文化现象扫描与文化研究重要著述介绍”和“文化研究大事记”，成为重要的年度文化和文化研究工作总结与资料汇编。

② [美]弗雷德里克·詹姆逊：《论“文化研究”》，谢少波译，王逢振主编：《詹姆逊文集》第3卷，北京：中国人民大学出版社2004年，第1页。

近三十年中国文化研究的概况

"文化研究"在中国已经走过了将近三十年的道路了。虽然至今依然有学者会认为"文化研究"就是研究儒释道或者中西文化思维比较之类的学问，但是，作为一种具有独立学术意识的"文化研究"，已经成为当前中国人文学科领域研究的"显学"。近年来也出现了将其学科化的呼声[①]。更有学者不断思考文化研究与文艺学的学科关系，似乎文化研究已经强大到了可以包容文艺学乃至其他学科的程度。[②]

因此，反思近三十年的文化研究之路也就变得非常必要。笼统地讲，近三十年来，通过引入西方理论、讨论中国问题，与国际文化研究学界的积极对话，中国文化研究形成了自己的历史，并形成了自己的理论特色和问题框架。这个历程可以粗略地划分为这样三个阶段：

第一阶段为理论译介阶段。1985 年，弗雷德里克·杰姆逊（又译詹姆逊）的北大之行以及《后现代主义与文化理论》一书的出版可被视为文化研究的思想登陆中国的先声。他有关后现代主义文化的系列讲座影响了一批青年学者，对文化研究在中国的落地发展具有重要意义。1994 年，《读书》杂志发表了李欧梵的访谈《什么是"文化研究"》和《文化研究与区域研究》之后，同年 9 月举办题为"文化研究与文化空间"的讨论会。1995 年被人们称作

---

① 上海大学、首都师范大学等学校已经设置了文化研究系，北京大学、复旦大学、南京大学、南开大学、四川大学等多所学校招收"文化研究"方向的硕士生和博士生。2014 年 12 月 6—7 日，南开大学文学院、《热风学术》编辑部及上海大学中国当代文化研究中心联合举办了以"文化研究的教学"为主题的"热风论坛"。2016 年 6 月 24—25 日，北京语言大学与北京师范大学联合举办的第 6 届 BLCU 国际文化研究论坛以"生活新状态：教育观察与文化研究"为主题展开讨论。国内学者如陶东风、周宪、王晓明、张红兵、徐德林、罗小茗、刘昕婷等都曾撰文讨论中国文化研究的学科化问题。

② 初衷本是为了抵制学科界限的"文化研究"如今反而变成了可以挂在任何学科脖子上的"领带"。所以，早在 20 世纪 90 年代初期，中国学界刚刚开始接受"文化研究"的时候，就开始了对其学科复杂性的反思。李欧梵、汪晖、周小仪、王宁等学者已经开始意识到，文化研究与文学研究可能出现复杂交织的关系。

所谓的“中国文化研究元年”。是年 8 月,“文化研究:中国与西方”国际学术研讨会在大连举办,伊格尔顿来华并发表学术演讲。1996 年 7 月,“文化接受与变形”国际研讨会在南京大学举办。这三次会议的举办可以说标志着“文化研究”在中国的“诞生”。同时中国学者开始大量译介西方文化研究的理论成果,推出一系列丛书,如“当代大众文化批评丛书”“大众文化研究译丛”“文化与传播译丛”“当代学术棱镜译丛”“文化研究关键词丛书”“文化研究个案分析”等,极大地丰富了中国文化研究的理论资源。

第二阶段为问题本土化阶段。文化研究本身的开放性以及对语境化的强调提供了其介入本土化实践的可能,在译介西方文化研究学术成果的同时,中国的文化研究学者开始将文化研究作为理论工具来研究中国的问题。新时期的中国社会发生巨大变化,大众文化在商业化、市场化的推动下呈现纷杂的形态,影响力日渐强大。同时,中国社会在城市化、全球化的进程中发生诸多交汇与冲突。这是一个怎样的时代?应该如何认识?社会是否面临危机?面对这些问题,原有的理论范式与知识体系已无法展开有效的分析与阐释,而文化研究顺应中国社会文化转型、大众文化蓬勃兴起的契机拓展学术空间,以跨学科的姿态面对“文化”的复杂性。李陀、王晓明、戴锦华、陶东风、周宪、陆扬、金元浦、罗岗、黄卓越、王晓路、汪民安、赵勇、周志强、胡疆锋等一批学者借助“文化研究”获得新的方法与角度处理中国社会的新现象新问题,逐渐形成声势浩大的人文思潮,其影响突破了文学批评,扩展至人类学、地理学、社会学、传播学、都市研究等领域,掀起了一阵学术旋风。

第三阶段为学术学科化阶段。中国文化研究的两份代表性刊物《文化研究》与《热风学术》分别于 2000 年和 2008 年创刊,成为推广国内学者研究成果的重要平台。文化研究逐渐进入高校体制,北京大学、南开大学、北京师范大学、中国人民大学、首都师范大学、华东师范大学、同济大学、上海大学等高校开设“文化研究”课程,设置文化研究为博士学位研究方向。2001 年,上海大学成立了中国当代文化研究中心,这是中国大陆第一个文化研究机构。随后成立了上海大学文化研究系、华东师范大学城市文化研究中心、首都师范大学文化研究院等专门的文化研究机构。文化研究呈现出强劲的发展势头与崭新的学术面貌。

目前,中国文化研究的几个重要基地,如首都师范大学文化研究院、上海大学文化研究系等,其师资知识结构涵盖了社会学、政治学和哲学等领域,涉及女性主义、社会工作、政府文化管理、文化政策研究、文化美学与批评等学术问题。

与此同时,社会学、哲学和政治学领域的研究,也已经在乡村治理、阶层研究、底层社会调研、性别政治、消费社会理论等诸问题领域与文化研究交叉集合在一起。文化研究成为这些学科和问题沟通对话的中介和平台。

目前,中国文化研究自身特色的形成,促使国际学界开启与中国文化研究学者积极对话和交流的局面。近年来,包括齐泽克、杰姆逊、德里达、大卫·哈维、莫利、威斯利、格罗斯伯格等多名当代西方知名思想家纷纷访华,讨论中国社会城市文化、乡村建设、文化记忆、空间政治、财产文化、女性主义、影像文化、青年亚文化、听觉文化诸问题,形成了中国文化研究学界的诸多新成果。2010 年 7 月,南开大学与首都师范大学举办了“亚洲经验与文化研究的多元范式”国际学术研讨会,首次倡导和强调“亚洲经验与文化研究的中国问题框架”,来自日本、美国、澳大利亚、中国等地的四十余位学者,共同讨论了中国文化研究的历史和未来趋势问题。“亚洲经验”问题浮出水面。来自澳大利亚的王毅博士这样说:

> 在文化研究的框架下,亚洲的范式建构在理论上说是可行的。英语学术界曾就后殖民时代美国、加拿大、澳大利亚、新西兰、印度、南非、爱尔兰及英国等英语国家的认同问题进行研究,发现虽然差异极大,但是在文化多元主义、民族主义以及少数民族(种族或文化)等方面不是毫无范式可循。英国的亚洲移民与澳大利亚的亚洲移民也许存在某种共同的文化认同问题,这些研究甚至可以作为中国农民工

文化认同研究的范式参考。[①]

王毅的乐观乃在于看到了文化研究之沟通中国与欧美澳的“方法论”，事实上，三十年来中国的文化研究尽管在欧美文化研究理论的影响下形成了丰富的议题，同时也开始努力创造自己的议题。城乡文化、农民工、新穷人、“文革”记忆、微文化、粮文化、民族主义等问题的提出，可以看作是中国社会三十年来独特文化景观的研究产物。虽然不能说这些问题的研究乃是中国的文化研究学界独立自主的“原创”，却正在衍生属于中国问题的框架。

如果采用一种提纲的方式来呈现近三十年大陆文化研究的基本问题的话，可以总结为下面的一组问题：

1. 大众社会的雏形与中国文化研究的发轫(1985—1989)

以20世纪80年中叶以来的人文思潮为背景，出现“中国大众社会”，也相应出现了最早的对于大众文化问题的思考；

2. 商品化浪潮与大众文化崛起时代的文化批判(1989—1994)

主要是依托西方马克思主义与传统伦理哲学，对中国社会政治经济文化的发生状况进行批判；

3. “现代性跳转”与文化研究的民粹主义倾向(1994—1999)

20世纪90年代中叶以后的城市化建设进程开启，文化研究依托人文主义和后结构主义理论，形成对都市文化的早期批判；

4. 去政治化的文化与文化研究的政治内涵(1999—2003)

20世纪末到21世纪初，后现代主义热潮中，围绕生活美学和消费社会的问题进行的娱乐文化的理论批判；

5. 高度发展的现代性与文化研究的分化(2003—)

随着中国社会消费主义体系的基本完成，这一时期的

① 王毅：《文化研究的亚洲经验与范式构建》，《南京社会科学》2012年第10期。

文化研究随着社会生活方式的多元而产生了议题分化和理论对立的状况——这也是中国文化研究成果最为突出和丰富的时期；

6. 现代中国社会变迁与三十年中国文化研究的三次论争

从20世纪80年代到新世纪初十年，伴随中国社会商品化、世俗化和消费化转型，中国文化研究也经历了人文精神大讨论、日常生活审美化和商品美学批判三次大型的争论；

7. 都市、空间与中国文化研究的文化地理学理论

中国文化研究的空间政治重在研究都市空间和城市景观；

8. 女性主义与中国文化研究的性别视野

自女性主义被介绍到中国后，就成为文化研究的核心议题，而女性尤其是当代都市女性的生存表达权问题乃是其核心命题；

9. 乡村建设与中国文化研究的行动主义

乡村建设运动是中国现代社会的一个社会传统；21世纪以来以温铁军、潘毅为代表的乡建派的学术思想和实际成就产生了广泛影响，文化研究学者积极参与其中，形成乡村建设的潮流；

10. 娱乐文化与中国文化批评

对于大众文化、娱乐文化进行反思和批判，成为中国大陆文化研究的批评传统；

11. "新工人"与中国文化研究的阶级理论

近几年，新工人现象与文化研究的新阶级理论引发广泛关注和讨论；

12. 器物文化与中国文化研究的日常生活美学

21世纪初，器物文化研究兴起，一方面批判商品美学，一方面构建新的器物符号文化；

13. 重建历史记忆与中国文化研究记忆理论

结合"文革"叙事、17年社会主义文学与文化实践、知青现象、历史博物馆、工人新村等问题，兴起以文化记忆理论为核心的文化记忆研究热；

14. 商品帝国与中国文化研究的资本批判

受消费主义理论的影响，中国文化研究学者对中国消费社会理论和消费社会进行了较为多样的研究；

15. 青年的消失与中国青年亚文化研究的崛起

围绕当下青年人社会角色的变迁、社会功能的转移和娱乐文化的发展，中国文化研究在青年亚文化方面取得了不错的成绩；

16. 网络文化与中国新生代文化研究

80后新一代学者对中国大众文化新现象，尤其是互联网文化研究比较关注，尤其是微时代、电子游戏和粿文化现象等等的研究引人关注。

综上所述，中国文化研究的成绩和特色乃是比较鲜明的。然而真正取得的成果并不是全面开花的。王晓明在总结中国文化研究的"三个难题"时提出，中国文化研究领域主要存在两种看待中国问题的意见：

> 一部分人认为，中国已经进入了消费社会和大众文化的时代，西方式的资本主义已经成为中国社会中的主导力量，因此，需要引入——主要是1970年代以后的美国式的——文化研究的理论，通过文化研究来确认这个新的现实。
>
> 另一部分人却没有上述这样的确信。相反，他们对社会的巨变满怀疑惑：中国的确是和1950—1970年代完全不同了，无论政治还是经济，都明显不再是先前那样的"社会主义"社会了，可是，最近20年来，中国并没有向欧美式的资本主义社会靠近多少，而是正在向某个以人类目前的知识尚难以确认的方向滑过去。中国正在向何处去？它将会变得怎样？如此变化的中国又会给世界带来什么样的影响？对于这些大问题，这一部分人深感困惑……正是上述情形，将这一部分人的眼光引向了1960年代伯明翰学派式

的文化研究。[1]

事实上，正是王晓明所说的这两个“担忧”，形成了中国大陆文化研究的两个方面的实际成果。

第一类重要的成果体现在对于中国大陆近二十年来大众文化的研究和批评方面。自20世纪80年代中叶开始，中国进入到城市大发展的状态。电影电视逐渐普及。1983年香港电视剧《射雕英雄传》在内地播出，1987年中国经典文学作品《红楼梦》改编为电视连续剧播出，1990年一部名为《渴望》的电视连续剧风行，一时之间万人空巷。新崛起的大众文化正在改变中国文化的基本形态。传统的文学理论不足以解释种种新型的大众文化。诸多学者采用来自批判理论的“文化工业”思想，对中国大众文化进行批判或反思。

在这些研究中，有这样几种观点值得讨论。对于大众文化的研究，隐含着对于传统中国社会文化的根本性转型的承认。李泽厚提出“告别革命”的说法引起关注。而从大众文化注重休闲娱乐的角度来说，“告别革命”的观点乃是对中国社会政治文化重大转型的一种体察。同样，陶东风提出，中国大众文化具有双重性的特点：一方面是对抗，另一方面是妥协；一方面是颠覆，另一方面则是收编。汪晖则认为，1990年代以来中国的社会文化处于一种“去政治化”趋势之中。大众文化正在消解传统社会主义文化的政治意义。相应，李陀强调，伯明翰文化研究致力于在大众文化内部发现斗争的力量，这是有问题的，符号的斗争不能代替社会的政治斗争。我提出“傻乐主义”，认为新世纪以来的中国大众文化正在形成一种国家与社会的无意识的共谋关系，用“傻乐”的文化工程，将社会主义文化空壳化，将文化政治变成一种没有政治的政治。

总体来看，对于中国新兴的大众文化，较年长一代的学者主要采取了批判的态度；而新锐学者往往寄望于亚文化、数字文化

---

① 王晓明：《文化研究的三道难题》，《上海大学学报（社会科学版）》2010年第1期。

等等给中国社会带来进步。胡疆锋等青年学者主张青年文化可以成功抵制大众文化的商品威权和政治压制，成为带来社会新生进步力量的源泉；张慧瑜等一批80后学者则愿意相信，大众文化可以被重新改造，尤其是中国社会大量的新工人的文化表达，可以改写人们被娱乐围困的观念。

第二类研究的成果主要体现在运用英国文化研究的理论视野和资源分析和研究中国社会的都市文化、乡村文化和生活文化方面。王晓明主持了系列对于当代中国文化研究的大型课题。其中一个是“上海地区文化分析”，立足于中国社会最具有现代都市生活特点的上海，考察1990年以来上海都市生活文化和社会文化的各个方面。另一个课题“当代文化生产机制分析”更是比较宏大。王晓明主张，在保持文化研究的跨学科性的同时，应该致力于让文化研究成为当前中国高校系统内在体制的一个部分。只有这样，才能培养更多的文化研究力量，从而实现改造社会的目的。所以，他提出来的“批判性分析”和“促进性介入”产生了广泛的影响。吕途、张慧瑜、潘家恩、孟登迎等青年学者，虽然具有不同的学术背景，却都被王晓明的批判与介入相结合的路线所影响。吕途、潘家恩在北京、重庆等地开展新工人文化教育、乡村建设和改造等活动。虽然存在社会管理机构的阻力，他们却依然坚信用“劳动实践来对抗资本主义”的思想。事实上，这样的行动影响了一大批青年学生。直接从事文化研究的田野工作，也为青年人提供了坚实的价值感。

有趣的是，争论始终是存在的。自东方主义来华，关于中国社会在世界资本主义体系中的地位和中国社会走向何方的问题意识，就始终存在于中国文化研究学者的研究之中。这可能也是未来中国文化研究提出自己的问题和意见的学术领域吧。

批判的意识、反遏制冲动与紧迫性幻觉

有趣的是，中国文化研究从一开始就带上了一种“文化想象”的色彩，隐含着强烈的社会政治的愿望。简单说，中国的文

化研究始于一种社会批判意识，进而激活反权威的冲动，最终提供一种紧迫性行动的幻觉。

所谓“批判意识”，体现在早期中国文化研究对大众文化、世俗社会和传统文学三个方面的反思和剖析。众多学者最早从欧洲引入“文化研究”的时候，重点在于意识到这是一种可以用来清算传统知识的思想范式，将之视为可以重新构造理解和阐释社会文化与文学艺术之认知方式的理论。王宁这样总结：“文化研究确实对人文学科和社会学科的正统提出了激进的挑战。它促进了跨越学科的界限，也重新建立了我们认识方式的框架，让我们确认‘文化’这个概念的复杂性和重要性。文化研究的使命之一，便是了解每日生活的建构情形，其最终目标就是借此改善我们的生活。并不是所有学术的追求，都具有这样的政治实践目标。”[①]事实上，中国学者之忽然看重文化研究，正是发现在其中可以寄予批判性地理解文化艺术和现实问题的理想。陶东风就曾经在1996年的《文化研究的超越之途》一文中这样欣喜地认为，文化研究可以带给中国一种新的批判，通过反思进步和发展的神话，来创生一种新的反对唯实主义的思维。他提出：“80年代文化批判的一个重大缺陷，就是只有政治向度、意识形态向度而缺乏人文向度，以至于只可称之为政治批判、意识形态批判甚至具体的社会问题批判，而不是真正的文化批判。”[②]李欧梵和汪晖则在那篇著名的《什么是“文化研究”?》一文中尝试凸显文化研究作为马克思主义文化领域斗争方式的特性。李欧梵这样介绍文化研究进入美国之后所激起的社会反响：

> 这一理论迅速与美国学界的左翼结合起来，而现在美国学界的左翼与六十年代的左翼已很不同，那时的左翼反越战、搞游行，是行动的一代，而现在的左翼就是搞理论，这个理论与美国社会问题的关系非常密切：同性恋、女性主

---

① 王宁：《文化研究的历史与现状》，荣长海主编：《文化研究》第1辑，天津：天津社会科学院出版社2000年，第77页。

② 陶东风：《文化研究的超越之途》，《学术月刊》1995年第6期，第47页。

> 义和少数民族问题。美国的少数民族主要指黑人、印第安人、西班牙裔和亚裔。而许多人认为亚裔里的中国人越来越正统，是否算少数民族也是亚裔美国人(Asian American)研究中有争议的问题。文化研究除了与这些主题联系起来以外，最近讨论得最多的就是后殖民主义问题——这是美国学术界第一次把美国和西方之外的国家的问题作为主要论题。后殖民主义问题的提出是和赛义德的《东方主义》直接相关的。[①]

在这里，陶东风、李欧梵和汪晖都从各自不同的角度理解和接受了文化研究，他们也相应代表了中国文化研究发生时期的两种有趣对比的主张：陶借助于文化研究来“告别革命”，用“文化—人文主义”的知识，替代“十年文革”以来形成的庸俗的政治批判话语；于此，李、汪所代表的思想则是尝试用文化研究的知识形式，把中国的现代性命题纳入全球资本主义的议题之中，从而重新确立资本主义文化批评的合法性。

但是，无论这两种思想的立场如何不同，他们都不由自主地共同赋予文化研究之批判性内涵。尽管有学者反思文化研究与文化批评是两个不同的传统，文化研究与法兰克福学派的批判理论更是不同的思路[②]，但是，中国学者仍旧毫不客气地把文化研究看作是对已经固化的知识范式、政治立场和艺术阐释的对立性批判。尤其是1989年之后商品化浪潮的到来，知识分子用来抵御消费主义的理论武器处于失效的边缘。传统的马克思主义政治经济学对资本主义的批判和中国古代士大夫精神对个人操守的坚持，都在这个商品化浪潮中失去了自我辩护的可能性。而因历史原因退出“立法者”位置的知识分子，更是自觉地寻找可以成为“阐释者”的理论资源。在这样的背景下，“文化”之研究，当然激发了大家的热情。所以，无论是阿多诺、霍克海默的

---

① 李欧梵、汪晖：《什么是“文化研究”?》，《读书》1994年第7期，第59页。

② 王宁：《文化研究：西方与中国》，《国外文学》1996年第2期；陶东风、邹赞：《文化研究的问题意识与本土实践——陶东风教授访谈》，《吉首大学学报》2014年第4期。

《启蒙辩证法》，还是威廉斯的《城市与乡村》，不仅几乎在这个时候同时翻译介绍到中国，而且，也同时引发了学者们的兴趣。这两种有融合之可能性而事实上却各自分离的知识传统①，不想却在中国奇妙地结合了。人们借助威廉斯的理论批判现代都市文明的昏聩和贪婪，借助阿多诺的思想拒绝大众文化的低俗和浅薄。而这种融合的结果则是这一时期的文化研究学者们获得了新的理论方法的创造激情，并由此实现了由中国社会的启蒙者向现代文化的阐释者的身份转换②。

这种身份转换，也包含了对于"体制"的疏离或说对抗。作为重新看待文化和社会关系的知识体系，文化研究无疑给了中国学者一种新的冲动：反权威，或者说反对权力的遏制。众多学者一开始就意识到，文化研究具有反文学体制的意义。早在1995年周小仪就意识到了文化研究与文学研究有可能存在一种相互对立的关系。在他看来，文化研究扩展了文学研究的边界，也就相应地改变了理解文学价值的方式③。而到了2004年，童庆炳就已经用批评的话语揭示了文化研究反文学体制的特点，即"反诗意"④。这事实上说明了文化研究用一种新的社会政治批评取代审美批评的趋势。而在这个过程中，文化研究关注文学、文化和权力之间的复杂勾连，也就无形中重新编码原有的文化规则和社会规范，乃至重新反思和考量人们习以为常的日常生活知识和政治观念。

简单说，中国的文化研究，天生是一种"双重话语"，即表面上借助于文化研究的学术话语，讨论大众文化、日常生活审美化、公众教育等问题，实际上却宿命地潜伏着对于中国社会现实

---

① 参见道格拉斯·凯尔纳：《批判理论与文化研究：未能达成的结合》，陶东风主编：《文化研究精粹读本》，北京：中国人民大学出版社2006年，第133—156页。

② 也是在这一时期，中国出现了一场"人文精神大讨论"。这场讨论，从今天的角度来看，正是对中国知识分子身份转换的预警、警惕或承认。

③ 周小仪：《文学研究与理论——文化研究：分裂还是融合？》，《国外文学》1995年第4期。

④ 童庆炳：《文艺学边界三题》，《文学评论》2004年第6期。

的冷静反思、强烈批判乃至妥协性对抗的冲动。这种反遏制的冲动乃是无力行动的知识分子用思想行动的充实饱满"补偿"政治行动的匮乏之努力。由此也就可以理解为何少数族裔、性别政治和后殖民理论这些看似与中国社会没有多大关系的命题，竟会一度成为中国文化研究的核心议题。

事实上，正是中国文化研究的这种反遏制冲动，养育了新世纪初文化研究与后现代主义（或后结构主义）生动有趣的结合。严格地讲，作为左翼马克思主义的知识传统，文化研究与后现代主义本应该"势不两立"。或者换个角度来说，文化研究旨在分析和批评的，恰恰应该是后现代主义所主张的"去政治化"的状况。但是，在中国，由于后现代主义所倡导的多元主义具有反权威、反主流和去中心化的意义，其所倡导的诸多议题，竟然成为中国文化研究的核心议题。在21世纪初，伯明翰学派的理论影响了中国文化研究学者，同时，也创生了独特的对于伯明翰学派思想的接受理路。霍尔的"编码/解码"论、菲斯克的"文化抵抗"思想以及莫利的"积极受众"等等，本来都存在一个重塑阶级意识的线索，却在反遏制的冲动之中，被中国的文化研究学界解读为多元主义的政治编码。仿佛一瞬间，"多元主义"成为人们认识社会理解生活的基本共识。"现实"不过是不同的价值观念和不同的理解方式"建构"起来的东西，不存在一种历史或者生活的"本真"状况。所以，"多元主义"通过鼓励理论的多生态发展，暗中把"历史真理"这个命题取消掉了。多元主义肯定有很多思想上的源流。在中国，市场逻辑成为第一生存逻辑的时候，"黑猫白猫"的知性分辨就失去了意义，而"逮着老鼠"的实用主义法则自然占据人们的头脑意识①。于是，所谓"多元主义"，归根到底可以导源于"以效用取代认知"的市场逻辑——条条大路通罗马，万千河流能赚钱。所以，表面上肯定不同人具有不同的价

---

① 1962年，邓小平在《怎么恢复农业生产》讲话中提道，生产关系究竟以什么形式为最好，恐怕要采取这样一种态度，就是哪种形式在哪个地方能够比较容易比较快地恢复和发展农业生产，就采取哪种形式；群众愿意采取哪种形式，就应该采取哪种形式，不合法的使它合法起来……"黄猫、黑猫，只要捉住老鼠就是好猫。"

值，任何人的价值都不能用其他人的价值来压抑或者取代，但实际上，多元主义鼓励了这样的政治无意识：没有任何东西是值得珍视的，除了能带来好处的东西；任何能带来好处的东西，都是有价值的东西。

“现实”确实是“敞开”的。即什么样的行动，就可以导致什么样的“现实”，什么样的理论也会创生什么样的“现实”。这个世界上并没有一个“终极的现实”，譬如理念或者本质什么的；但是，这丝毫也不能妨碍我们把构建更好的现实而不是更有用的生活作为一种历史哲学的根本性主张。事实上，“多元主义”所否定的就是现代社会中人的自身处境的根本性矛盾或者困境的存在：任何现实都是被建构的，所以，任何困境都是一种偶然性的个人遭遇，不存在特定时期的根本性矛盾，也就不存在可以代表或呈现特定时代之根本性危机的困境。

在这里，中国文化研究与后现代主义的奇异组合，创造了一系列反本质主义、去中心化、文化表达权的命题。也是在这个时候，“大众文化”“日常生活”等命题获得了新的解释。曾经一度遭到严厉批判的现代社会，开始被解读为蕴含着解放潜质的现实。越来越多的文化研究学者认为，大众文化，尤其是亚文化，肯定不能被文化工业全权垄断，不能仅仅把它们看作是虚假个性和伪经验的意义载体，它们还是“大众”(尤其是有独立思考能力和阶级意识的青年)生命经验的表达，并蕴含了对权力话语的热情抵抗。胡疆锋为代表的学者似乎倾向于认为，亚文化乃是一种具有解放性的文化[①]。粉丝、摇滚、草根、网民、微博……这一系列新出现的符号变成了具有真实意识和抵抗精神的代名词。

从批判的意识走到反遏制的冲动，表面上薪火相传，实际上却已经暗度陈仓。诸多文化研究的学者开始不再迷信作为阐释者的批判，而日益反对学术体制对知识分子精神的压抑和扭曲，于是，倡导立刻行动起来就变得非常重要。周宪这样描述了“介

---

① 参见胡疆锋：《中国当代青年亚文化：表征与透视》。

入现实”的理论逻辑：

> 对“革命时代”知识政治的普遍反感导致了走向相反的追求纯粹知识的幻象。而当今相当体制化和学院化的知识系统很难扮演强有力的社会批判角色，它们不是蜕变为书本上和书斋里、讲堂里的玄妙学理，便是专业性很强的学科分工和小圈子的品格。在这种情形下，寻找一种具有突出社会现实参与和干预功能的研究路径便提上了议事日程。文化研究恰好满足了这个要求。[①]

显然，作为一种知识政治的中国文化研究，其双重话语功能终于要破碎了。批判和抵制的对立，人们对于个人对抗社会体制能力的乐观，终于养育了“直接干预现实”的诉求。周宪认为：“高度体制化的大学教育系统，行政化的科研管理机制，不可通约的学科体系，趋向功利的研究取向，正在使学术趋于经院化和商品化。为学术（知识）而学术的取向，也就从一种具有积极意义的理念转变为带有消极性的托词。那种曾经很是强烈的社会现实关怀在知识探求中逐渐淡化了，参与并干预现实的知识功能被淡忘了。当学者满足于在书斋里和课堂上的玄学分析时，一种曾经很重要的学人之社会角色也随之消失了。于是，寻找一种能够直接参与并干预现实的知识路径便成为当下中国人文学者的急迫要求。”[②]

那么，这是一种什么样的“急迫要求”呢？不妨借用齐泽克所说的“伪紧迫感”问题来思考这种文化研究与多元主义相结合而创造出来的行动幻觉命题：

> 这些紧急命令（urgent injunctions）之中暗藏着一种根本的反理论锋刃。没有时间反思：我们必须马上行动。通过这种伪紧迫感，后工业时代的富人隐居于虚拟世界之中，不但不否认或漠视他们安乐窝外的残酷现实，而且还无时

---

① 周宪：《文化研究：为何并如何？》，《文艺研究》2007年第6期。

② 同上。

无刻不在提及这种残酷现实。正如比尔·盖茨最近说的："当仍有数百万人不必要地死于痢疾时，谈论计算机还有什么意义？"[①]

有趣的是，这种紧迫感的幻觉，正在中国文化研究学界蔓延。从批判到反遏制，再到抓紧时间行动，能改变多少算多少的紧迫性幻觉，中国文化研究终于显示出把知识分子重新拉回当下社会政治中去的强烈意图。毫无疑问，这个意图乃是旨在改造这个世界。而恰恰又是在改造世界的"紧迫性"上，中国的文化研究面临危机和另一种可能性。

"问题的历史化"：文化研究的另一种可能？

2015年夏季，劳伦斯·格罗斯伯格（Lawrence Grossberg）教授在南开发表了重要的学术演讲。在演讲中，劳伦斯重申了葛兰西的"有机危机"这个问题。当前世界的井然有序，如同清晰简洁的电脑界面一样，掩盖了芯片组的混杂与系统随时崩溃的可能性。在劳伦斯看来，人们意识不到这种危机四伏的存在，一方面是因为这种危机的形式是"有机"的，它既浸透在各个领域之中，又藏身在应该发生的地方；另一方面，"文化"成为掩盖这种危机感的有效方式，文化研究应该去掉文化的种种魅影，还原我们面临的真实困境。

在这里，劳伦斯一方面强调文化研究操演的理论武器应该面对具体语境，确立自己的问题线索；另一方面，他又回到威廉斯的"感觉政治学"构想中，认为文化研究应该致力于改造我们的"感觉"（feelings），通过重新塑造人们的感觉结构来改造世界。这样，劳伦斯就把感觉的改造看作是文化研究改造世界的根本性使命。

毋庸置疑，改造人们的观念和感觉，乃是文化研究创造真

---

① [斯洛文]斯拉沃热·齐泽克：《暴力：六个侧面的反思》，唐健、张嘉荣译，北京：中国法制出版社2012年，第6—7页。

理意识、突破文化幻觉的重要方面。但是，劳伦斯所强调的感觉或者情感结构的改造，却无形中掩盖了文化研究的核心功能。简单说，文化研究之所以可以在今天成为“显学”，并不是因为人人可以使用它，而是因为现代社会的权力机制已经完全不同于传统社会。如果说军队、宗教和权威在过去保证了权力的有效性的话，今天，则是文化的“说服力”塑造现代人对权力的服从。劳伦斯看到了这个“说服力”的获得乃是通过文化创造人的情感结构的方式实现的，因此，文化研究归根到底就是重新塑造人的危机感，重新确立人对另一种生活方式的向往，而不是身在不公平的世界却缺少愤怒的情感机制。但是，同时，劳伦斯也通过对这种感觉或情感结构的改造工程的强调，将文化研究的政治魔术般地变成了一种“情感的社会政治经济学”。

这是一种类似于德里达意义上的“延异”的状况：文化研究为了改造社会而致力于情感结构的改造，即改造被资本主义文化濡染的感觉；却总是在现实的条件下变成了把感觉和情感的改造看作是社会改造本身。最终，对文化（符号体系）的政治斗争被文化斗争代替，即文化研究变成了现代社会中富有抵抗性幻觉的符号争夺战。

这使我想起了几年前伯明翰中心主任莫利来华交流时提出的主张。他认为，电影院里面青年人高声说话或者乱吃东西，这就是对资本主义电影文化体制的一种对抗。在这里，文化研究似乎找到了在日常生活层面随时可以斗争的方式，却也无形中把文化研究变成了资本主义文化体系中活力四射的趣味性商品。每个人因此都会需要“文化研究”，就像竞争激烈的工作之余需要瑜伽的古典性生活想象一样。

这可能是文化研究一直以来的致命伤：文化研究是一种去除文化幻觉的活动，它本身也会给资本主义的文化符号体系制造幻觉吗？

这就让我们遭遇到一个值得反复追问的问题：文化研究能够改造世界吗？到底什么才是真正的“改造”？

在这里，我意识到了一个非常值得反思的课题：劳伦斯所主张的感觉或者说情感结构的改造，问题到底出在哪里？简单说，在我看来，“感觉”和“情感”的改造太容易付之于行动了。就像莫利鼓吹电影院的噪音、菲斯克相信超市里中产阶级的孩子们所组成的“偷窃游击队”、劳伦斯所认可的摇滚一样，在这样的思路下，文化研究被迅速改造为一种“培养新的文化”的手段。也就是把文化研究变成立竿见影而迅速组建的文化斗争行动组织。于是，“文化研究”也就立刻变成了当下社会里面处理具体问题的理论原则和操作手册。也正是在这里，文化研究与社会工作就几乎要融为一体了。无论是乡村建设还是农工扶助，文化研究者们变成了现有体系内的“工作者”，文化研究也就由一种总体性的反思和批判的传统，变成了可以解决一个个具体问题的手段。

简单说，“问题化”正是一种“去问题化”的途径。即当文化研究的学者们把解决农民工的实际困难变成一个问题的时候，也就无意中把农民工看作是当下社会理所应当出现的现象。这就像劳伦斯把情感的改造看作是一个具体问题的时候，就无法质疑“情感”本身就是资本主义文化逻辑所生产出来的一个命题。

不妨这样来描述今日文化研究的内在学术倾向：即越来越倾向于用困境性的问题来取代结构性的问题。

简言之，中国的文化研究乃是在体制性的意义上构建问题呢，还是在历史性的意义上取消问题？

事实上，文化研究为什么可以改造世界？一方面，是文化研究通过具体的问题呈现现代世界本身的危机状况；另一方面，文化研究不是用来解决危机的手段和方法，而是一种“创造危机意识”的诉求。换成劳伦斯本人所使用的本雅明的思路来说，这个世界的稳定有序，是建立在内在的“紧急状态”（emergency state）之上的——如同玻璃大厦的透明辉煌内在地蕴含着坍塌一样。文化研究本身就是结构性危机的产物，它通过强烈的批判精神来证明这种危机，并因此不断推动人们改造世界的勇气和动力。简单说，文化研究乃是危机的总体性意识本身，而不是去除这种危机感的方法。

这也就立刻引出一个核心的问题：什么才是我们今天所面临的危机？

对于文化研究来说，尤其是对于中国的文化研究来说，“危机”包含了两层意思。

首先，“危机”乃是一种不断自动引爆全球资本主义的周期性矛盾的东西。在我看来，危机不等于灾难，灾难乃是危机的后果，而危机乃是那种不断地促发灾难之周期性爆发的机制。这有点近似于本雅明所说的那种“紧急状态”：

> 被压迫者的传统告诉我们，我们生活在其中的所谓“紧急状态”并非什么例外，而是一种常规。我们必须具有一个同这一观察相一致的历史概念。这样我们就会清楚地意识到，我们的任务是带来一种真正的紧急状态，从而改善我们在反法西斯斗争中的地位。[①]

在这里，本雅明所说的“紧急状态”，与马克思恩格斯对资本主义危机状况的描述有着紧密的联系。“繁荣”和“危机”的交替，生产过剩和停滞的反复交替，已经蕴含了“紧急状态”的内涵。当然，在我看来，“紧急状态”这个概念所蕴含的力量乃在于其对繁荣和进步神话所召唤起来的社会冲动进行了翻转性的批判。在本雅明的叙述中，平静甚至勃勃生机、进步发展而奋发图强，这些现代资本主义社会所鼓吹的常见景象，却是内在地趋向于坍塌的“紧急状态”。本雅明的“紧急状态”就是从寓言性认识的角度揭示的当下俗世生活本身，是我们所处的这个琳琅满目志得意满的时代[②]。而本雅明的一生也可以看作是一种“紧急状态”：这是从一个人类巨大灾难走向另一个人类巨大灾难的过

---

① [德]瓦尔特・本雅明：《历史哲学论纲》，张旭东译。

② 以上参见周志强：《我这样理解“文化批评”》《一种唤起危机意识的方式》《真实意识与批评的政治——从总体性到寓言》《伪经验时代的文学政治批评——本雅明与寓言论批评》(《南京社会科学》2012 年第 12 期)。

程。这个过程本身就构成了现代人类社会困境的基本寓言。换言之，从“一战”到“二战”，人类社会之发展进步、工业制造能力之辉煌成绩，以及丰富多彩的娱乐文化生产，都呈现一个欣欣向荣的时代气象。可是，正是这个欣欣向荣的时代气象，却深藏着难以弥合的矛盾和危机。这正是本雅明之钢铁玻璃建筑的隐喻性背景：正因为在富丽堂皇之中隐含着坍塌和废墟，玻璃建筑才如此富有魅力；反之，这种魅力又来自于随时坍塌的未来的可预期性，因此隐含着被拯救的内驱力。

其次，“危机”还是一种掩盖自己存在的方式——也就是说，危机的第二层含义是一种抵制对其自身进行承认的知识方式，或者说，所谓危机，本身也是一种“去危机化”的方式。这就是卢卡奇所说的“物化”：即把现实和人的关系颠倒了过来，用人的内心的生活取代人的外在的生活。于是，当电影明星白百合因为被偷拍而陷入窘境的时候，有网友跟帖说“心疼你白百合”，而另一则网友回复说：“你吃着方便面心疼一个身家过亿的人？还是先心疼你自己吧！”在这里，卢卡奇所致力于思考的阶级意识问题浮出水面：所谓阶级意识，也就是一种能够真实地意识到自己的生活处境的真实意识，对于无产阶级来说，就是意识到“只有解放全人类才能解放自己”的那种意识。这样，在卢卡奇那里，“真实”不等于科学意义上的“事实”，“真实”乃是一种正确地意识现实社会真实处境的意识，也就是解放的意识。

显然，文化研究面临的困境在于，它用一套急迫性的知识叙述，正在把当前发生的事件变成一种政策性、制度性和体制性的事件，即通过取消当代资本主义社会的结构性困境——“危机”，制造可以“避免事情再坏下去”的幻觉。

也正是从这个角度来说，今天中国的文化研究正面临一种历史的关键命题：如何在正趋向于积极行动的文化研究中，重新激活危机意识，即如何以新的文化批评与文化研究相结合的方式，重组规则系统和解放意识？

在我看来，今日中国的文化研究已经和必须生发一种“寓言论批评”。文化研究已经到了必须告别20世纪50年代的知识范式、开拓新的批判意识基础之上的急迫行动的理论和思想的时刻。

文化研究必须意识到，今天人类生活所遭遇的真实的问题，无法用今天的真实手段去解决；我们所遇到的每一种困境，归根到底乃是一种呼唤马克思意义上的“彻底解放”的历史困境。

把问题还给历史，把行动还给理论。

换言之，我们可以重新理解卢卡奇所说的“物化”：所谓“物化”，也可以看作是一种“去危机化”，或者说“去紧急状态趋势”。由此，卢卡奇提醒我们意识到，现代社会本身就在生产一种可耻的“寓言”：你不能从你自身的现实处境来理解你的生活，而需要引入生活之外的意义——美轮美奂的城市、浪漫沉浸的爱情、温情脉脉的慈爱与无限宽容的宗教——来阐释自己的生活。

“寓言”乃是这样一种文本结构：其内部的意义需要借助于外部的意义来“拯救”。整个资本主义文化的特点，乃是来自抽象空间里的神圣意义“拯救”琐碎无聊空白同质的真实生活。寓言的时代自然需要寓言的批评。

简单说，面对寓言式的现代文化生产逻辑，我们需要构建一种“新型寓言”来代替这种“旧寓言”，即用马克思主义的乌托邦代替文化生产中的异托邦，用创造新的社会的勇气来代替温情浪漫的文化生产的妥协和虚弱，用召唤起来的危机意识来代替被装饰起来的文化奇观，总之，用来自解放意识的总体性寓言，代替源于压抑和遏制的诡辩寓言。

“用寓言的批评视野来看待世界”，文化研究应该确立这样一种认识范式。我希望用这种范式来重新反思反映论与审美论的批评，并拒绝学科化和学院派批评的去政治化倾向；同时，也用这种意识重新唤起文化研究的危机意识。

所以，寓言论批评致力于重新拯救“潜伏”在我们日常生活经验里的解放意义，并通过这种拯救，重新唤起对于未来的希冀。我认为，文化批评要有政治想象力，这种想象力就是敢于相信更加美好的未来的乌托邦冲动的能力，一种借助于这种想象来辩证分析现实的认识能力，也就能够在个人的处境中寓言性发现整个历史的秘密的能力。

简单说，文化批评作为一种寓言论批评，不是为了批评，而是为了召唤；不是为了理解和阐释这个时代，而是为了想象另一种未来；不是鼓励简单地付之于行动的反抗和抵制，而是鼓励历史性地思考我们结构性的生活困境。

将我们的生活变成历史处境的寓言，并召唤危机意识以抵制物化意识，重新确立马克思主义的批判议题，应该就是我所说的寓言论批评的核心。

精神的寓言：“嘻剧”

第一章 “怨恨电影”与失范的时代[①]

不知道为什么，我在看影响很大的国产电影《后会无期》(2014)的时候，突然在脑子里冒出来“怨恨电影”这个词，这又让我立刻联想到了《小时代》系列电影(2013、2014)——百度一下，好像目前还没有这一电影概念，那也算是我这个“名词帝”[②]的原创了吧！尽管韩寒和郭敬明的影像风格有天壤之别，但是，无缘无故的“怨恨”依旧构成了他们电影故事的潜在意蕴，而其间人物更是充满不知道如何才好的愤怒、猜忌、焦虑和怨怼。

有趣的是，《小时代》用所谓豪华的生活景观和 MTV 式的镜头方式掩盖了这种怨恨的内蕴；而《后会无期》则干脆冒充“世故”：用“老子知道一切就差看破红尘”的办法来为这种怒气冲冲的态度遮羞。可是，另外一种“怨恨”却更加有力地撞击了我的内心，那就是《天注定》(2013)所呈现给我们的、源自巨变的中国阶层压制基础上的愤怒、绝望和仇恨。

从怨毒(《小时代》)、愤懑(《后会无期》)到仇恨(《天注定》)，这三部电影都与一个“怨恨的中国”意象紧密相连，尽管它们呈现出完全不同的中国景观，却一致构造着当下艺术创作的现代性寓言。

“小”时代的“怨毒情结”

三部《小时代》有一个统一的模式：在利益和情感相互倾

---

① 国家哲学社会科学基金一般项目“批判理论视野下的当代中国文化批评研究”(批准号：13BZW006)、国家哲学社会科学基金重大招标项目“当代中国大众文化的价值观研究”(批准号：11&ZD022)阶段性成果。

② 我的博士生陈琰娇认为我写文章常常自造词汇，于是给了我这个“伟大”的称号。

轧的小时代里,“时代姐妹花”是如何用内心强大的力量击败丛林规则,不断地脱身而成为MTV里浪漫真情的代言者。打耳光、姐妹间的撕咬和换着睡来睡去的男朋友,构造了故事中停摆的抒情与伤感;终究为了姐妹情深而原谅利益冲突时的辱骂和攻击,顾里不仅有钱,还有情,这成为故事解决矛盾的基本方法。

简单说,《小时代》不仅仅用了MTV的抒情模式构造整个电影,也试图用这个方式来说服现实差别日益加大、阶层仇恨不断加深的人们,说服他们相信,面瘫一样的宫洺所代表的拜金的族群是如何冷漠和自私,而挥金如土却重视姐妹情感的族群是怎样温情脉脉浪漫多姿。

迄今为止,我还没有看到哪一部电影像《小时代》这样给我们传递的信息如此混乱和模糊。它的故事在讴歌情感大于利益的主题,它的情节却围绕猜忌、自私、冲动和狭隘的姐妹关系展开;它的道德在蔑视拜金与私利,它的场景却让人们置身在梦一样华美的资本神话之间;它用伤感的歌声唱出“心愿许得无限大”,充满改造世界而不能的沮丧和坚强,它的人物却只会在诱惑与妥协之间摇摆,用浅焦镜头把享受和沉醉的时刻渲染成女神的幸福……

总之,《小时代》用口香糖一样的情感和主题喂养观众,却在骨子里面用金币装饰自己的灵魂。

但是,在《小时代》混乱的表意中,却始终如一地坚持流露怨恨情绪。在第三部中,有这样一个有趣的情节,林萧和顾里又一次产生了误会,一场“精彩”的互骂竟然无意中道出了这部系列电影“内在统一”的意义:

林萧:你凭什么觉得我们什么事情都得听你的,什么都能顺着你的意啊?你管我们到底是为了我们好,还是享受我们都围着你的那种高贵感那种虚荣心!你根本就是把我,把唐宛如都当成你养的狗!

顾里:我养狗,狗还会冲我摇尾巴,不是像你现在这样龇牙咧嘴反咬一口喂她的那只手！

林萧：对，在你眼里我就是条狗！甚至我的价值也比不上一条狗。

顾里：你什么价值？你什么价值？你的价值就是一辈子当个乖乖听话的小助理，你的价值就是被人利用来算计我，你的价值就是被人骗了感情一脚踢开之后还不是只会哭着来求我！

与此同时，在另一个场景，唐宛如和南湘同样在撕咬，而南湘毫不客气地将一向没心没肺的唐宛如归结为"摇尾乞怜"：

南湘：我就是犯贱！你以为你多高贵啊？你整天无所事事在顾里家装疯卖傻，还觉得那样很开心！你跟条宠物哈巴狗有什么区别？你愿意那样过日子，我可不愿意！你有试过为了钱而觉得日子活不下去吗？你有整天提心吊胆看不见未来的滋味吗？你不知道！你脑子里除了吃喝玩乐你什么都不知道！每一个人都说，我有才华、有相貌、前途无可限量！可是你看看我！我他妈过的是什么日子？你觉得我抢了你的东西是吗，你觉得我是为了钱，所以犯贱是吗？如果你因为这样而恨我，那你该恨林萧、恨顾里！因为她们拥有更多你拥有不了的东西！你这一辈子也别想拥有的东西！！！

这两段话，不仅仅表达了林萧、南湘对顾里的怨恨，更是一个利益对立、贫富分化的社会的"时代怨言"，还是一则有趣的"时代寓言"：林萧等人一方面以"闺蜜"的方式"依附"顾里，另一方面又以"屌丝"的心态对顾里表达怨恨；一方面，顾里在"姐妹花"的情感神话里面扮演有情有义的人，另一方面，又不得不反复强调自己"供养"了姐妹们。作为寓言，这个故事也可以表述为：当前中国社会的阶层关系首先是雇佣和被雇佣、压制和被压制的关系，并由这种关系主导形成了种种依附性的关联；同时，不同阶层的人们却使用浪漫的、情谊的话语掩盖这种内在的阶层差别——林萧等人处在社会的底层，于是通过强调她们跟上层社会的关系乃是一种美丽的闺蜜式的关系，来想象性地拒绝承认她们的依附性地位；而顾里所代表的阶层则沉浸在情谊故事所构造的崇高幻觉之中，掩盖其劫掠利润垄断资本的无耻道德。

显然，林萧等人需要用情谊的浪漫神话来掩盖自己的卑微处境，而顾里则需要情谊的浪漫神话来提供崇高幻觉。也就是说，无论是处在利益垄断地位的上层还是处在被垄断和压制地位的底层，都需要一套《小时代》的迷人景观和“友谊天长地久”的旋律，以“共谋”形式创造猥琐的默契。

这样，我们就找到了《小时代》混乱表意所隐藏的清晰的政治逻辑：景观化的生活场景、夺人心魄的时尚姿态、迷离沉醉的浪漫旋律，都是一种简单而有效的阶层对立和社会裂痕的弥补与掩盖的形式；而冲突、咒骂、厮打和商战，不仅仅是电影吸引观众的故事元素，更是提供伟大的阶层对立消失和社会矛盾消解的“步骤”——无论姐妹们的每次冲突暴露出怎样深刻的政治经济层面上的身份抵牾，主人们公们都会在回想姐妹情深之后纷纷“幡然醒悟”、重新“回归”友谊的大团结之中。在这里，“背叛”和“忠诚”最终变成了电影的主题，并“转移”和“压抑”人们心头的“欺诈”和“不公平”等念头。

不妨说，《小时代》是“怨毒电影”，并非因为它充分表达了怨恨，而恰恰是因为它在呈现怨恨社会的内在文化逻辑的同时，又处处压抑、阻碍怨恨情绪的发生。当“怨恨”不能成为对当下社会困境和危机的有效表达的时候，种种场景里面的咒骂和撕咬，就不再“服从”电影浪漫话语的控制，自己“独立”出来，变成一则充满了恶毒诅咒情绪的文化寓言。

简言之，《小时代》的怨毒，乃是一种没有能力批判当下社会，而只能谄媚于这个社会的丛林规则的消极情绪，是那些没有机会上升却天天做着飞翔梦想的怨妇卑男们嘴巴里面的喃喃咒骂。何谓“怨毒”？乃是只知道恨，不知道恨什么；只知道恨具体的人，却不知道反思一种机制和体制。由此，《小时代》正在把它年龄幼小的"僵尸粉"变成深夜里梦魇中的怨咒，他们恨这个社会，因为整个社会让他们成了怨气冲天的"弃人"。

《后会无期》的"愤懑冲动"

与郭敬明相比，韩寒更多地扮演一个社会叛逆者的形象。十多年来，教育体制日益严格，青年人越来越多地陷入"争分""夺庙"的升学流程中，突破体制性束缚、反抗压制性规范，成为文化市场上的奢侈品。马克思曾经说过，任何时代都要有自己的英雄人物，否则，它就要创造一个这样的人物出来[①]。韩寒正是在一个无英雄的时代里面扮演了一个"英雄"的角色，这个角色的内涵乃在于其暗藏的两个形象："抵抗体制、突破规范和撕碎遮羞布的意见领袖"+"另类生活、个性鲜明和富豪身家的成功人士"。这真是一个奇妙的混合体：往往敢言者穷，逐利者富；韩寒一箭双雕，合二为一，怎能不令人跌落眼镜？

《后会无期》正是这个"韩寒文化形象"的最好诠释。

这是一部到处弥漫着韩寒之抵抗个性的电影，又是一道内在地符合市场需求的开胃菜。作为一部公路电影，主人公马浩汉与江河一路从东到西，从湿热的海洋到西部苍凉的山川，电影仿佛在证明韩寒言说中华大地全景的那种雄心壮志。正是在一种板起面孔说着格言的幽默中，这部电影完成了对所谓现代社会的思考。

在电影中，有两个看似争锋的声音组成电影的情感线索：马浩汉讲述自己内心世界中对一切事物的根深蒂固的冷漠和怀疑，同时表达强烈的正义感冲动；江河努力用憨厚、单纯和文艺腔证明这个社会是可以被善良征服的。马浩汉从一出场就有一种莫名其妙的怒气冲冲，毫不犹豫地炸掉自己的房子、怀疑一切

---

① 按照马克思原话的意思，这是他引用了爱尔维修的说法。见《1848年至1850年的法兰西阶级斗争》，《马克思恩格斯选集》第1卷，北京：人民出版社1995年，第432页。

的语气口吻和不断强调自己被损害的历史，显得老气横秋江湖味十足；而江河则被刻意地塑造为忧郁敏感、内心脆弱温情而外表迟钝顽固的精神圣象，仿佛一个苦修的智者。有趣的是，我们偏偏在冷漠的马浩汉身上看到了希望社会变得更好的热情，却在江河那里感受到绝望。简单说，当韩寒在讲述关于世界的纯真善良的时刻，就会流露出落寞和自嘲；而当他用不信任的态度来对待世界的时候，就会呈现出自信和温暖。

于是，当《后会无期》用两个文艺腔十足的青年人来表达这个世界应该是好的还是坏的时候，我们发现，韩寒根本对于这个世界如何变好毫无兴趣，而是以这种“辩论”作为组织诙谐段子、串联山川风光和伪造意义感的手段。马浩汉在处处表达愤怒，怨气冲天；江河则像一个忧郁的病人一样目光呆滞，波澜不惊地接受各种糟糕的处境。

这是一个有能力调侃却没有能力讲述中国故事的人制造出来的电影，一部算得上优秀的“叛逆秀”：韩寒敏感地捕捉到了人们内心深处的怒气勃发，却也像每个人一样不知道何以如此与怎样不如此。

在电影中，一方面，马浩汉两人在努力做充满意义感的事情：驱车穿越中国（用苦修式的旅行创生价值的崇高）、守候并勇敢追求未曾谋面的爱情（用倔强偏执的痴情来创生情感的纯朴）、奋不顾身地（和他人）救助“妓女”（用惊世骇俗的激情创生道德的优越）；另一方面，电影又把两个人的意义感的寻求变成一个荒诞的笑话，从而令两人像堂吉诃德一样充满愤怒又不知何故：“价值的崇高”在车子被偷以后变成了价值茫然的怒气勃发，“情感的纯朴”经由想象中爱人的解密立刻转换为无奈和沉重，而“道德的优越”在“妓女”被亲人领回后一脚踏空。

事实上，韩寒试图通过这种寻求意义而不得的方式来引发反思，却无法突破他一向通过“叛逆秀”才能获得市场的捆绑规则，于是，电影就变成了两个“逗逼”痴心妄想地做出种种抵抗社会丛林规则和市侩意识的壮举，却只有表现得像小丑一样憨傻无趣才会让观众们感兴趣。

江河曾经尝试用“温水煮青蛙”的故事来说明青蛙的主动性,认为社会是可以改好的;而马浩汉则痛快地将盖子盖住,说中国真正的现实不是青蛙缺少跳出来的能力,而是缺少跳出来的机会。

在这里,一向扮演体制叛逆者的韩寒,也恰如其分地在电影中扮演着“替民众发泄愤怒”的角色。也正是在这里,我们也不难发现“韩寒体”文化所具有的共同特点:无论人们具有怎样的复杂生活困境,也统统一股脑地算在“体制压制”这笔账上——作家们抱怨创造力被体制压抑了、导演们抱怨好电影被体制管制了、评论家抱怨批评被体制修正了……在正常抱怨和非理性的狂想之间,中国公共知识分子建构了一种阐释中国社会危机的二元思路:只要不实行美国式的民主,动车就会脱轨,小说就变得无聊;而只要实现这种民主,电视剧立刻好看,火车永远跑在轨道上。于是,除了对“体制”发出抽象的愤怒之外,韩寒们将一切问题都归结为体制问题的简单思想,却极具号召力;而当愤怒被引导到一个抽象而模糊的对象上的时候,人们就会备感愤怒和压抑,却不了解其内在的原因。

由此来看,《后会无期》虽然在类型上属于“公路电影”,却在文化逻辑上是一种“微客电影”,即用那种在微信和微博上流通的“口香糖”式的思想和意义来填充的电影。“微客”,不妨也可以叫作“萎客”,这是一群围在微话语周围,靠着“大V”们提供思想营养而激烈地批判社会的人们。“微客”这个词不是讲述微话语传播者的“政治阳痿”,而是说明微话语养育了一种极其挺拔的政治姿态,养育了新型的充满斗争欲望和嘶喊能量的群体,却在这种斗争和嘶喊中萎缩成具有感染力却匮乏政治想象力的“广场议论者”。一方面,他们认为,从微博的鼠标点击到微信的屏幕点击,微话语的思想政治可以简称为“指尖上的政治运动”,并相信用鼠标进行革命的时代已经到来了;另一方面,他们又深深感到这种“鼠标革命”的乏力和乏味,滋生出嘶喊叫嚷的愤怒。在这里,世界从来没有因为手指的运动而发生根本性的变化,鼠标和手机制造出来的东西成了微客们政治意淫的符号——对于自身能力的极端自卑和无原则夸大，养育了微客政治意淫的基本思想模式：在微话语的能指流动中快乐滑动，却很少去深刻理解当下社会的基本问题和深度反思变革社会的力量性质。而单向度理解当下中国社会境遇和困境的思想模式，把人们的思想想象力捆绑在“这个问题其实解决起来很简单，只要……就行了”的图式中[①]。于是，当中国不能达到“只要……就行”的时候，“愤懑”诞生了。

韩寒把自己擅长的微博愤怒嫁接到了电影中，《后会无期》也就在一连串的故事里面镶嵌了无所作为的作为：一方面是出去闯天下的冲动，另一方面却是软弱无力的行动；在汽油车里加了柴油，除了徒步傻走，没有什么目的和未来。这正是《后会无期》这部电影的内在“寓言”：“大 V”负责创造愤怒，微客们负责愤怒；“大 V”负责提出话题，微客们负责讨论话题；而被打坏的键盘和鼠标记录下的只是这些怒气冲冲而无所作为的人们的心路历程。

所以，《后会无期》的怨恨，不是《小时代》里做着发财梦而埋怨富人不仁的小市侩们的怨毒，而是上升到了一定社会阶层，具有了独立经济能力的人们感觉到不能痛痛快快地大声喊叫的愤懑。在这里，愤懑是备感压抑而不知何故的人们所具有的怨恨。如果说《小时代》是城市小市民的精神嘴脸，那么，《后会无期》则是“知识大众”们积累的怨气和郁闷，是吃惯了送来的饭菜而抱怨厨房肮脏的吃客们酒足饭饱之后的街头咆哮；而韩寒连同他的电影所提供的正是这样一桌可以饕餮的叛逆想象大餐。

《天注定》的“仇恨困境”

当贾樟柯出现在《后会无期》中的时候，有记者来问我作何

---

① 关于“微客”问题参见周志强：《微话语、微客与“复杂思想”的消解》，《探索与争鸣》2014 年第 7 期。

解读？我笑答，他们都是以"抵抗体制"作为标签的人，不同的是，贾樟柯的电影专注于底层生活者的精神状况，而韩寒则是城市知识大众的代言者。贾樟柯抬举了韩寒，还是韩寒"装饰"了贾樟柯的大众梦，这也无从考据。问题在于，贾樟柯电影虽然隐含着对底层生活愤怒的表达，却很少见到怒气冲冲的情绪。《小武》(1995)呈现"县城"这个现代中国和前现代中国"混杂"状态下"小武们"的偏执、敏感、脆弱和自我物化；《逍遥游》(2002)让两个想有所作为的"混社会的"年轻人在幽会女人时连宾馆的洗澡热水都不懂得使用——想做点啥却啥也做不成，这种看似属于《后会无期》的主题，却在这部电影中因为呈现出底层生活者精神和肉体同时被剥夺和遏制的状况而获得批判性；《三峡好人》(2006)更加干脆利落地把升腾入空的飞船与淡漠麻木的个人对照在一起，不仅表达"巨变中国"的变化，更愿意引导人们去看"巨变中国"和普通人生活的巨变是怎样的不同。贾樟柯几乎不呈现怒气冲冲的场面，却让主人公像怒气冲冲的人们一样执着于"行动"：小武在努力证明自己还有另外的价值、小济设计抢银行来让自己敢于做点啥、韩三明跋山涉水找回当年自己买的"老婆"幺妹……我把韩三明找到幺妹后的对话像诗一样分行排列，意外地发现它竟然成为对十几年来生活状况的绝妙阐述：

你饿不饿？要不我给你买碗面去。
不饿。我孩子呢？
在南方打工。
这里不就是南方吗？
在东莞。更南的南方。

你现在的老公对你好吗？
不算是老公，跟他跑船，给我口饭吃。
你比以前黑多了。
更老了。

你现在好吗？
不好。
我对你那么好，你都要跑。
那时候很年轻，不懂事。
……

“买碗面”“打工”“南方”“东莞”“给我口饭吃”，这一系列词语组织在一起，立刻呈现出一个疲惫、无奈和劳碌的人生形象。“东莞”“更南的南方”，将卖身卖肉的痛苦置于当前。更值得深思的是，这一段对话发生在被人贩子买卖的“女人”被解救的故事之后，幺妹感叹韩三明这么久不来找她回去，没有比这句话更反讽了：自己活，还不如被卖出去活；看起来是幺妹自己赚钱生活，不过是另一种形式的“卖身”（跟他跑船，给我口饭吃）。贾樟柯不动声色地将一群走投无路的人呈现在银幕上——这与《后会无期》的出走冲动与不知何处去的茫然形成了鲜明的对照：幺妹是无处容身，马浩汉是出去看看。

显然，从这样的背景我们理解了《天注定》这部电影的仇恨所呈现出的困境：如果说此前贾樟柯表述的是走投无路的人们的活的状态，《天注定》则是更清晰地将底层社会中少数人的宿命呈现给我们：这是一种走投无路的死的注定。

“天注定”除了仇恨，大海、小玉、三儿、小辉无处可去；但是，“天注定”他们只有一次愤怒的机会，他们因为惨痛的代价而愤怒，又注定因愤怒而付出更惨痛的代价。他们不得不愤怒，因为走投无路，又因此走上绝路。他们没有机会对闺蜜反复怒气冲冲，也没有机会充满愤怒而不间断地沿路寻找意义——《小时代》和《后会无期》的怨恨，对于贾樟柯电影中的人们来说无比奢侈。《天注定》呈现了当下人们不愿意承认却不得不面对的“底层暴力规则”：如果你们毫不客气地掠夺，我们就只有流血拼命。

《天注定》的四个故事，由此成为当代生活的四则真实性“精神寓言”：资源劫掠的不公平最终演变为毫不留情的阶层对立

（大海复仇），乡村衰败的后果勾连着枪杀别人的快感（三儿抢劫），恣意妄为霸占资本的人呈现出对普通人的蔑视（小玉自卫），永无出头之日的"奋斗"造就一个社会的精神忧郁症患者（小辉自杀）。

如果我们的基本生存逻辑乃是建立在冒用发展的名义疯狂掠夺利润之上，那么，底层社会规则就会用绝望来反抗。非理性的资本商战与非理性的底层暴力，乃是资本机制的一币之两面。显然，《天注定》既不是"恨不能生为贵人"的怨毒，也不是精神困兽的愤懑，而是没有活路的仇恨。《小时代》要活得好，《后会无期》要活得有尊严，而《天注定》只是要能一般性地活，像普通人一样活。

事实上，《天注定》也在讲述关于"尊严"的故事：大海像一匹马一样被人打骂，他从被主人打骂的畜生那里看到了自己；三儿所谓的杀人的快感，可以给这个乡村里面的渺小人物带来掌控这个世界的主体感；小玉在一个卖身的地方拒绝卖身，宁愿以死相拼；而小辉既没有能力"养"友情也没有能力"养"爱情。没有比这部电影更"残忍"地让观众去面对"残忍"了：在一个傻乐主义"横行"、"看见血就骂暴力"的时代，《天注定》更多地将生活危机的极端形式呈现给我们。

不妨说，《天注定》是这样一部电影：它在《小时代》所建构起来的辉煌景观、《后会无期》的精致怨怼里面，呈现出生活的千疮百孔。或者简单点说，《天注定》这部电影启示我们，十几年来我们的城市、景区、道路和私人住宅越来越华丽，而有一些人的生活却支离破碎。

"怨恨电影"与价值失范

无论在上文中我怎样使用"愤怒"这个词，但是，仍有必要将"愤怒"和"怨恨"区分开。

相对来说，"愤怒"是一种有序的、理性化的情绪，它有可能导向无序，但是，却是为了建立更新更完整的规范，是对不合理的秩序和规范的强烈对抗行为的前奏。而“怨恨”是一种压抑性的妥协，是对不合理的秩序和规范的柔性妥协；或者说，它是对丧失了基本规范和准则的社会的一种消极反应。

米尔斯曾经这样说：“当人们珍视某些价值而尚未感到它们受到威胁时，他们会体会到幸福；而当他们感到所珍视的价值确实被威胁时，他们便产生危机感——或是成为个人困扰，或是成为公众论题。如果所有这些价值似乎都受到了威胁，他们会感到恐慌，感到厄运当头。但是，如果人们不知道他们珍视什么价值，也未感到什么威胁，这就是一种漠然的状态，如果对所有价值皆如此，则他们将变得麻木不仁。又如果，最终，他们不知什么是其珍视的价值，但却仍明显地觉察到威胁，那就是一种不安、焦虑的体验，如其具有相当的总体性，则会导致完全难以言明的心神不安。”[①]事实上，正是这种集体性的“心神不安”，才铸就了这三部电影的怨毒情结、愤懑冲动和仇恨困境。

有趣的是，这三部电影的三种“怨恨”，所具有的共同特点就是：恨而不得其所。《小时代》纠缠于对友谊和爱情的忠诚问题，《后会无期》困窘于一个铁桶一样的机制问题，而《天注定》则呈现走投无路的时刻将仇恨之火烧向身边人的吊诡情景。三部电影都没有能力思考怨恨背后所具有的主导性的经济和政治规则的混乱、褊狭与自私，也就是说，他们都没有从一个社会的总体现实层面上理解怨恨的发生和状态。而在这样的时代，我们只能遭遇“怨恨”：人们不知道哪里出错了，只好就近攻击，发泄“怨恨”；而不可能遭遇“愤怒”：一种深刻反思这个社会危机之所以滋生的根本性机制的集体情绪。

在新中国成立后很长一段时间内，人们珍视社会主义的理念和价值，处在幸福体验的狂想中；到了20世纪八九十年代，“一无所有”的茫然和“明天会更好”的想象，既是危机感的表达，又是克服危机的信心流露；而到了今天，人们陷入的状况正是既

---

① [美]C.赖特·米尔斯：《社会学的想象力》，陈强、张永强译，第9—10页。

没有可值得珍视的价值，也没有什么价值可以被威胁，"眼一闭不睁，一辈子就过去了"这句表述，将这种失范的内心危机阐述无疑。按照这样的逻辑，我们可以说，这三部电影呈现了这个社会隐藏的巨大的怨恨情绪，却不知道何以如此和怎样去做。所以，从这三部电影中，我们可以看到这个时代的焦虑和冷漠："我们的时代是焦虑与淡漠的时代，但尚未以合适方式表述明确，以使理性和感受力发挥作用。人们往往只是感到处于困境，有说不清楚的焦虑，却不知用——根据价值和威胁来定义的——困扰来形容它；人们往往只是沮丧地觉得似乎一切都有点不对劲，但不能把它表达为明确的论题。"[①]

易怒、傻乐、呆滞、冷漠、多疑和迷信，中国当前的社会病归根到底都与这种无所珍视又无所威胁的失范状况紧密相关。这种名之为无名焦虑症的东西，也就不仅仅是贫困的弱势的底层人的专属病症，竟然也为富豪大款所共享。

赵灵敏在分析中美两国人在同样的贫富分化社会现实面前不同的社会心态的时候说："美国人之所以对贫富差距比较坦然，首先是因为美国人崇尚自由竞争，坚信每个人应该为自己负责。这种精神已经渗透到美国人的基因里去了，他们不会把自己的不幸怪罪到别人头上，因此普遍不赞成通过税收等强制手段来缩小贫富差距；更重要的是，美国富人的发家史基本上是清白的。1916 年，最富有的美国人只有五分之一的收入来自于工作报酬，2004 年这个数字上升到五分之三。近 10 年来美国涌现的互联网新贵，比如盖茨、扎克伯格等，都在极短的时间里积累了天文数字的财富，但因为是靠自己的技术和创意赚钱，其中并没有什么见不得人的东西，因此大家也都心服口服。"[②]赵灵敏的分析虽有失偏颇，却也有一定的启示性：一种精神的状况，其背后是一个时代的政治文化逻辑的主导。

---

① [美]C. 赖特・米尔斯：《社会学的想象力》，陈强、张永强译，第 10 页。

② 赵灵敏：《中国的贫富差距何以居高不下？》，联合早报网（http://www.zaobao.com/forum/views/opinion/story20140113-298950）。

这段话说出了一个值得我们反思的道理：如果一个社会财富赚取和分配的方式是公平的、磊落的，就会培养一种平和而稳定的社会心态；反之，如果一个社会充满了私通模式的掠取财富的手段，这个社会中的弱势者心态自然就会不平和；教育公平带来的社会规则也会被打破——底层的人会因为凭借良好教育而上升的渠道被堵死而丧失遵守规则的信心。论者虽然没有意识到美国社会的不平等，却也警示了平等的重要。有趣的是，财富的获得者也会因为钱来得莫名其妙而陷入迷茫和偏执。他们会将财富的获得，看作是冥冥之中的力量的后果。

如果，一方面是高楼大厦的繁荣和辉煌，一方面却是土地财政的圈钱规则；一方面在鼓吹医疗市场化、养老社会化，一方面却是看不起病无从养老……如果大多数人不知道如何获得上升的机会，也不知道如何保有基本的生活规则的时候，怨恨就不由自主地发生了[①]。

失范的时代，规则的私通，造就了这个社会各种奇形怪状又内在联系的病症。焦虑、易怒、傻乐、狂躁、冷漠——这些负面的情绪理所当然是失范的时代的直接后果。在一次与被捕的地沟油生产者的对话中，我听到他这样讲述自己的盘算："我寻思只要嘱咐我的亲戚朋友别吃我这个牌子的油不就完了吗？"我却怎么也无法让他明白：如果一个社会存在权钱勾结的暴富规则，人们就会敢于破坏一切秩序化生产和薄利多销的规则。简单地说，有机会腐败的上层人士可以用简单的办法获利，没有机会腐败的底层人士就会用简单的办法骗钱。没有比这样的经济潜规则更可怕的生活危机：你造了地沟油获利，别人就会模仿着生产毒胶囊得益；你让别人吃地沟油，于是，你就会有可能吃到毒胶囊。

在这里，"怨恨电影"作为当前中国社会危机的一种寓言性症候，曲折而不情愿地言说了权钱私通、资本扫掠的时代里面的

---

① 周志强：《失范时代的"私通逻辑"》，《人民论坛》2014年第25期。

精神规则的毁坏、破碎和堕落。怨恨之于电影，并非电影之主题；而电影之于怨恨，却是怨恨之表露。城市小市民、知识大众和乡村农民，中国社会的三大阶层，从底层到中层，都处在这种失范的经济规则的蹂躏和玩弄之中，丧失了寻求合理性愤怒的能力，只能充满怨恨而怨气冲天。

第二章　嘻剧与嘻剧的“时代”

进入新世纪以来，“搞笑”似乎成了一个重要的关键词，以这个词为关键词在百度搜索，其结果竟然可以超过一亿条。同时，作为一种文化现象，各种搞笑的形式，如恶搞、暴走、“糗百”（糗事百科）等形式，更是风生水起，无限风光。在影视领域，以困窘搞怪为题材的作品赢得了空前的“成功”，2012 年的《人在囧途之泰囧》赢得十几个亿的票房，更是充分证明了这种文化的巨大吸引力。而这些年来，越来越多的人愿意在这种看别人也看自己的“笑话”和“糗事”中得到一种吊诡的快感。

在这里，“糗”变成了一种泛滥的趣味，这既不同于阿 Q 式的所谓“精神胜利法”，也不同于莫里哀式的对于丑陋不堪的暴发户的戏弄和讥讽。这其实已经预示着一个有趣的新问题的出现：今天的搞笑文化，从网络恶搞到电影电视，不再是用喜剧来讽刺和告别陈腐的事物，而是用搞笑来“埋葬”喜剧本身；不是在喜剧的批判性中获得理解和把握社会发展与进步的快感，而是用嬉戏、傻乐和吊诡的露丑卖乖来掩饰自身生活处境的困顿不安。

喜剧：正在发生的未来

马克思曾经在《路易·波拿巴的雾月十八日》中引用并评述恩格斯的观点时说：“黑格尔在某个地方说过，一切伟大的世界历史事变和人物，可以说都出现两次。他忘记补充一点：第一次是作为悲剧出现，第二次是作为笑剧出现。”[1]在这里，“笑剧”乃是历史性地告别旧事物的讽刺性的喜剧，而对于马克思主义

① 《马克思恩格斯选集》第 1 卷，第 584 页。

的社会学理论来说，人类的历史乃是从悲剧开始，以笑剧（讽刺喜剧）的形式自我否定并进而发展，世界历史的最终形态则是喜剧——人类告别阶级、国家和压迫，实现人类生活的理想。

所以，在马克思那里，喜剧并不仅仅是笑剧和滑稽，而是一种新的社会制度告别旧的制度、合理性的新事物胜利驱逐非合理性的腐朽衰败的事物的特定形式。他在评论"一个德国式的现代问题"的时候这样说："现代的旧制不过是真正的主角已经死去的那种世界制度的丑角。历史不断前进，经过许多阶段才把陈旧的生活形式送进坟墓，世界历史形式的最后一个阶段就是喜剧。在埃斯库罗斯的《被锁链锁住的普罗米修斯》里已经悲剧式地受到一次致命伤的希腊之神，还要在琉善的《对话》中喜剧式地重死一次。历史为什么是这样的呢？这是为了人类能愉快地和自己的过去诀别，我们现在为德国当局争取的也正是这样一个愉快的历史结局。"[①] 所以，只有当旧事物不再具有阻遏历史发展的力量的时候，喜剧才会痛快淋漓地发生。

显然，作为一个历史性的美学范畴，喜剧乃是一个充满了信心的时代里面自信满满的表达。所谓"告别的年代"，并不仅仅是罗大佑所唱出来的悲伤，也是各种缤纷色彩的未来向往和冲动。而喜剧恰好是这种充满向往和期待的未来冲动的时刻。只有在一个"正在发生的未来"的时刻，喜剧才有力量识别什么是"丑"什么是"美"，才有可能呈现那些无价值的东西被撕碎时刻的快乐与轻松。

就此而言，喜剧所对应的主角"丑"，并不只是现实和历史的否定性力量，更是面向未来生活的肯定性力量；只有在"未来"显露了它的璀璨的曙光的时候，"丑"才不是那样令人恐惧、厌恶和尴尬，才会在它们执着于不肯认输的作为中为我们提供胜利者才会有的快乐。

简言之，喜剧不是一部可以搞笑的作品那么简单，而是对正在发生未来的历史的充分肯定和把玩。

---

① 《马克思恩格斯选集》第 1 卷，第 5 页。

正是在这样的意义上说,“喜剧”必然是一个时代的喜剧,每一出喜剧就是一个喜剧时代。

与之相应的问题乃是,“含泪的喜剧”是否也具有这种乐观的告别过去和指向正在发生的未来的能力呢？在卓别林的系列喜剧中,小人物的悲哀挣扎与工业社会的压榨凌辱同时刺激观众的泪腺和笑神经。但是,作为一种典型的喜剧形式,卓别林的含泪的喜剧效果,充满了强烈的批判现实和向往未来的冲动。卓别林对于小人物的滑稽呈现,乃是对工业文明所带来的沮丧的现实的强烈否定,而这种否定的力量则来自于有能力告别当下和否定当下的信心。从马克思对资产阶级的时代的批判到韦伯对新教伦理的阐述,我们可以看到那个时代的人们对于严峻的现实进行无情的揭露、剖析和批判的超越性信念。如果卓别林电影所建构的是一种充满了悲剧色彩的喜剧,那么,这种“悲剧的喜剧”正是充分调用了喜剧的浪漫和乐观的历史主义精神,调用了喜剧埋葬丑恶腐朽的现实力量的现实主义政治热情。

同样,与喜剧相关的另一个美学范畴乃是“荒诞”,即审美上的尴尬和道德上的两难。作为一种现代主义的特定概念,荒诞更多地表达了个人在高度垄断的资本体制时代的失落和不安。有趣的是,即使是这种失落和不安,也是对于更加美好和富有现实意义的未来生活的执着的后果。

显然,喜剧乃是喻示这样一个时代：一个从总体性的角度观看历史和未来的时代,一个充满了理想的时代,一个信任并敢于创造比当下更美好、更富有人的意义的未来的时代。

从“丑”到“糗”：嘻剧的微抵抗

从《杜拉拉升职记》(2010)、《失恋三十三天》(2011)到《泰囧》(2012),三年来,每年都会出现一部小投资大票房的电影。而《泰囧》更好比是土制的地雷炸飞了航空母舰,一举拿下了近十几个亿的收入桂冠,这既让无数浩浩巨制的大片似乎无言以对,也让徐峥的光脑壳、王宝强的憨傻与黄渤的小眼睛瞬间加入到最值钱的文化形象序列中。这种我称之为"轻电影"的模式可以在大片盛宴时代创造如此辉煌的纪录，确实令人大跌眼镜。不论"专家们"怎么大惑不解或者干脆指桑骂槐，这部电影的成功都必须另眼看待。

尽管徐峥似乎已经可以有资格大谈喜剧了，但是，《泰囧》却并不是严格意义上的喜剧，而是一部典型的"嘻剧"，体现了"嘻剧"的典型形态。简言之，对于"嘻剧"的成功创造，造就了这部电影的成功。

嘻，嘻嘻哈哈不成体系，不问反思不关批判。所谓"嘻剧"，相比喜剧而言，更强调一部电影笑声的可卖价值，而不是其社会内涵。换句话说，《泰囧》这部电影放下了以前附着在"艺术"上面的各种负担，轻松上阵，只要是可以有市场的笑点，都可以融入电影中；反过来说，《泰囧》只是一部为了市场打造笑声的电影而不是为了笑声而创作出来的作品。这就像是一个游戏，只要能够嬉戏其中就是胜利了。

当然，《泰囧》并非嘻剧电影之首创，但却把这种电影的魅力演绎到了极致。人妖角色的反串、"基"情四溢的场面以及困窘两难的可笑处境，尤其是西装革履的两位白领哭笑不得的遭遇，无不是让观众欢喜的故事。电影仿佛是搞笑段子的结合体，故事结构上也采用了段子式的结构。只要便利于搞笑，故事就可以随便设置情节，不需要合理的逻辑来构造对现实和社会的理解。几乎所有的观众都至少可以懵懵懂懂地猜到故事的整体进程——无外乎争斗的双方最终和好、穷凶极恶地追求财富的人得到了应有的教训，而穷人却最后得到友谊或者财富。这正是嘻剧的方式：找一个早就被别的电影或者小说咀嚼过的"口香糖故事"做支撑，然后填进各种搞笑段子。

细究之下不难发现，这部电影秉承了《人在囧途》的传统，依旧把"富人困窘"作为其核心命题。两部影片中，"富人"鬼使神差地走了一条"穷人"的路，却又在困窘中被同行者的"穷人道德"所感化，从而彻底实现"身不得穷人列，心却比穷人劣"的"公众幻想"。换句话说，电影赋予了"困窘"非常想当然的浪漫内涵：只有在困窘的人生中，才可以重建人的良好道德与品格。

正是这部电影，凸显出当前中国社会上空漂浮着的生活观念：人们总是寄望于贫富的差别远远小于道德的差别，从而在道德的优势幻觉中战胜了富人们生活的优越；有趣的是，人们在现实生活中实现不了这种观念的时候，就在嘻剧电影中反复实现它。简言之，人们来到影院看《泰囧》，正是人们来到电影院里面参与一场想象狂欢的时刻。在这种嘻剧电影中，电影的视觉盛宴所呈现出来的那种事不关己的游客眼光，被自己置身其中的道德快乐所掩盖了。

如果说“丑”是喜剧的“主角”的话，而“囧”和“糗”则是嘻剧的“主角”。在这里，“窘困糗事”的兴起，标志着中国社会的“糗文化”已经到了一个可以激发狂欢的时刻了。

所谓“糗”，说白了就是以谈论“糗事”和“囧事”为乐，在自己和别人的困窘糗闻中享受一种困顿生活里面的吊诡快感——这正是《泰囧》之欢乐。

在网上已经盛行了多年的“糗事百科”便是这种糗文化体验的典型体现。“糗”，简单地说就是出丑，在“糗百”中，性错乱、爱被损以及丑事败露等乃属稀松平常的故事，言说者往往在他人或者自己的糗事中，“领悟”丛林社会中种种残忍和冷酷，以及这种冷酷造成的由个人困窘所引发的吊诡快感。如以下几则：

> 1. 今天才知道和我处了一年多的女友家里夏天只穿三角的男人不是她亲弟，是贱人养的小三。是我妈同事的儿子，要不是在商场我妈和他打招呼，我都不知道自己原来这么傻。[①]
>
> 2. 说个真事。lz 男……割了……那年我在读初二，晚上上老师家补习。一起的还有好几个小伙伴，坐我前面的有个女孩，把小方凳放倒了坐着，lz 无聊就把鞋脱了用脚挠板凳，挠了有 20 多分钟，前面的回头让我不要挠了，后来才

---

① 《糗事百科》(http://www.qiushibaike.com/history/2013/1/14/page/11)

> 发现她坐着是空心的. lz 挠的都是她的屁股啊，可怜她还忍了那么久。[①]
>
> 3. 和相恋六年的女友异地，她过生日前一天在网上订了蛋糕和花，结果当晚就发现自己被绿了，伤心了一夜。第二天，卖家打电话来，说货送到了，可以付款了。lz：能去给我要回来么？卖家：啥？lz：我分手了，不想我的蛋糕让她和奸夫吃。卖家：你等着。过了十分钟，卖家来电话，说蛋糕要回来了，还说当着她公司人的面，告诉她，买家说了，不想让他的蛋糕，给奸夫吃。lz 压了一夜的眼泪，当时就流出来了。[②]

不难发现，电影《泰囧》可以算作是这种"糗百"故事的鲜活版：男性按摩、人妖错认、误入房间、水泼电脑、匪巢斗嘴……整部电影的叙事模式就是这样不断重复"受窘＋脱窘"的糗百事件。

值得一提的是，这种糗文化之吊诡乃在于：一方面人们在这种文化里面通过窘困体验的表述，显示出独有的认同意义——"囧"和"糗"已经成了弱势、无势乃至失势的族群自我的有趣表达；另一方面，糗文化又鼓励人们用嘲谑、自嘲乃至嬉戏的方式对待自己和他人的生活，用一种"欢乐"的办法来曲折委婉地逃避自己的生活真实，逃避承认自己生活本身的困窘不是"欢乐"就能消除的。显然，中国社会各种严峻的问题，在大众层面上已经造就了一种强烈的破坏性冲动的欲望。简单地说，就是通过言说与道德化、景观化的社会图景不同的话语，来创造破坏性欲望的快感。从这个意义上说，糗，乃是一种微抵抗的文化。

"抵抗"，乃是说这种糗文化突出底层人们的鲜活生活经验，不断戏弄整齐、虚假和威严的主流文化；"微"是说这种文化是在日常生活的各种细节中，通过各种微小的方式进行抵抗，表达愤懑，吐槽郁闷。

之所以说以"糗百"为代表的活动可以叫作"糗文化"，不仅

---

① 《糗事百科》(http://www.qiushibaike.com/hot/page/137? s=4608382&slow)

② 《糗事百科》(http://www.qiushi.com/current_month/score-p7)

因为“糗百”的网民甚至有自己的所谓“接头暗号”——“天王盖地虎，小鸡炖蘑菇”，更是因为中国社会从来没有一个时期会如此疯长糗事的言说狂欢，也从来没有一个时期的人们会在这种糗事的叙事狂欢里面表达着愤怒、不满、委屈、沮丧和吊诡的快感。从这个角度说，糗文化的崛起并非是一个简单的娱乐生产模式的创造结果，而是当前中国社会存在的诸多问题的后果。

简单地说，糗文化乃是资本体制下的正在日益丛林化的社会生存与尚且残留的理想主义意识之间对立、纠缠和交织的结果。一方面，现代中国正在演绎一个极端物化的图景，另一方面，这种极端物化的世界却没有任何力量可以与之抗衡；一方面，人们对于日益物化的生活逻辑本身认同、认可，并以之为准则——在《泰囧》中，人们毫不犹豫地认可做小买卖的人不仅应该表现得更滑稽可笑，而且也理所当然地扮演受施舍的角色；另一方面，糗事困窘的旅途中，来自弱小经济族群的人们总是处在驯化、教育和启蒙者的位置，合法地拥有道德优越感。在这里，作为糗文化的典型作品，《泰囧》也就成为物化的社会图景中人们丧失了整体对抗社会不平等与不公平问题能力的时候显示出来的精神涂鸦。

“涂鸦”的核心特点在于它的污染性：越是唯美、整齐和完整的景观，越是能激活涂鸦对抗的欲望。涂鸦就是乱写乱画，用自创的图符把公共空间转换为具有个人印记的私人空间；正是因为这样一个原因，涂鸦艺术成为城市中底层的人们对于城市的文化秩序进行对抗、破坏、颠覆和重组的欲望的表达。简单地说，现代城市日益向超级都市发展，整齐和混杂、秩序和失衡并存，这成为涂鸦艺术发展的文化基础。作为一种流行文化，涂鸦的盛行背后是超级都市快速发展以及对这种发展的想象性对抗。而糗文化的核心，正是面对强大的丛林社会对抗力匮乏的时刻人们所挥写出来的精神涂鸦。在这种精神涂鸦的活动里面，人们用快感遗忘现实残酷的同时，又彰显出对种种庸俗、琐碎、无聊和虚伪的社会现实的抵抗冲动和抵制欲望。

在《泰囧》这部电影中，随时发生又随时熄灭的欢乐，无不建立在两位资本追求者的狼狈和无能的基础上，尽管在现实世界里，这种无能和狼狈只不过是人们幻想出来的自我满足。而无论怎样，"糗"的恶意破坏性、精神污染性和瞬间历史性，都构成了对富丽堂皇的现代社会的嘲讽和揭幕，体现出当前无权者对强大的资本社会的有趣的"微抵抗"。

不妨说，《泰囧》十几个亿的票房，不是由这部电影造就的结果，而是造就这部电影的糗文化，以及蕴藏在糗文化里面的那种涂鸦冲动的结果。只要这种物化趋势的丛林社会规则顽强存在，十几个亿乃至更多票房的"糗百"电影的成功就还是可以预期的。

从困境到窘境

由上可知，嘻剧的生产，乃是一种脆弱的生命经验的曲折表达。而相对于传统的喜剧来说，嘻剧对于现实问题的逃避和"虚假困境"的设局，造就了一种伪经验的生产趋势。

在这里，嘻剧的特点与喜剧几乎截然相反。当喜剧通过嘲弄和丑化，形成对历史和现实的批判与质疑的时候，嘻剧则倾向于在糗化的过程中，突出普通人变成"糗人"后所带来的"幸灾乐祸"式的快乐；当喜剧执着于现实的矛盾和困境来处理故事和人物的时候，嘻剧则为了让人物的行为或者遭遇显得可笑而虚设诸多窘境。简单地说，喜剧采用一种"深度模式"，力求在生活的现象背后挖掘出富有历史意义的东西；而嘻剧则通过无视意义和现实创造发笑的机会。值得注意的是，正是这种看似毫无意义的创作，却隐藏了强烈的意识形态意义。也就是说，嘻剧看似远离了社会和历史，对任何沉重而值得思考的现实问题采取了避开和剥离的策略，但是，却在这种避开和剥离的过程中，显示出了一种生产虚假体验、修改真实经验和滋生虚伪认同的意义功能。

不妨以 2007 年和 2009 年两部相关联的艺术作品的比较来探讨嘻剧的这种去政治化的政治的特殊内涵。

贾平凹的小说《高兴》出版于 2007 年。陕西方言的质朴和幽默感、暗含悲凉意味的对城市打工者命运的调侃，尤其是作家用一种豁达的语气所讲述的无所遁逃的人生苦境与社会不公，令读者在喜剧的观看效果里滋生出无尽的沮丧和同情。在小说中，男主人公刘高兴进城打工，希望通过自己的辛苦努力来变成一个城里人。他陷身在破烂不堪的城中村，只能做最底层的收破烂者。小说这样描述他的命运处境：

> 初来乍到的那是第五等，五等人可怜，只能提着蛇皮袋子和一把铁钩，沿街翻垃圾桶，或者到郊外的垃圾场去扒拉。他们是孤魂野鬼，饿是肯定饿的，饿不死就不错了。第四等么，那就入道了。这需要介绍和安置，可以拉个架子车或蹬个三轮车走街过巷。遇见什么收买什么，一天能赚十五元，运气好赚到二十元。但转悠的区域是固定的，蝗虫不能吃过界。第三等便是分包了一个居民小区，不辛苦跑街了。如果你眼活嘴乖，谁家买了煤买了家具，能主动去帮人家扛上楼，人家的破烂交给你了，甚至还不要钱。这等人每日赚的虽也是二十元左右，但收入往往固定，还能意外收买到好东西，比如旧的电视机、收音机、沙发、床架，还有半旧的衣服。第二等就耍大了，负责一个大区域，能安置第五等第四等人，第五等第四等人定期得进贡。又可承包一些大的城中村。城中村租住人口多，做各种生意的都有，只要每年给村长贿赂两万元，他就是这地盘上的破烂王了。[①]

在这个等级森严的底层世界中，我们既可以看到资本权力无所不在的秩序化趋势[②]，也看到了一个更加可怕的景观：资本

---

① 贾平凹：《高兴》，北京：作家出版社 2007 年，第 10 页。

② 就像一部名为《县长搭台》的小说中所描述的那样，一个村子里面发现了价值不菲的矿产，人们并不是坐下来平均分配，各家各户独立生产。恰恰相反，第一个挖到矿物的人赚到的钱，不是用来支付自己的生活费用，而是用来购买武装，并占领和保卫每一个矿口。一场场打斗之后，村子趋于平静。人们逐渐建立起这样一种观念：好好去为拥有矿产的人劳动，就能得到相应的报偿，从而也就辗转享用了矿物带来的利益。显然，资本体制下的良好秩序就是这样建立起来的：一部分人占领了所有的资源，一部分人要想活下去就只能选择接受这个现实。参见周志强：《这些年我们的精神裂变》，第 116 页。

体制下的每个个体，看起来都在自由选择自己的命运，却不得不在固化的两极分化的范围内进行这种"自由"的选择。在《高兴》中，刘高兴除了在内心深处充满信心和希望，在现实的地面上，他像一个繁华的都市中地沟下面游荡的孤魂野鬼，无所依傍、不知所措，只能在夜深人静看不到人的时刻，才觉得自己曾经是人；而一旦回到人的世界，他就只能像鬼一样"活"着。

值得反思的是，从农村来的刘高兴一心一意努力要成为城里人。他先是卖肾换了来西安的路费，然后又奇怪地相信，用了他肾的那个人就在城里，成为他生命的扩展和延续；他虽然拾破烂，却在所谓的"节假日"里——因为为了城市形象，节假日不允许拾破烂的出现——穿上捡来的皮鞋冒充干部"替天行道"；他认识了一个妓女并与之相爱，在刘高兴那里，我们可以看到一种"只有城市才有妓女—妓女是城市人—跟妓女好也就变相等于成了城市人"的吊诡逻辑，也就理解了刘高兴对孟夷纯的"奇怪而热情"的爱情。换言之，即使在现实的环境中，刘高兴没有机会成为西安人，但是，他也能够在自己的想象中反复成为城里人。

有意思的是，刘高兴的这一"高兴工程"还滋生了两个意味深长的故事。一个是他反复教训坑蒙拐骗偷的小混混石热闹，一个是他结识和认同自己想象中的用了他肾的富人韦达。

对于石热闹，刘高兴采取了一种"见一次打一次"的态度。他强烈排斥石热闹作为一个"乡下人"在城里表现出乡下人的不良道德。在他的想象中，乡下人应该更具有自尊和自爱的品格，只有这样，才能赢得城里人的认可和尊敬。他甚至这样理解自己反复遇到石热闹的"宿命"：

> 事后我想，在我的城市生活里怎么就老能碰着石热闹呢，或许是人以类分？不，我和石热闹绝不是一类人！而总是碰上他，肯定是上天的一种安排，要我一步步历练，真正成为一个城里人吧。[①]

---

① 贾平凹：《高兴》，第214页。

事实上，正是石热闹这样的行为，让刘高兴在想象中有机会证明自己是城里人。在刘高兴的心目中，自己必须比城里人更具有城里人的道德，才能真正成为城里人；换言之，只要自己在道德上成为城里人，就比城里人还城里人了。石热闹对于城市道德的蔑视和唾弃，正好提供了刘高兴教训他的机会，没有比“教训”更具有意识形态的训导意义，因为只有在替“别人”说话的时刻，才最能够“迫使”自己认同“别人”的意义[①]。于是，正是石热闹的不道德，才提供了刘高兴强烈的道德感，才让刘高兴有机会用道德认同掩盖阶层差别的意义，也就自然让他成为城里人的愿望在幻想的精神世界中瞬间成真。

而韦达的出现和存在又从“城里人”的角度“印证”着刘高兴的道德幻想并非幻想。在他们相见的时刻，刘高兴这样理解：

> 我也终于知道他叫韦达，年龄和我差不多，但他比我俊朗，我是颧骨有些凸，显得皮薄，他腮帮丰满，嘴唇肉厚，要比我沉稳。我的肾就是给了他吗，他的身体里就装着我的肾吗，他就是另一个我吗？我微笑地看着他，他也报以微笑，嘴角显出几个小小的酒窝。他伸出手来和我相握，我感到我们的脉搏跳动的节奏一致。在那一瞬间，我产生了奇妙的想法：冥冥之中，我是一直寻找着他，他肯定也一直在寻找着我。不，应该是两个肾在寻找。一个人完全可以分为两半，一半是阴，一半是阳，或者一个是皮囊，一个是内脏，再或者，一个是灯泡，一个是电流，没有电流灯泡就是黑的，一通电流灯泡就亮了。这些比喻都不好，我也一时说不清楚。反正是我们相见都很喜悦。[②]

---

① 阿尔都塞认为，“意识形态‘表演’或‘起作用’的方式是，它从个体（将他们全都进行转换）中‘征招’主体，或者通过我称作‘质询’或招呼的准确操作将个体‘转换’成主体……”这个过程正是刘高兴“教训”石热闹这一事件的有趣诠释。［法］路易·阿尔都塞：《意识形态与意识形态国家机器（一项研究的笔记）》，参见［斯洛文］斯拉沃热·齐泽克：《图绘意识形态》，南京：南京大学出版社 2002 年，第 171 页。

② 贾平凹：《高兴》，第 175 页。

有趣的是，这种想象在刘高兴跟韦达的交往中不断被强化。尤其是韦达对待刘高兴的态度，完全是不卑不亢的朋友的态度。虽然身份富贵，韦达却一点也没有看不起刘高兴的意思，甚至还积极热情地为了刘高兴的未来筹划谋算，不断地向刘高兴表达自己对他道德为人的钦佩和认可。更值得反思的是，韦达乃是刘高兴的女朋友、身为妓女的孟夷纯一个"旧相识"，这个信息让刘高兴的心被"扎了一下"，但是，这点情绪却在他的城里人的道德想象中湮灭了。

显然，成为"城里人"的愿望已经不仅是刘高兴的个人愿望，小说以一种寓言的方式，暴露了强大的"城里人愿望"的召唤力；而更加令人沮丧的是，这种召唤力的虚假和脆弱又在小说中被冷酷地呈现了出来。

当孟夷纯因受牵连入狱的时候，刘高兴以为韦达会毫不吝啬几千元的"捞人费"慷慨解囊，没想到韦达对于这个要求表现出了一种温和的冷淡。也正是这种冷淡让刘高兴迅速意识到韦达之所以没有看不起自己和孟夷纯，只是因为他根本没有必要瞧不起他们。简言之，对于韦达来说，刘高兴连被瞧不起的资格都没有。

也正是这样一种"清醒"，让刘高兴刹那间领悟了石热闹的意义：作为城里面的混混，他的"坑蒙拐骗偷""表达"的正是对于"城里人"和"乡下人"宿命对立的绝望；换句话说，石热闹比刘高兴"更清醒"地"懂得"，作为乡下人，他们既不可能在实际的世界内成为城里人，也就没必要在道德上激活自己的城里人幻想[①]。在小说中，喜剧性人物石热闹的存在和刘高兴的伙伴五富的死，让刘高兴最终懂得，自己永远只能是城里面地缝中的幽魂，看似在飞，却终不见天日。

正是这样一部黑色幽默而令人绝望的小说，却在 2009 年被

---

① 更进一步的解释，还可以借鉴菲斯克的"游击队理论"推演。石热闹的坑蒙拐骗偷，也就可以是来自乡下的弱势群体对强大的城市体制的抵抗。参见[美]约翰·菲斯克：《理解大众文化》，北京：中央编译出版社 2001 年，第 47 页。

改编成了一部充满励志精神的“嘻剧”：孟夷纯的妓女身份被改成了意义晦暗不明的按摩女身份，五富的死因被置换成吃多了撑着了，韦达被抹掉，贫穷的城中村变成了快乐而纯真的情感空间……而刘高兴在城里面日益沮丧的现实遭遇，被最终演绎为靠着自信解决了一切问题的天空飞翔。简言之，小说中的困境变成了电影中的“糗”和“囧”。

糗、囧与困境的最终区别乃在于，前者显示了人人可能的遭遇和问题解决后无伤大雅的惊奇故事，后者则指向当前社会条件下整个人类不得不面临的困顿处境，显示的是一种直面绝望和沮丧之时拯救和解放的欲望。

在电影中，刘高兴被赋予了一项特殊技能：热爱飞行而且竟然会制造飞机！而自信、快乐的刘高兴相信，只要自己保持这种自信和快乐，就一定会改变自己的命运；在影片中，刘高兴制造的飞机飞上天空，让他成功营救了入狱的孟夷纯，并最终赢得美人归。

这个故事被进行了结构性的改造。在小说《高兴》中，刘高兴想要成为城里人，他通过与五富和石热闹的道德区分以及与韦达的道德认同的幻觉，努力奔向这个目标；但是，严重的贫富分化和体制压制，令刘高兴最终领悟到自己的愿望不可能实现的事实。因此，小说结构的图式可以表示为：

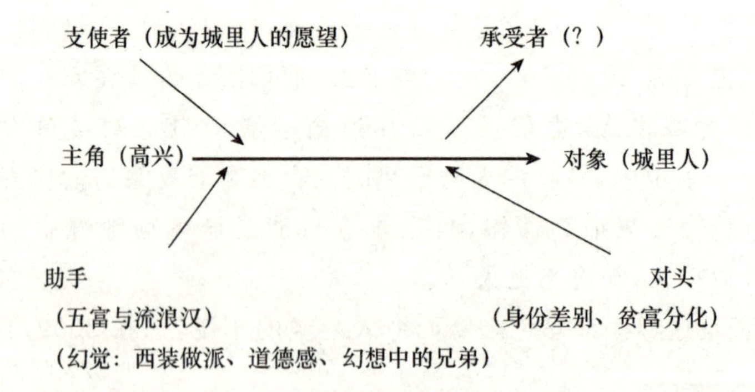

而在电影《高兴》中，刘高兴要想成为城里人的愿望竟然被置换成了想要得到孟夷纯的愿望——这里体现出的是一种通过

得到城里女人就变成城里人的逻辑。这个逻辑的后果乃是这样一种故事流程的出现：在成为城里人这一愿望的驱使下，刘高兴想要得到孟夷纯；然而朋友们的冷嘲热讽和自己的自卑心理却令他感到这个愿望不可能真正实现；转机发生在孟夷纯入狱后——靠着自信和执着，刘高兴制造了土飞机，飞在西安的上空赢得了资金，终于"营救"了自己的爱人。因此，电影结构的图式可以表示为：

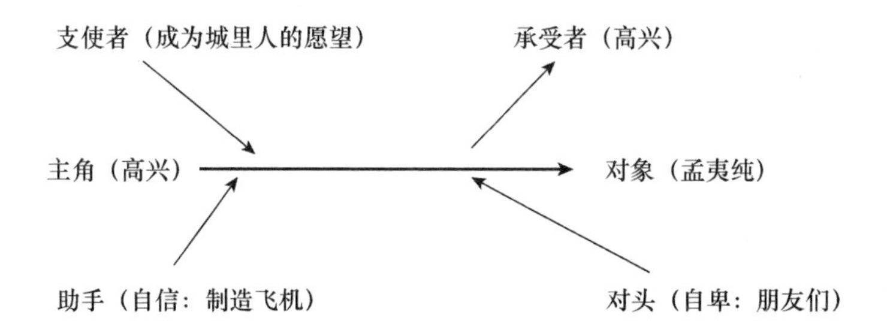

显然，情节设置的变更、人物关系的暧昧和文本的转换，使这个关于底层人生存困顿与沮丧的故事，变成了他们自我道德的激励和人生励志的故事，其图式可以表示为：

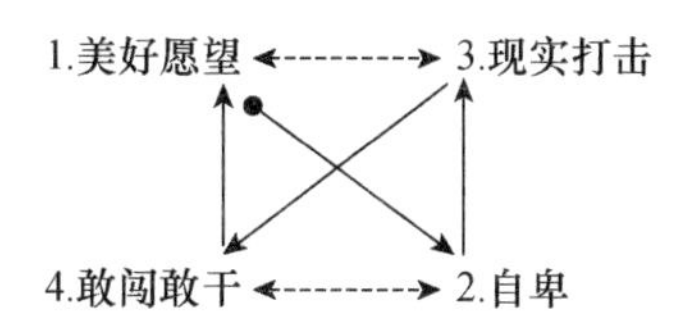

这可以解释为：一个人具有美好愿望（不管是底层还是上层），但如果自卑，就会遭到现实打击；而一旦恢复自信、敢闯敢干，就会最终实现自己的愿望。显然，无论电影怎么呈现底层人的生活状况，作为一部"嘻剧"，它总是要通过掩盖穷人经济上的困境来彰显其道德光彩的耀眼；最终则"告诉"人们，他们面临的只是糗和囧，而不是无法超越的困。

《泰囧》和《高兴》，差别无论怎样巨大——从票房到口碑，但是作为"嘻剧"，它们竟然惊人地相似：现实中原本应该困顿不安的"鬼"，却变成了电影中飞在空中的"神"。

嘻剧的“时代”

显然，嘻剧这种文化生产的逻辑，凸显的不仅仅是一两部电影的生产模式，更是当前中国娱乐文化领域对于伪经验的生产欲望和强大的虚假情感的叙事动力。在嘻剧的困窘经验里，在糗事百科的自娱自乐中，一个精神上善于自慰而肉体上匮乏动力的民族形象浮出水面。在这里，嘻剧的诞生，乃是一个嘻剧的时代的诞生：这是一个浪漫的美学想象力发达的时代，也相应是一个现实主义的想象力匮乏的时代。而在这个时代里面，只有进行嘻剧的这种虚假经验的生产，才会让人们觉得这是一种真实的经验。即，只有当人们被告知自己的生活还飞在空中的时候，人们才会愿意在泥淖中发出快乐的笑声，并为之热情感动。

简言之，嘻剧的时代乃是借助于系列性的嘻剧文本，构造一种整体性的隔绝真实经验的叙事能源的时代。

在这里，“伪经验”指的是一种冒充真实经验的经验，一种通过经验和情感的过量生产而达到掩盖人们真实处境的文化经验。换句话说，伪经验的问题，也就是真实经验匮乏的问题，这个问题在第二章曾详细论述。

不妨说，“嘻剧”正是一个经验贫乏的时代的结果。这也就诠释了“嘻剧的时代”的特定内涵：资本的流氓化扫荡与严峻的社会分化造就了人们只有通过精神自慰——包括微抵抗的精神涂鸦——的方式来拒绝承认这种扫荡和分化的后果。而嘻剧的文体政治也就相应浮出水面：正是在这种包含了微抵抗和脱离窘境的嘻剧中，人们才会觉得“真实”和“真切”的“痛快”“过瘾”，才会觉得只要哈哈笑过了，这“老百姓的生活太累了”也就不算什么了！

认知的寓言："声音拜物教"

第一章　唯美主义的耳朵

2012年浙江电视台推出了《中国好声音》节目，一时之间，歌声悠扬，激情四溢；2013年，不甘寂寞的湖南卫视也推出了《我是歌手》，明星的大PK与普通观众决定明星命运的投票，让这个“屌丝”声四起的国度，响彻了主人翁式的欢叫。昔日摇滚喧嚣中雕刻出来的耳朵，如今被泪水和“high歌”浸泡；三十多年来声音变迁的背后，凸显了中国社会文化逻辑的吊诡：声音从来没有像今天这样情感饱满，但又是空前地内涵缺失；到处都是歌声，我们感受到的却是本雅明所谓的那种经验的贫乏。如果不是坚定不移地相信快感永远高于理性，这种快感政治的场景也不会来得如此狂放和不管不顾，而傻乐主义的生产逻辑[1]，也不会剪辑出如此这般的辉煌灿烂。

简言之，《中国好声音》与《我是歌手》共同讲述着当下声音的一种新的政治学图景。在这里，声音被作为一种独立的形式来谈论，被抽空了意义，变成了音乐的商品拜物教的存在方式。同时，两档节目重整了声音的秩序，歌曲的情调和激情被锁定在唯美主义的耳朵里面。人们自觉地选择那些可以激活情感记忆的浪漫或者激动的声音，而不自觉地拒绝了批判性的声音。抹平记忆和剔除声音的政治内涵，成为这两档节目的共同效能。

显然，娱乐节目的意识形态不在于其如何鼓吹一种观念，而在于让人们遗忘观察自身生活处境的那些观念；不在于如何激活人们的体验，而在于如何生产一种“伪经验”来替代我们的身体经验。正是通过分析和阐释这两档节目的娱乐制作方式，我们可以进一步了解当前中国社会娱乐生产机制的内在政治逻辑。

---

① 周志强：《从娱乐到傻乐——论中国大众文化的去政治化》，《天津师范大学学报》2010年第4期。

声音如何是一种政治？

马尔库塞曾经用娱乐节目的功能说明现代社会的思想控制问题，他说："如果工人和他的老板享受同样的电视节目并漫游同样的游乐胜地，如果打字员打扮得同她雇主的女儿一样漂亮，如果黑人也拥有卡迪拉克牌高级轿车，如果他们阅读同样的报纸。这种相似并不表明阶级的消失，而是表明现存制度下的各种人在多大程度上分享着用以维持这种制度的需要和满足。"① 显然，马尔库塞所说的"阶级差别的平等化"，是现代社会政治无意识式的各类活动的后果。在他看来，娱乐带来的快感，可以让不同社会层次的人们政治上获得平等感，最终这种平等感会令人"不再有能力去想象与现实生活不同的另一种生活"②。

从这样的角度来看，"声音"也是控制我们生活感受的非常有效的形式。而以声音的形式来实现政治的认同，完善权力共同体的心理基础，更是现代社会中常见的权力操控手段。卢卡奇、布洛赫和阿多诺的研究让我们第一次从一个崭新的社会学的视野来观察音乐和声音的文化意义，尤其是观察一种声音（或者"调性"）与它发生的历史之间的关系。在他们的观点中，古老的音乐总是力求一种独立的、纯粹的意义，似乎与它所发生的外部世界毫无瓜葛；而中产阶级的音乐则鼓吹音乐是情感的表达；有趣的是，这种音乐的社会学观察同时发现，现代音乐与传统音乐的最大差别，乃在于一种内在声音观念的变化，即现代音乐乃是一种可以激发甚至控制感情的东西，而过去人们则认为，音乐只是情感的表达③。在这里，只具有生理和心理意义的"声音"，

---

① ［德］赫伯特·马尔库塞：《单向度的人——发达工业社会意识形态研究》，刘继译，上海：上海译文出版社1989年，第9页。

② 同上书，"译者的话"，第2页。

③ Robert Lilienfeid, "Music and Society in the 20th Century: Georg Lukács, Ernst Bloch, and Theodor Adorno"，参见 http://link.springer.com/article/10.1007%2FBF01388245#page-1。

变成了具有文化研究意义的声音。在这一副社会学的耳朵里面，我们能听到社会和历史轰轰隆隆发生变迁的状况，也能够感受到声音如何被巧妙地改造、修饰，最终成为当代社会里一种属于私人的公共生活领地。

声音由此就可以成为一种具有强烈的意识形态功能的东西。与后来的文化研究学者的方式略有不同，卢卡奇等人的这种音乐的社会学考察，并不是仅仅看到摇滚、噪音和场景音乐的政治性，而是把音乐看作是具有自主性外衣的社会性产物。在这里，声音总是冒充自然和天籁，仿佛是自在地发生，但声音的塑造是如此"别有用心"，以至于它是通过差别化的方式，让人们把一种声音看作是"噪音"，而把另一种"噪音"看作是有秩序的音乐。

显然，声音具有强大的暗示和启迪作用：也许，没有比声音的意识形态更具有隐形的本领——如果我们看一部说教体的电影可能产生巨大的反感，那么，具有鲜明的政治含义的旋律却可以藏身到各种声音中顽强地进入我们的耳朵；同时，声音常常被人们看作是可以摆脱政治内核的东西，"伟大的音乐"总是可以直入心灵，抵达人类的"情感本质"。在这里，声音的政治性，就在于其总是可以天然地藏匿起某种政治性。法国学者贾克·阿达利(Jaques Attali)进一步指出，现代音乐乃是对科学主义和理性秩序的服从，是一种新型的社会与文化的观念取代另一种具有宗教主义倾向的神秘观念的后果，也就天然具有政治性内涵："今天所谓的音乐常常不过是权力的独白的伪装。"[①]这样的观点自然让一切坚信音乐是纯粹的美的学者变得理屈词穷。值得反思的是，法西斯主义盛行的时刻，正是现代社会的声音传播技术实现远方跨越的时刻。耳朵比眼睛更能激活人们对伟大的圣者的认同，阿道夫·希特勒的声音，一旦经由广播传到欧洲的大街小巷，这位独裁者的伟岸、纯粹、圣洁和执着的气质也就更容易打动人心。利用声音进行权力的制约、控制和独裁，总是比利

---

① [法]贾克·阿达利：《噪音——音乐的政治经济学》，宋素凤、翁桂堂译，上海：上海人民出版社2000年，第8页。

用视觉更加有效。当人们很难理解为何有着深厚音乐修养的德国人可以成为法西斯主义的载体的时候，他们忘记了，也正是音乐承担了鼓动德国人“逃避自由”的倾向。一旦“高亢明亮”被有效控制，我们的政治感也就暗中被左右。德国党卫军第一装甲师战歌《SS闪电部队在前进！》这样唱道：

> 空气布满紧张的气氛，大战即将来临，
> 泪水划过母亲的脸庞，祖国就在身后，
> 远方传来敌军的脚步声，大地在颤抖，
> 是捍卫正义的时候了，热血早已澎湃，
> 干枯树枝上最后一片树叶被寒风打落，
> 闪电撕破了远处沉重的黑幕，看，是SS部队在前进！

这首由Von Oblt. Wiehle中尉创作于1933年6月25日的歌曲[①]，仅从歌词中已经可以想象那种震撼人心的节奏和行军者心潮澎湃的体验。正如一切军队都由音乐的节奏来调整步伐一样，声音总是更容易依附于权力，成为有效的社会控制手段。

更值得注意的是，自从人类进入电视时代，视觉的政治开始逐渐替代声音的政治。“聆听”这种行为逐渐被“观看”取代。“聆听”所对应的抽象空间里面的“上帝”之声，总是能让人们陷入“服从的雄心”中。而“观看”却常常让观看者采用审视的态度，形成特殊的视觉政治[②]。人类的民主选举也就相应地逐渐被

---

① 资料来源：http://zhangfan0331.blog.sohu.com/26663821.html。

② 齐美尔提出，视觉正在支配着现代人生活的诸多方面，在公共场所，工于算计的、神情麻木的、设防的居民，为了达到目的，总是不断地在扫视四周的城市：在迷宫一样的城市中找寻道路、与星星一样拥挤的人群维持不想碰撞的距离。齐美尔给予视觉特别的关注，因为，在人类的所有感官中，“眼睛是独一无二、具有社会学的功效”。齐美尔不把人与人之间相互瞥视看作是一种“观察”。他认为，在相互一瞥中，产生了对视者之间的一种崭新的关系。每个人都把自己平等地展现给对方。眼睛在给予的同时才能摄取，在观察者试图了解被观察者时，他同时敞开自己让自己被观察者了解。如果人没有能力相互瞥视，我们所了解的社会互动行为将是不可能的，因为“瞥视”作为一种载体传达着赞赏、承认、理解、亲密、羞耻等等心理与情感（参见[德]格奥尔格·西美尔：《社会学——关于社会化形式的研究》，林荣远译，北京：华夏出版社2002年，第484页；[英]阿雷恩·鲍尔德温等：《文化研究导论》，陶东风等译，北京：高等教育出版社2004年，第371页）。

视觉政治所引导。民选领袖一改声音时代的形象，日益明星化、偶像化和符号化。面容丑陋的政治家越来越少地成为各国的首脑。动作夸张、行为敏捷而显得神经质的希特勒，恐怕只能是声音时代的"领袖"，难以成为视觉政治时代的"圣人"。

在这里，声音的生产，也就成为社会意识形态体系化生产的一个重要部分；与之相应的是，对声音的背叛，也就变成意识形态领域中各种文化力量较量的形式；而声音与政治的剥离，也可以理解为特定历史时期娱乐政治的成果之一。这充分体现在音乐的声音对噪音的压抑和控制上。

音乐声音的变迁，不仅仅是历史变迁的后果，更是不同时代不同利益集团阐释自身、解释世界和讲述其合法性故事的不同版本的体现。古代音乐脱身于神秘的仪式活动，旨在唤起人们的迷狂，从而维护集权的体制。14 世纪以来的音乐，体现出弦乐的泛滥与宫廷谱曲的兴盛，表达了贵族塑造圣乐的冲动，也配合了桑巴特所说的贵族宫廷奢靡之风的盛行[①]；而中产阶级的出现，则令"和音"成为新的声音的秩序规范；由此，现代音乐对噪音的克服，就包含了现代理性、科学战胜混乱和宗教的元素。而流行音乐的出现，则呈现出别样的意义。美国学者赫伯迪格通过分析"噪音"的文化抵抗意义，凸显了深藏在声音内部的历史意味：

> 我始终把亚文化诠释为一种抵抗的形式，在这种抵抗形式中，体验到的矛盾以及对统治意识形态的反对意见都间接地再现于风格之中。具体来说，我采用"噪音"这个术语来描述这种风格构成的对象征秩序的挑战。如果我们把这种噪音视为阿尔都塞所谓的"磨合"的对立面，那么或许会更为精确，更为生动。[②]

① [法]维尔纳·桑巴特：《奢侈与资本主义》，王燕平、侯小河译，上海：上海人民出版社 2000 年，第 87 页。

② [美]迪克·赫伯迪格：《亚文化：风格的意义》，陆道夫、胡疆锋译，北京：北京大学出版社 2009 年，第 165 页。

虽然文化研究学者喜欢用“风格”这种模糊的提法来命名亚文化的抵抗性，但是，却提醒我们流行音乐首先是因其声音的复杂政治意味才会创造出一个抵抗的青年群体[①]。正如胡疆锋所总结的：“第一，噪音是亚文化对主流文化的对抗（干扰了意识形态信息的再现和传递，亵渎神圣、挑战权威，传达被禁止的内容）；第二，噪音再现了反常的风格符码（逾越服装和行为的规范，语意混乱的实际机制，违抗公认的符码）；第三，噪音改变了受众和艺术家的关系（无政府状态，人人都是艺术家）。”[②]

在这里，特定的社会形式与特定的音乐声音勾连在一起，技术科学、信息传播与社会政治如灵验的咒语，把不同分贝、器乐和嗓音组织在一起，构造耳朵的倾听与心灵的顺从，也塑造了声音本身所具备的政治力量。

危险的声音

声音就像是社会内部各种力量运转变化的“预言”，可以从声音中倾听社会转变时的轰轰雷鸣。阿达利提出：“每一次社会的重大断裂来到之前，音乐的符码、聆听模式和有关的经济模式都先经历了重大的变动。”[③]如同20世纪80年代中国流行音乐的发生，按照阿达利的方式来说，正是音乐对噪音的政治重组。从邓丽君到李谷一，声音的内部充满了较量与对峙，也隐含着妥协和承认。

1980年2月，中央人民广播电台和《歌曲》杂志主办“听众最喜爱的15首广播歌曲”评选活动。在没有手机短信和电子邮件的时代，组织者收到了二十五万封热情的群众来信，评选出共

---

① Andy Bennett：《流行音乐的文化》，孙忆南译，台北：书林出版有限公司2004年，第13—14页。

② 胡疆锋：《伯明翰学派青年亚文化理论研究》，北京：中国社会科学出版社2012年，第198页。

③ [法]贾克·阿达利：《噪音——音乐的政治经济学》，宋素凤、翁桂堂译，第10页。

和国第一代"流行歌曲排行榜"。其中，李谷一演唱的《妹妹找哥泪花流》引发了巨大争议。相对而言，15首歌中，这首歌最具危险性：《祝酒歌》里面是社会主义的积极向上的欢快情绪；《我们的生活充满阳光》歌颂美好社会主义的新生活；《再见吧，妈妈》是英雄的赞歌；《泉水叮咚》优美单纯；《边疆的泉水清又纯》歌颂战士的品德；《心上人啊，快给我力量》虽然是爱情歌曲，却是要把爱情转化成为时代献身的健康情感……而这首《妹妹找哥泪花流》虽然歌词唱出的是"阶级仇"，但是它的旋律、曲调和唱法，即它的声音却"背叛"了它的内容。在这里，阿达利所讲述的声音的政治浮出水面：李谷一用极其深情凄婉的声音处理了"兄妹之情"，从而让人们体验的不再是歌曲内容层面的亲兄妹的阶级仇恨，而是声音层面上激活的情哥哥与情妹妹的缠绵思念。

正是这种"危险的声音"开启了中国流行音乐的复兴。

首先是邓丽君登场。她用柔声、气声、颤音和绵软的尾音，开启了声音的性别化趋势。这种"性"的声音代替"无性"的声音的过程，正是泛政治主义逐渐被情感主义替代的过程：高音喇叭和集体合唱的声音代表了无差别化的生活，同时也表征国家权威的集体主义诉求；而邓丽君的悱恻与李谷一的缱绻，却构造了后革命时代欲望与情感的符码。宛在耳边的亲切与极具呼吸感的私语，荡漾着一个时代的舟船慢慢摇橹划向历史的海洋。弱声、气声和电子器乐声音的泛滥，成了这个时代"情感现代性"的标志。正如迪斯科与样板戏的对立显示了两种文化力量之间的矛盾，声音正在重整1980年代的生活范式。传统中国与现代中国在声音的交织中纠缠撕咬并最终分裂[①]。

这个时期，可以说是情感主义最终打败了泛政治主义，唯美主义的耳朵成为抵制政治化声音的有效方式：无论是张明敏还是费翔，都在助长磁性（性感）声音对私人生活和个人欲望的召唤。比较有趣的个案来自北京的歌手张蔷。她在翻唱邓丽君等

① 周志强：《声音的政治——从阿达利到中国好声音》，《中国图书评论》2012年第12期。

人的歌曲的时候，对她们的声音进行了别有意味的处理。她放弃了邓丽君的那种宛在耳边的“絮语”方式，改用真嗓和甩腔，凸显一个青春女孩慵懒和纯真相互交织的情调。这种披着青春飞扬的外衣的性感声音，撩拨着无数少男少女的心扉；她对邓丽君等人的声音方式的巧妙处理，实现了所谓“靡靡之音”的合法化，从而变身为一种可以被接受的歌曲新形式。

这种“去危险化”的柔情主义声音并没有得到同时代歌手的太多认同。越来越多的歌手受到西方社会摇滚乐政治的影响，选择使用声音来表达政治欲望。20世纪80年代罗大佑和崔健的声音开始占据主导地位。唢呐、古筝、小号和电贝斯创造了一种反叛唯美主义耳朵的精神。摇滚的“噪音”代替了邓丽君的“丽声”，崔健等人似乎相信，只有嘶喊和吼叫，才能表达真实的情感；也只有噪音的音乐，才能拯救衰弱无力、虚伪矫情的文化。在这里，“噪音”形成对耳朵的轰炸，人们在摇滚乐的声音里狂欢，吼叫出对未来的担忧和对政治的不满。

显然，从邓丽君无意为之的喁喁私语到崔健刻意构造的噪音反叛，20世纪80年代中国流行音乐的声音内部充满了道德对抗的能量和意义拼杀的冲动。人们用“温婉的声音”告别了泛政治主义的政治，再用“暴躁的声音”表达崭新的政治欲望。在这个激情四溢的年代里，声音的政治如同它所处的历史，焦躁不安又奋然前行。如果说“摇滚”曾经作为左翼政治的典型形式被用来反抗资本主义的话①，在崔健和罗大佑那里，摇滚更多地用来摧毁当时中国人所处的泛政治主义的价值体系，同时，又分化为抽象地嘶喊与反现实的激情。

罗大佑的歌声里分裂出两种声音的政治取向：狂放不羁的嘲笑、批判和反思现代资本主义社会的精神围困（《鹿港小镇》，1982），同时，又义无反顾地将传统社会的生活看作是春意盎然和生机勃勃的生活（《野百合也有春天》，1982）。这种利维斯主

---

① 张铁志：《时代的噪音——从迪伦到U2的抵抗之声》，桂林：广西师范大学出版社2010年，第211页。

义的情结，构成了罗大佑声音感伤忧郁的基调。

与之相反，崔健的愤怒并没有包含反思现代性的内涵，却采用了粗糙而激越的形式，与先锋浪潮的现代主义内在逻辑不谋而合。此时期的诸多艺人和文人，看中了现代主义的"抵抗"姿态，但其创作并没有大量使用现代主义的反资本主义、反思现代性的精神资源。在这里，所谓"现代主义"的姿态，指的是对"现场经验"无休止的追索，是对"距离消融"这种叙述感的热情张扬。因此，现代主义也就呈现为对秩序和对秩序叙事的一种强烈对抗，并形成对理性主义的宇宙观和世界观的摒弃[①]。对现代主义姿态的借壳，令崔健的声音可以肆无忌惮地挥霍人们对当下社会生活的不满甚至愤怒，并在其震撼性的嘶喊中，将生命的疑问烙在每个人心间。

简言之，至少崔健将声音的政治变成了一种有关愤怒和不满的政治。流浪、离开、出走、撒野、飞……一系列动词的背后，是无法克制的破坏性的激情，又是充满理想地寻找新生活意义的热情。而正是这一点，造就了中国这一个时期流行音乐的巨大魅力，也显示了音乐和政治勾连在一起的时候所具有的深沉的内涵。

声音的商品拜物教

时间到了20世纪80年代末、90年代初，怀旧的校园民谣和真挚的李宗盛歌谣，让中国流行音乐逐渐走向世俗化政治的时段。吉他开始逐渐代替电贝斯，钢琴与弦乐的配合塑造出不同于电子合成器的壮观，而对低音的迷恋里面，则隐含了消费社会中纯粹声音欲望的诞生。"发烧友"让声音政治逐渐变成商品拜物教，声音第一次以毫无政治内涵的方式呈现出其娱乐政治的功能。于是，在商品逻辑和资本体制的推动下，声音开始变成一

---

① 参见[美]丹尼尔·贝尔：《资本主义文化矛盾》，赵一凡等译，北京：生活·读书·新知三联书店1989年，第31页。

种“纯粹的能指”，用千差万别的差别来去差别化，用种种色彩斑斓的个性来塑造普遍的无个性，正是这种特定的抽象的声音，才如此丰富多样灿烂多姿而又如此空洞无物、苍白单调。

显然，一旦声音被抽空其内在的政治内涵，也就变成了一种抹平个性、去除差异而拒绝承认阶层矛盾和经济差别的声音。如同周杰伦的专辑《惊叹号》(2011)所显示的，尽管其中不乏重型摇滚的劲头、进行曲的弦乐和狼烟般的鼓声，但是同样呈现周杰伦所代表的今天这个时代声音的空洞：歌曲的唱风充满表意的冲动，声音的内涵却昏暗不明；到处是喊叫的姿态，却没有可以值得喊叫的情感[①]。

这正是对2012年和2013年家喻户晓、大获成功的“中国好声音”与“我是歌手”的绝妙阐释：多体混杂的乐风，日益像是欲望胀满的摇滚；而杂耍般的幽默感与“发烧友”式的“high歌”，注定了这个时代的声音是一个失去政治隐喻和文化内涵的空洞符号。摇滚的嘶喊、rap的琐碎、Gospel的宁静、甚至死亡金属的粗暴……任何音乐都可以成为21世纪流行音乐工艺化的唯美元素。除了听不到肉嗓真声，今天的音乐可以把任何对音乐的背叛都当作耳朵的浪漫消费品，可以把任何噪音的现场都变成一种精美的怨怼。“中国好声音”不过是这种唯美主义耳朵所推崇的一种“精致的重复”；而“我是歌手”则以新的竞争形式，让这种对“声音的迷恋”变成可以用“专业”“学术”和“感受”同时考量的对象——似乎“声音”如此内涵饱满、信息丰富，值得教授(山河)、媒体人(张漫)和乐评人(宋柯)反复研究、分析和讨论，也值得现场的观众为之流泪、欢呼和沉醉。

值得注意的是，这两档节目都基本属于翻唱类节目。人们听到熟悉的声音时，总是比听到陌生声音的时候更容易产生认同[②]。从节目对声音的选择来看，如何激活人们的热情回应，成

---

① 周志强：《声音的政治——从阿达利到中国好声音》。

② 赵勇：《草根歌手的两种命运——以“中关村男孩”为例》，《艺术评论》2011年第9期。

为这两档节目的核心语句。"中国好声音"的核心主题是"导师"背对选手，只通过其声音的识别，确定其"价值"；"我是歌手"则通过对成名歌手声音的评论，完全将他们声音背后所依托的历史内涵和时代背景抽空，变成"唱法"是否成功、声音"处理"是否得当和"节奏"是否合理的评价。有趣的是，杨宗纬不无反讽地说，自己不愿意仅仅来做"歌手"，还想做"歌者"，这中间的区别未必有意义，但是，他对纯粹的"歌手"的不满显露无遗。

在"我是歌手"的前几期中，齐秦的出现别有趣味。相对而言，齐秦、齐豫的时代乃是跨越反泛政治主义与反现代性双重意义的时代。略带沙哑的《北方的狼》(1986)与宗教般纯洁的声音雕刻的《答案》(1979)，致力于将现代都市阐释为自由的牢笼和俗世的空间。齐秦对声音的虔诚追求，与宁做荒野中的恶狼也不愿意做城市豢养的宠物的主题是一脉相承的。在齐秦提出的柔情主义的主张中，音乐的内涵乃在于对耳朵的拒绝。他在《痛并快乐着》(1985)这张专辑中，以激越的声音唱到：

> 贝多芬听不见自己的歌
> 他用他的心写歌
> 贝多芬听不见自己的歌
> 他依然唱出他的喜怒哀乐
> 贝多芬听不见自己的歌
> 我想听歌不一定要用耳朵

在这里，齐秦对于声音的意义的执着，超越了声音本身。吊诡的是，在这个时代，齐秦对声音的纯粹性的迷恋里面包含了对当下社会商业化倾向的抵抗；而到了"我是歌手"，齐秦的声音已苍老沙哑，却将音乐内在的意义放弃了。在演唱《张三的歌》时，齐秦采用了婉约柔美的方式，突出了歌曲悠扬的曲调；而以往那种卑微与向往并重、略带伤感而充满信心的情调，却在这种优雅的处理中消失了。

事实上，正是声音构造了这两档节目的悬念内涵。到底哪个声音堪称"中国好声音"？到底怎样的声音技巧才适合歌星、歌手的优势？重要的不是歌曲本身的社会意义，重要的是歌声的现场效果。这两档节目中，我们可以听到20世纪80年代的摇滚与民谣，可以听到20世纪90年代的日常俗语，可以听到21世纪的情爱歌曲，但是，所有的歌曲几乎都在用不同唱法进行着同样的煽情。

相对而言，没有哪种音乐比摇滚乐更具有煽情的功效："摇滚乐所唤起的反响更是精神饱满和动觉的美学。"[①]因此，在这两档节目中，摇滚题材的歌曲总是被镶嵌在歌手之间PK的关键时刻，用来霸人气、博彩声，以求取得转机或者突进。李皖曾这样描述过摇滚时代的音乐："1986年至1989年，整个社会呈现出泛政治、泛先锋又举国崇拜的色彩，四处弥漫着精神解放、艺术探索和启蒙主义的味儿，人们眼里满含着普遍的委屈，全社会热情、激动、激进而严肃，关注着国运，忧国忧民。摇滚乐是文化英雄的一部分，不只是它，诗歌、小说、艺术、电影、哲学也分别有它的英雄，代表着精神解放的力量，有一种意义不明、虚张声势的大气，有一种欲说还休又诉说不尽的苦闷、反抗和发现的狂喜。摇滚乐手不像是音乐家倒像是战士，摇滚乐场景不像是演唱会倒像是神坛，充满了象征和仪式意味。"[②]而在这两档节目中，摇滚不外乎成了煽动观众情绪的一副兴奋剂。崔健的"危险的声音"，变成了极具感染力的空洞的声音。

"流泪"也是这两档节目必须渲染的主题。在"我是歌手"中，每隔一个段落场景，就出现一个流泪者的画面。无论是掩面而泣的少女，还是合目流泪的男子，都暗示观众：这是一个充满了真情的时刻。当黄绮珊用"哭腔"唱出老歌《离不开你》时，先用钢琴铺垫，再用弦乐烘衬，每一句尾音"呀"或者"耶"形成大回环，让听者顿生凄凉悲怆之意。事实上，"呀"和"耶"的尾音，不仅仅是黄绮珊的技巧，还是这两档节目反复出现的节奏韵律。

---

① [美]理查德·舒斯特曼：《通俗艺术对美学的挑战》，罗筠筠译，《国外社会科学》1992年第9期。

② 李皖：《摇滚中国（一九八九一二〇〇九）——"六十年三地歌"之七（上）》，《读书》2011年第8期。

正如1986年吉安德隆在《阿多诺遭遇凯迪拉克》一文中所说的那样，流行的歌曲可以像凯迪拉克一样看起来花样繁多，可是其内在零件却是可以互换的："人们可以替换节奏、和弦的进程、表演的速度、曲调的片断、重复的节拍、抒情的风格和主唱或乐器的转换。"[①]在这两档音乐选秀节目中，各类歌曲也呈现出这样的特点：外表的旋律形式是"个性"的，其组织形式和节奏声音等等则是雷同的。

简言之，这两档关于音乐的节目已经暴露了当前中国流行音乐的声音政治的典型形式：让感情随着纯粹的声音技法变成被人们"敬畏"和"尊崇"的神话；单纯的耳朵的旅程，也就因此变成了心灵朝圣的旅程。只有在一个浸泡着"情感神话"的声音拜物教的时代，人们才敢于把一切声音都抽空历史内涵和政治含义，变成平面化的"纯粹的声音"。声音的拜物教正在替代"危险的声音"，将沉重的人生幻化成浪漫咏叹里面的哀怨与缠绵，"歌唱的自由"被"自由地歌唱"所代替，陷入多彩的声音里面，忘却单调的生存，是这种"千篇一律的多元"声音的特定政治效果。

伪经验的生产

声音的商品拜物教乃是这样一种拜物教：声音变成用充沛的感情将人们围抱在"心灵"中的"圣乐"，似乎只有在唯美的声音中才会有超凡脱俗的精神气度和标新立异的独立个性。不妨说，对于纯粹声音的"拜物"里面，隐含的乃是不愿意面对肉身处境的潜在意识。

于是，声音的政治变成了一种只关系情感而不关系政治的政治，变成了可以让人们沉浸在梦幻一样的浪漫氛围中的有效途径。而"中国好声音"与"我是歌手"正是在这样的意义上塑造

---

① [美]伯尔纳·吉安德隆：《阿多诺遭遇凯迪拉克》，陈详勤译，陆扬、王毅编选：《大众文化研究》，上海：上海三联书店2001年，第218页。

声音拜物教的朝圣殿堂。

在这里,“声音的殿堂”须先由各种激活人们浪漫情感的文化砖石精心打造。两档节目都以他山之石攻玉,采用寄生的方式,大量使用人们耳熟能详的歌曲作为其主打的产品,以此捕获不同年龄层面的耳朵。进而,这两档节目都极其有效地突出了“屌丝”群体的情感内涵,赋予日常生活中无地位的人们一种权威感。尤其是“我是歌手”,采用五百位观众投票的形式来决定明星的命运,即使是专家和著名媒体人,也对这个结果无能为力。而作为一档无关痛痒的娱乐节目,却激活了人们最富有政治抱负的改变世界、决定历史的幻觉。

然而,更有趣的是,这两档节目巧妙地使用了“悬念”来吸引观众。无论是“中国好声音”的草根歌手成长还是“我是歌手”的明星偶像遭遇,编导都巧妙地通过剪辑的手段,造就它们的曲折情节和故事历程。在“我是歌手”的剪辑中,多机位的转换、观众激情情态的捕捉与电影蒙太奇手段的使用,成功地建构着灿烂狂欢的圣殿。

这个声音的殿堂,由此成了一个布满神话色彩的殿堂。声音的意义拼杀被偷换成了歌者的情节悬念,“歌声—成功”成为这两档节目塑造出来的新的声音内涵。只要煽情就能成功,也就是说,只要符合大众的情感诉求,就是最好的声音;反之,只要不合乎大众“情感的需要”,就会被淘汰。

于是,对“声音”的需要,变成这样一种新型的需要:人们需要通过歌声来“弥补”现实生活中的缺失感,从而不再通过“危险的声音”来进行对现实的反思、质疑甚至对抗。对“需要”的修改,是声音拜物教的政治无意识。正如马尔库塞所说:“为了特定的社会利益而从外部强加在个人身上的那些需要,使艰辛、侵略、痛苦和非正义永恒化的需要,是‘虚假的’需要。满足这种需要或许会使个人感到十分高兴,但如果这样的幸福会妨碍(他自己和旁人)认识整个社会的病态并把握医治弊病的时机这一才能的发展的话,它就不是必须维护和保障的……现行的大多数需要,诸如休息、娱乐、按广告宣传来处世和消费、爱和恨别人之所爱和所恨，都属于虚假的需要这一范畴之列。”[①]只有当在现实生活的层面上人们难以找到成功的路径的时候，娱乐节目的成功者所暗示的成功才会让人们不再怀疑现实。于是，在这两档节目中，“感情”总是铺天盖地。一个情感饱满的歌者与一个拼搏而成功的人士，一方面是努力打拼，一方面是激情歌唱，还有比这种节奏所养育的人生状态更有魅力的事情吗？由此，中国娱乐节目的社会政治内涵表露无遗：情感泛滥到泪水肆意流淌、双臂热情高扬；不是倍感压抑之后的摇滚所激活的愤怒，也不是哀叹生活卑微时刻的凄怆和质疑。人们需要的是成功神话里歌唱的欢欣鼓舞，而不再是周云蓬那种嘶哑而毫无美感的声音的撞击。

在这里，唯美主义的耳朵凸显出了空前虚假的政治美学：只要好听而美，不要撞击而痛。

换言之，这两档节目的成功，正是建基于用唯美主义的方式处理现实主义的逻辑基础之上，用感染人的代替触动人的，用歌唱曲调代替讲述的噪音，用有节制的、工艺化的周晓欧的呼喊，代替不合作的、故意破坏的崔健的撒野。也就是说，用一种虚假的经验（情感）代替对现实生活处境的真实体验。

不妨说，这两类娱乐节目的成功，吊诡地预示着中国娱乐文化经验贫乏时代的到来。如前所论，本雅明曾经向我们揭示了所谓“经验的贫乏”问题。这种“贫乏”并不是人们生产经验的匮乏，而恰恰是“经验过剩”。正是资本主义的文化生产体系不断生产掩盖其现实处境的经验，才构成了人们在日常生活层面上经验的贫乏。饥饿戳穿了肉体的经验、人们变成了微不足道的衰弱的群体[②]。这两种娱乐节目恰恰是因为经验的缺失才塑造了一种伪经验，一种虚假的、建立在物化基础之上的纯洁，如果没有一个丛林化的社会图景，谁会去要那种畸形的声音的“纯”

---

① [德]赫伯特·马尔库塞：《单向度的人——发达工业社会意识形态研究》，刘继译，第6页。

② [德]瓦尔特·本雅明：《经验与贫乏》，王炳钧、杨劲译，第253—254页。

情感呢？如果没有日渐冷漠的生活处境，谁又会在“呀呀耶耶”的尾音里面情思缱绻、心驰神摇呢？

越是在现实生活中缺乏成功的机会，“中国好声音”和“我是歌手”所能提供给我们的成功的神话就越是神采夺目、令人难以放弃。正是这两档节目在向当前中国社会处在生存焦虑中的人们提供了这样一个神话殿堂：在一个看起来压力巨大、生活道路日益狭窄的国度里，只有依靠自身实力的拼搏，才能摆脱窘境，踏入人生的辉煌；无论是草民还是功成名就的大腕，无不遵守这个逻辑。很多人即使遵守了拼搏的逻辑却依旧在现实生活层面上缺少成功的机会；但是，几乎所有走投无路的人，都只能依靠相信拼搏的逻辑才有支持自己的生活动力。

从这个角度说，这两档节目，在让观众为其唯美主义的声音所迷醉的同时，更为它们所鼓吹的当下没有潜规则、没有权与利狼狈为奸的纯粹竞争规则与路径所倾倒。现场参与者在网上堂而皇之地以主人翁的姿态讲述自己投票的心路历程的时候，我们分明看到了现实卑微的人们如何在娱乐的场景中上升为一个毫无实际内涵却有意识形态内涵的所谓“强者”形象。

尤其是“中国好声音”的故事处理，更是沿用了“现场亲见丑小鸭变天鹅”的过程，活灵活现，热气腾腾。编导有意突出每一个歌手背后的情感伦理故事，让他们的身世成为任何一个普通家庭的情感故事；当大家看到他们在日常生活中的悲哀喜乐的时候，立刻被吊足了胃口：这个跟我一样的人会成功吗？而“我是歌手”则突出了明星的紧张。短短几分钟的一首歌，导演需要铺垫十几分钟歌手唱歌前的紧张表情、忐忑不安的样子和演唱会患得患失的情态、失魂落魄的眼神。当一个成功者从来都是高高在上的时候，“我是歌手”偏偏让你跟普通人一样，毫无豪情壮志和气势逼人的机会，这让观众在无形中滋生鲜见的同情，也立刻拉近了明星与观众的距离。当我们觉得自己跟成功人士距离很近的时候，我们也就不免会觉得自己也已经身在其中。

在这里，虚假经验的生产变成了现代社会美学意识形态的体系化生产。告诉你一个神话，却在现实生活中只有一部分人可以得到这个神话的体验。从这个角度来说，"中国好声音"和"我是歌手"构成了当前中国社会娱乐文化生产的"压抑性解放"的特定形式：它把每个人放到一个可以感受得到的虚假成功神话里面，也就让人们在遗忘现实处境的同时，永远无法真正实现这种成功①。

总之，娱乐文化的生产不知不觉地陷入用想象和幻象来吊起胃口、满足欲望的时候，现实矛盾的解决也就总是延迟到来：人们要么看不到希望，要么就只看到富丽堂皇的演出厅里的辉煌。当娱乐文化引入现实主义的批判性机制的时刻，也许才是现实问题解决的可能性发生的时刻？

---

① 这种压抑性解放的逻辑是非常复杂而有趣的。资本体制的社会在创造了工业社会的同时，更多地创造着杂志女郎和热气腾腾的肉体欲望。没有什么比白皙苗条、宛若天人的女星身体更能显示这种"解放性压抑"的精神分裂症的症候了：杂志女郎撩拨了男人们的欲望，让任何男人觉得这是一个没有性压抑的国度，"性"是私人的和自由的，是允许公开和自然表达的；但是，杂志和电影中的曼妙女体，说到底乃是一个"Nobody"，是一个现代男人在日常生活中永远无法得到却在想象里面不断得到的欲望——没有人可以在现实的生活中遇到那个杂志女郎，这个女郎是平面的、纯粹的和无形的，所以，最终也是对刚刚被解放出来的性欲望进行压抑（参见周志强：《伪经验时代的文学政治批评——本雅明与寓言论批评》）。

第二章 “听觉中心主义”：三种声音景观的文化寓言

题记：

贝多芬听不见自己的歌
我想听歌不一定要用耳朵

——齐秦

现代声音技术的发展，为现代音乐娱乐产业的发展和繁盛提供了基本条件和必要支持。人们对于声音的关注，常常以声音本身的社会与文化意义为核心，而往往会忽略声音的技术形态对于声音编码的关键性作用。也因此，对于声音的研究，往往会被看作是一种“听觉的研究”。事实上，早在被听到之前，声音就已经被定向处理和编码，并且以适合倾听的方式批量生产。在这里，表面上“被听到”的声音，实际上乃是“制造听觉”的特殊技术政治程序。

我试图从声音与听觉的关系问题入手，选择摇滚乐、流行音乐和梵音作为研究的对象，考察和分析声音文化政治的编码方式与生产机制，以及这种机制随社会生活变迁而呈现的文化逻辑。按照本文的思路，我所说的“声音”，尤其是本文所选取的“声音”，都是可以脱离肉身而得以“自我保存”的声音，即通过违背其现场性而获得现场性幻觉的声音。这种可以自我保存的声音，已经构成了一种“文化”，这种文化的作用，就是不断地创造倾听者的自我感，从而最终把外界隔绝出去。在声音的生产和传播的过程中，“排斥和允许”构成了其根本性的文化政治逻辑，而与之相应，自我与外界，形成了现代人基本的无意识认知框架。创造一个“内在的空我”，并借机创生了一种可以不断被需要的“声音物品"，"声音"被赋予了一种神圣的意义：它可以导入心灵，回归纯真，回到你真正自我的经验里面去。这种对于"回归幻觉"的创生，恰与现代社会之"退行"或"退化"的症状相互印证。在声音技术创生的音乐文化景观中，这种"退化"趋向于对"被关注的自我"的经验想象，表现为，人们总是喜欢以情感的生活命题取代社会的现实命题，或者不妨称之为"伦理退化症"①。

"声音文化"还是"听觉文化"？

与眼睛相比，人类的耳朵并没有外部保护和遮蔽的系统。眼帘低垂以至关闭，如果不是特定的表意诉求，那就是一种对信息的拒绝姿态。这种拒绝极其有效，甚至在我们观看恐怖片的时候，很多人觉得只要闭上眼一切恐怖的事情就都不会继续发生。相对而言，我们的耳朵是永远张开的，即使其内部的肌肉具有细微的自我保护的机能，但是，它依然只能被动地接受外部信息，没有拒绝的能力。生活在极地的因纽特人长期处于安静的环境之中，因而对于突然而至的响声缺乏保护适应的能力，从而很容易使听力受损②。

从这个角度来说，耳朵更容易被暗示和控制。一旦人类进入睡眠，视觉不再起主导性的作用，而听觉依旧在"默默无声"地

① 弗洛伊德的"回归"(regression)概念，大部分条件下翻译为"退行"，指的是一种特殊的心理现象：当一个人遇到困境或处于应激状态，往往会放弃已经掌握了的理性生活技术和方法，而退回到童年生活的欲望满足方式中来应对。所以，弗洛伊德相信，成年人生活的很多方面都包含了对早年经验的回归。比如，我们常常说"恋爱中的人是傻的"，这可以看作是一种回归作用：恋爱者往往呈现出童年的生活习性，表现得仿佛回归到早期的心智功能之中。就 regression 的意思来说，它既包含了回去、回返、回归的意思，也具有退化的意思。我在翻译 Eli Zaretsky 的著作 *Political Freud* 时，将其翻译为"退化"，主要因为这个概念可以用来表达对这样一种现象的反思：当代大众社会中出现了一种把社会性的矛盾转换为情感性的矛盾来处理的趋势，即用"退回"到伦理生活中来想象性地解决社会性矛盾。可参见 Eli Zaretsky，*Political Freud*：*A HISTORY*，New York，Columbia University Press 1983. P8—9。

② [法]米歇尔·希翁：《声音》，张艾弓译，北京：北京大学出版社 2013 年，第 48 页。

接受着信息。只要允许耳朵听到的声音源源不断出现,那么耳朵也就无止无休地被动接受。从而,耳朵更易于被特定意识形态的意义表达反复占用,甚至可以达到无所不在的地步。一个到处充满了特定声音的空间,也就是一个到处可以占用耳朵进行文化政治活动的空间。高音喇叭由此变成了无所不在的空间的真正统治者。在集体主义占据上风的时代,"高音喇叭"更是充当了严肃的国家宣判与正义凛然的话语通告的角色,以至于"高音喇叭声音",变成一种特定的声音形象——在电影《阳光灿烂的日子》(1995)中,以高音喇叭声音为背景的片头曲《祝毛主席万寿无疆》总是可以超越任何环境的杂音而规定画面的意义。无论是人们的喊叫声、游行队伍的锣鼓声、鞭炮声、哨子声、还是卡车的马达声和飞机的轰鸣,都无法遮蔽这个声音主导性存在的角色。不同的场景,因为这个声音被串联在一起,成为一组极其富有文化隐喻意义的镜头。这个高昂的声音显示一种隐含的"等级"。那些被反复灌输于耳膜的声音,自然而然地成为人们想象一种生活的核心媒介,而生活的杂音被人们当作没有意义的信息轻松掠过。

这也就显示了这样一个问题:声音的制作与编码,与其说是对听觉的服从或者对应,毋宁说是对听觉的"霸占"或者"盗用"。征服听觉,而不是声音与听觉进行生理性的配合,构造了声音文化的一种重要现象。

所以,我主张在"听觉文化"正在成为显学的时刻,倡导"声音文化研究",或者直接进行"声音政治批评"[①]。在我看来,声音

---

① 在与中国人民大学王敦博士的对话中,我首次提出了"声音政治批评"的命题。值得注意的是,所谓声音政治批评中的"政治",指的是"一个社会中的重大资源的分配方式。而一个社会的重大资源的分配当中,我们至少可以概括出两个有趣的层面,第一个层面就是可见的层面,如现实生活中的政治权力。另外一个层面则是无形的层面。如维持权力结构可以在一定时期内稳定地生存下去的观念,也就是说,我们的观念背后有一些影响我们的观念的东西,我们的行动被我们的观念所支配,但是谁来支配我们的观念呢?那就是意识形态。观念和审美,也是一个社会的重大资源,怎么分配这种资源,也是一种政治"。该对话经过李泽坤整理,以《寂寥的"声音政治批评"与"听觉文化"》为题载《社会科学报》2017 年 3 月 23 日第 6 版。

政治批评的提出,乃是建立在声音文化发展的基础之上的。

这并不仅仅是一个"概念之争",还是尝试提出一种学科研究的方向性问题。对于这个议题,王敦提出过质疑:

> "声音"和"听觉"是不是可以互换的概念?与声音概念对应的,是"噪音"还是"寂静"?声音的本体与语言修辞的"声音""口吻""声口"的关系如何?符号、表征、艺术创造等的机制,如何得以通过声音来运作,并如何通过听觉感知来表意?过去通过音乐学来讨论音乐,与现在经由文化研究、文化人类学、传媒学来讨论声音,有何异同?讨论文学修辞和文学叙事的声音、听觉,能否与讨论实际的声音、听觉发生学理上的关联?身体、形象、语言、符号表意、修辞、时间、空间等,如何在声音、听觉里得到展现?留声机、电话、麦克风、KTV、广场舞,这些不同的声学技术和社会利用方式,能否帮助回答人文社会科学有关现代性转型、社区分化等许多大问题?①

他通过详细的语义考证和话语考辨,得出结论认为,Sound Studies 应该翻译为"听觉研究",而不是直接翻译为"声音研究"。他认为:"应该考虑听觉经验是如何被塑造的,而不是死死盯住声音本身。这些求索的中心,应该是围绕着具备听者身份的人本身,而不仅仅是他'听到了什么'。在'听到了什么'之外,'谁在听''怎样听'以及'为什么听',都是值得思考的问题。"②作为国内富有代表性的听觉文化的研究者,王敦的这个看法也代表了主流的观点。目前来看,国内大部分学者的论文皆以"听觉文化"作为主题词。除了王敦所强调的观点之外,我觉得也有另一种考量,即"听觉文化"可以成为与"视觉文化"相对照的概念,这样,就能够"顺便"提出所谓"听觉文化转向"(实

---

① 王敦:《"声音"和"听觉"孰为重——听觉文化研究的话语建构》,《学术研究》2015年第12期,第152页。

② 同上文,第155页。

为"转向听觉文化")的命题，与此前的"听觉文化转向"相互印证，起到良好的激活新的学术兴趣点的效果。

而对于王敦所设想的听觉文化的研究应该更注重主体规训和主体能力的研究，我认为这不仅有可能令 Sound Studies 陷入技术手段的困境，也会误入另一种"歧途"：仿佛声音的文化政治乃是由听者来主导。这其实是一个现象性的误区，人们确实通过自己的耳朵处理声音的信息，"听觉文化研究"也强调这种"倾听"其实乃是人的耳朵被规训的一种途径和方式，但是，却依然存在把社会学的问题交给心理学或者人类学来解决的危险。我认为学界应该把王敦的问题置换成这样的问题：声音怎样编码自身？它如何修改和霸占"听"，并怎样内在地规定着"听的方式"？声音是怎样生产"听的欲望"的？它的这种生产本身养育了什么样的"倾听主体"？

事实上，在今天这个消费主义文化政治逻辑主导下的时代，没有任何倾听乃是仅仅因为主体的诉求而发生的："倾听"是一种被声音文化工业生产出来的事物，这个结论应该是毋庸置疑的；也就是说，生产声音的机制，也就是生产"听"的机制，耳朵的顺从性和声音的侵略性乃是二位一体的"圣父"，而带有侵略性的"声音"，作为生产与接收的关键性的中介物，乃是 Sound Studies 之核心。

简单说，"听觉"表面上是一个生理性的存在，究其生理学基础而言，声音只有经过了听觉之后才会真正实现或生成[①]，但是，这仿佛是"儿子由父母生产，却并不由父母决定其性格"一样，声音形成于听觉，但是，却是由人与社会的复杂活动来规定其内在意义和特征的。而与之相应，恰恰因为声音是由听觉最终完成的，所以，声音才有机会创造这样的结果：听觉信息（声音）乃是由声音编码（在被耳朵听到之前就已经完成的程序）制造出来的一种"幻觉"。简单说，"声音"（一种预先设定了其编码

---

① 在《"声音"和"听觉"孰为重——听觉文化研究的话语建构》一文中，王敦详细举证了声音乃是听觉之完成现象。

方式，即特定的声音振动频率、振动幅度、时间长度与特定文化信息巧妙结合并形成符合特定要求的修辞形态）创生了"听觉"（一种由耳朵的开放性和特定的接收心态而产生的信息幻觉）。

Non-place：现代声音技术的文化政治

任何声音都是有音源的，这就意味着，"声音的现场性"至关重要。法国学者德里达讨论"语音中心主义"，正是基于这样的考虑：声音的发生，永远也无法摆脱对音源的依赖；所以，记录语音，就等于回到现场："'意识'要说的不是别的，而只是活生生的现在中面对现在自我在场的可能性。"[①]在很多场合，听到声音就意味着与音源同在，所以，对于"声音"来说，它总是与稳定的时空暗中锁定在一起，这就为声音产生一种"现场感"提供了感受基础。用"声音"来证明"在场"，从而声音就意味着与君同在、与上帝同在。语音中心主义理所应当地发生，因为声音保证了原初意义——"逻各斯"的完整和真实。所谓"语音中心主义"，从声音的角度来说，就是声音的存在本身变成了逻各斯存在的保障，于是，声音本身就成为关键性的命题。在这里，声音与听觉完成了"文化的合谋"，即"我听故我在"。

无形中，声音变成了肉身的象征，也就是说，声音让听者感受到活生生的发声者的气息与经验，仿佛与之面对面（Face to Face）交流。在这里，语音中心主义暗示了这样一种场景：那个伟大的布道者，那个圣人，将其声音口气留在了这里，宛若与你同在！尽管声音来自各种各样的音源，风声雨声，鸟鸣水起，但是，声音的"肉身"依旧是声音文化政治的基础——如果不是因为肉身之间的声音交流，怎么会有对大自然各种声音的文化信息的理解和感悟？

而有趣的是，现代声音的发展，恰恰是向着另外一个方向进

---

① [法]雅克·德里达：《声音与现象》，杜小真译，北京：商务印书馆 2001 年，第 9 页。

行：努力让声音脱离其发生的现场，变成一种“不在场的在场”。即声音越来越有条件摆脱其与现实音源——或者就是德里达所强调的“逻各斯”——同在的状况，独立成为一种可以随意编码的文化产品。

简单说，“声音”的文化政治来自于这样一种技术趋势：声音可以脱离发出声音的“肉身”而独立存在——在这里，关键性的技术乃是声音与人的分离，即人的声音，不仅仅是说话，还包括演奏、说话交流时的大自然的背景音等等，可以离开声音发生的瞬间和空间而借助于其他载体存在和传播。

事实上，早于现代声音技术的“不在场的在场”现象就已经发生了，这就是文字对声音的记录。象声词和字母文字，隐含的努力就是令声音摆脱其发生的时刻而恒久占有时间。但是，声音之真正获得其“物性形态”，而不仅仅只是“存活”于空气等物质元素的震动与耳膜的听力复原的过程中，乃是根源于现代声音的技术。在 1877 年，聪明的爱迪生发明了一种能把声音留在蜡制设备中的东西，这就是最早的留声筒。有趣的是，爱迪生丝毫不觉得这个发明具有什么特殊的意义，他无法想象，正是这个发明，可以在未来产生一种文化工业：流行音乐，并涉及录音机、电影和电视机文化的发生和延展。大约在爱迪生的发明十年之后，德国的艾米尔·伯利纳创造了蜡盘留声机，即用扁平的圆蜡盘代替蜡质圆筒，从而刻录和制作“声音波纹”。而到了 1925 年，贝尔研究所研制出 Vitaphone 留声机。这些发明很快就应用到了电影播放的活动中。于是，电影中的“人物影像”与留声机里的“声音”紧密结合，创造出了新的幻觉：人物和声音被技术性地编码在一起，从而创造了具有现场感的“非现场”。

我干脆用“non-place”这个概念来描述声音技术所创造出来的新的空间幻觉形态。也就是说，声音技术可以让声音“摆脱”其场所和空间的限定，从而让人的身份、气息和光晕只凝聚为一个可以被不断叠加、编排和合成的新的场所空间幻觉。

有学者这样介绍奥迪的非场所理论：“奥吉认为，相对于传统人类学里所研究的那些人类学场所（anthropological space），在当代城市大量建造的是无数的'非场所'(non-place)。人类学场所定义了社群所共享的身份、关系与历史，比如祭祀空间、村社的广场、小镇的教堂等等。这种场所是在社会流动性非常低的前现代时期经由社群与空间长期的互相塑造中形成的，这类空间具有交织的共同记忆与共同物质环境。'非场所'是指那些在快速现代化过程中不断涌现的新设施——主题公园、大商场、地铁站、候机楼、高速公路、各种城市中的通过性空间。'非场所'打破了空间与人自身身份之间的长期磨合所形成的关系。人与'非场所'之间的关系受契约与指令的控制……"①事实上，声音技术的发展，尤其是数字声音技术的发展，归根到底乃是让声音逐渐摆脱其"场所性"，只有特定的声音和空间场所的媾和，才具有特殊的生活气息或神秘内涵。在录制专辑《生命中的精灵》(1986，滚石)时，李宗盛专门录制了自己生活中的汽车声、雨声，尝试用这样一种声音技术赋予其专辑一种生命的灵韵。声音的发生与其所发生的生命活动之间，已经再也无法搭建呼吸相应、生息相连的关系。现代声音技术已经发展到了这样的地步：一切声音都是自由而独立的，而一切倾听都变成了这种整齐划一的声音制作流程的幻觉。

在这里，声音与其发生空间或场所的分离，也就让我们的耳朵可以"自由选择"只属于自己个性需求和欲望消费的声音。声音的制作技术空前发达，但是，允许进入耳朵的声音却日益单调。在2013年的论文《唯美主义的耳朵》中，我讨论了现代人倾听的同质化和单一化的状况，在看似丰富多彩的各种各样的歌曲唱法之间，我们慢慢学会了躲避具有危险性的声音，以一种去社会化内涵的方式使用了倾听。声音由此便成了一种让每个人都获得独立自我幻觉的重要方式②。

抛开那些理论的枝枝蔓蔓，不妨这样说，现代声音技术的文

---

① 谭峥：《"非场所"理论视野中的商业空间——从香港垂直购物中心审视私有领域的社群性》，《新建筑》2013年第5期，第34页。

② 周志强：《唯美主义的耳朵》，《文艺研究》2013年第6期。

化政治归根到底乃是这样一种文化政治：它把声音按照听觉的欲望进行编码，却伪装自己依旧是来自现场的真实记录；同时，它将声音与耳朵的结合转换为凝固的自我空间，从而创造出一种最贴近肉身（比如耳机）的人与其所在位置的“非场所”。

显然，声音技术让声音与耳朵在心理欲望的层面上更为贴合，也就更符合倾听的各种要求。“悦耳”变得越来越容易，排斥“刺耳”也变得更加简单。一种所谓的语音中心主义正在悄然暗度陈仓，变成了消费主义时代的“听觉中心主义”，而这种听觉中心主义，并不因为听觉的生理改变而实现，反而是由声音的制作技术完成的一次声音对人的成功“欺骗”与文化霸占。

摇滚的革命性幻觉

很久以来，人们坚定不移地相信摇滚乃是一种激烈社会革命之声。在《声音与愤怒》这本书中，作者详细讨论了摇滚与社会变革诉求之间的关系；但与此同时，他也质疑摇滚能否真正带来社会的革命[①]。这其实已经显示了这样一种焦虑：摇滚的愤怒之声，既是人的愤怒的表达，同时，又是现代声音文化政治背景下被制造出来的声音愤怒。

简单说，作为“人声”，摇滚怒气冲冲，制造者以带有强烈的反抗气息的噪音，来抵制资本主义理性话语中对于声音秩序的意识形态规范；而同时，这种怒气冲冲的摇滚，依然无法彻底摆脱被制作为“物声”的趋势，它终究是现代声音技术的文化政治规划和生产的产品。于是，对于摇滚来说，“人声”（制造噪音、轰炸耳膜、撞击习惯等）与“物声”（扩音设备、电贝斯、合成器、录制音轨等）构造了摇滚声音的内在的基本矛盾。

换句话说，摇滚的魅力乃是这样一种魅力：它虽然处于声音的非场所围困之中，却努力营造具有强烈生命气息的场所与

---

① 张铁志：《声音与愤怒——摇滚乐可以改变世界吗?》，桂林：广西师范大学出版社 2011 年，第 25—27 页。

空间的存在感。这是一场看似由摇滚歌手激活的社会革命行动，却暗含着声音文化政治的内在撕扯与斗争。摇滚的魅力也就内在地处于这样的境地：它只要反抗自身，就可以反抗遏制主义和资本主义意识形态。

鲍勃·迪伦在他著名的歌曲《答案在风中飘荡》中这样唱道：

是啊一个人要抬头多少次
才能够看见天空
是啊一个人要有多少耳朵
才能听见人们哭泣
是啊到底要花费多少生命
他才能知道太多人死亡
答案，我的朋友，在风中飘荡
答案在风中飘荡

在这首被赋予了追求和平、反对战争的意义的作品中，鲍勃·迪伦用略带沙哑和伤感的声音，搭配了口琴和木吉他，唱出一种寓言式的主题：人们的哭泣已经无法被耳朵听到，我们到处听到的都是自己想要听到的声音。"答案在风中飘荡"，既是永无答案的意思，也是答案永在无处不在的意思。民谣的婉转多姿和摇滚的桀骜不驯，在这首名曲中进行了完美的结合。民谣的纯真被用来制作属于摇滚的"纯粹和真实"的幻觉；而懒洋洋的摇滚元素，正好为歌曲带来"沮丧而压抑的愤怒"冲动。事实上，摇滚和民谣从来都是互为能指、相互依存的。在《创造乡村音乐》这本书中，彼得森生动地描绘了"乡村音乐"的"本真性"是怎样被"制造"出来的。所谓的乡村摇滚，并不是我们想象的仅仅是淳朴的歌声与简明的乐器，以及那些听起来非常令人怀旧的旋律这么简单。乡村音乐的"本真性"乃是一系列复杂而有效的制作程序的后果[①]。同样，摇滚的本真性诉求与其不可摆脱

---

① [美]理查德·A. 彼得森：《创造乡村音乐》，卢文超译，南京：译林出版社 2017 年，第 247—264 页。

的商业化道路之间，不仅没有隔着千山万水，反而近在咫尺并唇齿相依。张铁志这样描述了20世纪60年代摇滚的革命行动之后的激情剩余与歌手四分五裂的局面：

> 也有人说，六十年代的革命终究是失败了。政治上，强烈对抗反叛运动的保守主义从那时开始取得霸权；音乐上，流行音乐则进入更商业化、体制化的阶段，音乐工业收编新音乐能量的技巧更强大了。还有人会将摇滚作为青年亚文化的武器吗？[①]

事实上，摇滚的噪音具有吊诡的双重性：抵制遏制主义与顺从声音技术政治。摇滚破坏声音，却无法破坏声音技术所创造的政治图景。摇滚创造"破坏既定的同质化生活"的幻觉，却无法破坏声音生产和制作的单一化趋势。这形成了摇滚乐身上总是存在的那种莫名的焦虑和沮丧不安的感觉。"刺耳的嘶喊"与"悦耳的沙哑"，交替出现在摇滚歌手的歌喉之中。这两种声音的平衡，构造了摇滚与声音技术所决定的摇滚的命运。在轰轰烈烈的社会运动中，革命变成了遥远的20世纪的激情记忆；而留给摇滚的却是永远存在的那种抵抗的幻觉与没有对手的不服输精神。

显然，单纯坚持"刺耳的嘶喊"与毫不客气地走向"悦耳的沙哑"，显示出了两种不同的摇滚歌手的命运。窦唯和汪峰由此形成了鲜明的对照。

在窦唯的声音中，平静的激情，逐渐压抑而成为激情的吟唱。这种声音的路线，无形中形成了一种对电子声音和技术的拒绝。尝试使用"人声"代替"物声"，这是窦唯歌声坚守的堡垒。在《幻听》(1999)中，窦唯使用了吉他、贝斯、鼓、梆子(木鱼)、铃鼓，各种声音纠缠撕咬互相激活，创造一种黑色而激动的情绪。歌词逐渐离开了窦唯的摇滚，歌手嗓音的呼啸，成为引导听者曲折转换心境的路途。而《希望之歌》(1991)中，"蔼—噢—噢"的

---

① 张铁志：《声音与愤怒——摇滚乐可以改变世界吗?》，第45页。

使用，已经令歌曲的意义一脚踏空，成为无所凭寄的生活感受的表达。窦唯的声音成为20世纪八九十年代理想主义激情消失的哀歌。声音本身的属性与那个时代散落的愿望都成为窦唯摇滚激变的内在支撑。

简单说，摇滚在它还是摇滚的时候，并没有获得如此丰富的声音韵律；而窦唯的声音则成为摇滚消失时刻刻镂摇滚个性的最好的证据。窦唯成为摇滚不再是摇滚的哀悼。这使得这种声音吊诡地成为它曾经存在的消失表征：窦唯用不一样的声音挣扎着证明了摇滚曾经对声音技术政治进行反抗的意义。

与之不同，20世纪末开始，汪峰日益致力于嗓音的沙哑感与器乐的厚重丰富的嫁接勾连。在汪峰的声音里面，我们感受到了摇滚声音由肉身的场所或空间的挣扎转向了非场所的制作逻辑。汪峰的声音携带一种"抽象的痛苦感"和"微甜的沮丧意味"。这种声音不再像窦唯那样追求一种只属于自己时代的个性，而是要创造一种充满个性的共性。在这里，汪峰更多地在制造一种关于"声音的仪式"，而窦唯则更多地表达"声音的意识"。

在汪峰的声音仪式里，这个世界不再是要不要变革的主张，而是要如何接受的诉求。摇滚和革命的联姻，在汪峰这里完全变成了摇滚与生活的巧妙结合。每一次嘶哑的歌喉，唱出来的不再是崔健时代的愤怒，也不再是罗大佑歌声中的沉重而理性的批判，而是一种隐含着"私奔冲动"的激情。只有无处可逃的时候，人们才会使用私奔的想象来给自己提供离开的幻觉。汪峰的歌声，把摇滚"嘶喊"所蕴藏的一点超越世俗生活的悲情，变成了令自己神清气爽的呼喊和放松。

然而，无论是窦唯还是汪峰，却都是在摇滚消亡的时刻，从摇滚现场转到专辑之路的印证。事实上，对于"嘶喊"的执着，可以看作是用声音创造"现场"的恒久努力。摇滚演出的现场注重声音的爆炸、激烈与分裂。完美的声音和器乐的搭配都不属于摇滚乐的生产瞬间。而"专辑"却是另外一种逻辑。没有比摇滚现场更具有声音政治的抵抗性意义了。但是，也没有比摇滚专辑更富有反讽的意味了。失去了现场，嘶喊将变得毫无生气；而失去了专辑，嘶喊又可能与街头古惑仔的杀伐之声并无二致。

事实上，现场、录音室与声音的挣扎，共同参与了摇滚声音文化景观的制造。当人们讽刺汪峰失去了摇滚精神的时候，却忘记了摇滚从来就没有真正具有过这种精神。在声音技术政治的图景中，可能摇滚是最桀骜不驯的孩子，却因为其桀骜不驯，给现代声音的文化政治增添了丰富的注脚。

相对来说，摇滚至少还在尝试“发声”与“空间”的对话和连接，至少还在坚持“人声”本身的感染力和冲击力。而流行乐则是“人机共声”的婉妙儿女。

流行乐的“人机共声”与现实隔离

如同摇滚乐的千姿百态，流行乐也千变万化。但是，对于声音设备的依赖，却是流行乐根深蒂固的品性。俗歌俗语与人之常情，这自然是流行乐永恒的主题。但是，流行乐之不同于民间小调小曲的根本原因，乃是其唱法必须借助于声音技术设备才能实现和完成的特点。

按照这样的思路，与摇滚对于肉身和现场的执着不同，流行乐的声音追求的是一种“贴耳的悦耳”。借助于这样的声音幻觉，流行乐把人与各种各样的生活声音“隔离”，并生产出这样一种声音的商品：只有特定的声音才是属于自我的声音。

所谓“贴耳”，指的是流行乐总是致力于创造一种耳边声音的努力，而不是像摇滚那样制造迎面而来的感觉。在人的听觉行为中，存在一种“听觉—发音循环”的现象：人只能发出他所能听到的声音[①]。这就有了听觉被发音暗中引导的问题。在很多时候我们发现，半熟悉的歌声容易引发人们的关注。赵勇在研究街头歌手的时候发现，人们听到熟悉的声音时，总是比听到

---

① [法]米歇尔·希翁：《声音》，张艾弓译，第39页。

陌生的声音的时候更容易产生认同[①]。“听觉—发音循环”的原理就可以很好地解释这种现象:因为熟悉的声音首先激活了发音的愿望,从而进一步让倾听变得可能。流行乐的魅力恰恰与这种容易激活的发音冲动紧密相关。当邓丽君的歌声依托清晰的录制设备可以在夜深人静的时候在耳边响起,每一句柔美的“呼唤”都仿佛可以在我们的心头荡漾;而邓丽君的声音来到大陆的时候,正是大陆从“文革”中刚刚走出的时候。人们习惯了集体大合唱、男高音或者女高音的声音,这是一些“无性”的声音,声音中性与情感的意味丝毫不存在。于是,“邓丽君”的纯美之声,就不仅仅关乎美学和诗意的浪漫,还是当时的人们用耳朵选择了“情感的启蒙”。邓丽君的声音,贴耳而生,如同跟我们喁喁私语——它所唤起的发音冲动,归根到底乃是一种说出自己心灵深处情感微动的冲动。

尽管经由罗大佑、李宗盛和周杰伦的层层改造,华语流行乐已经显示出与邓丽君的卿卿我我截然不同的境界,但是,这种“贴耳的悦耳”却始终是其内在核心。所谓“悦耳”并不仅仅是听觉的主观感受,更是声音生产和制作的时候要遵循的声音频率与振幅的规律,音色与频率的巧妙结合,就会形成“悦耳”的感受。不同的器乐,也就有了相应的“悦耳”的频率。比如,一般来说,乐器中的大提琴、小提琴、圆号、钢琴等振动频率与其音色的搭配,会被听觉感觉为声音悦耳;少采用偏执性的高音和低音,也会比较悦耳[②]。事实上,华语流行音乐的发展之路,恰恰是逐渐放弃怪异的声音而渐渐以唯美主义的声音为旨归的道路。当李宗盛代替了罗大佑,俗语歌词逐渐也取代了诗语歌词,声音中的嘶哑和狂喊,变成了沙哑和呼喊。在零点乐队推出的专辑《永恒的起点》(1997)中,“你爱不爱我”这句口号式的呼喊,喊出了华语流行音乐对于激情的正确使用方式:曾经是激荡心中的愤怒和表达抗争的冲动的嘶喊,被悄悄置换成了关于爱情和人生

---

① 赵勇:《草根歌手的两种命运——以“中关村男孩”为例》。

② [法]米歇尔·希翁:《声音》,张艾弓译,第 51—52 页。

的深情呼喊。周晓鸥的这一声"你到底爱不爱我",不仅仅情感充沛,而且激活了"听觉—发音循环"的冲动,很快就成为街头浴室和卡拉 OK 的"第一喊声"。

而这种"贴耳的悦耳",正是流行乐与声音技术长期"磨合"最终慢慢形成的编码默契。在《流行音乐的秘密》一书中,新西兰学者罗伊·舒克尔比较详细地描述了乐器、声音录制技术、音乐承载技术和音乐声音格式技术的发展对流行音乐内在品格的影响和推动。麦克风和电子扩音技术的出现,不仅仅形成了通俗音乐,也形成了流行音乐私密的"声音颗粒"成为倾听的核心元素的后果。而整个声音技术的发展,从立体声到环绕,再到高清格式与无损格式,都在极端地强调声音的纯粹保真①。这种趋势,令流行乐最终成为一种在声音中感觉自我的方式。

耳机插入耳朵,这个世界就被隔绝在我们的经验之外;换句话说,只有自我独处的时刻才是真正的自我时刻,耳机的作用乃在于让"自我"这个原本具有哲学抽象内涵的东西变成了我们可以清晰感受到的生活现象。流行乐的繁盛背后,乃是这种"人机共声"的东西可以让耳朵"着迷",并且由这个永不会关闭的器官直接进入每个人的灵魂深处。在此之前,从来没有这样的体验,一个仿佛来自神秘地方的纯粹干净的清晰声音,"单独与我呢喃细语"。这种体验的美妙,足以抗拒任何不属于这种声音程序的频率。于是,流行乐不动声色地把我们固定在这种幻觉中:"倾听音乐才会真正感觉到自我"。

事实上,艺术被看作是自我心灵的真实呈现,这种观念自资本主义的审美意识形态发生之后就坚定不移地主导着我们的生活感受方式。可是,当流行乐把自我仅仅作为一个不声不响的倾听主体而围困的时候,也就无意中彻底把"自我"抽空。自我就只是一个瞬间的体会,而瞬间就是一切,就是永恒!这种观念一旦在声音的技术政治中确立起来,就会进而成为普遍性的艺

---

① 相关论述参见[新西兰]罗伊·舒克尔:《流行音乐的秘密(第 3 版)》,韦玮译,北京:世界图书出版公司 2013 年,第 43—44 页。

术消费观念：人生不过就是由瞬间的意义构成，除此之外的理想，都是无稽之谈。

不妨说，流行乐鼓励了这样一种意识：只有声音把自我关闭在自己的生活之外才会有真正的自我生活。这种意识归根到底不过就是一种市侩主义和实用主义的生活意识的苟合：只要自己的感觉好了，一切就都 OK 了！

在这里，流行乐的声音制作，说白了就是"隔离而自我"的生产逻辑。即只有有效隔离外界的"噪音"，才能真正具有属于自我的时刻。这充分体现在"降噪"这种技术的广泛使用中。从影视图像减少颗粒的降噪，到声音处理时尽量把外界和声音隔离起来的降噪，都是视听技术中的重要命题。声音的降噪，简而言之，体现了一种把流行乐的声音作为唯一值得投资保留的声音，而把现实生活的声音视为"干扰音""杂音"或"噪音"的观念。这有点近似于英国学者尤瑞所讲的"游客心理"：游客凝视乃是内藏一种"离开"的意识；游客们只把旅行中的日子看作是生命的自由和真谛，而把日常工作和生活看作是没有任何值得关注的内在价值的刻板形式[①]。旅游者需要"离开"，而流行乐则许诺"隔绝"。在流行乐的领域，声音越来越倾向于成为"声音拜物教"：声音像一个神一样统治我们的感觉，让我们把一切非纯粹的、形态各异的声音都看作是对真正的生活精神的干扰和侵犯。于是，人们越来越自觉地困在唯美主义的悦耳声音之中，对于非同质化的声音大加排斥。2014 年一首名为《周三的情书》的歌曲在"中国好声音"上被演唱。歌手用略带云南方言的语调和生硬刻板的节奏，反复吟唱：

这三十多年来
我坚持在唱歌
唱歌给我的心上人听啊
这个心上人

---

① [英]约翰·尤瑞：《游客凝视》，杨慧、赵中玉、王庆玲、刘永青译，桂林：广西师范大学出版社 2009 年，第 3 页。

还不知道在哪里
感觉明天就会出现

这首歌的魅力在于，演唱者自己用口琴和吉他伴奏，并以方言和说唱的方式，形成话筒前面“肉声真嗓”的感觉。这种感觉与歌曲要表达的那种沮丧和失落中的希望的感觉，相互配合，形成了一个富有寓言性的声音：疲倦而强打精神的自我激励，匆忙而压抑的底层劳动者生活，两者被这个声音拼接在了一起。这种声音形象与流行乐制造出来的“唯美主义的耳朵”有着明显的差异。于是，当我把这首歌给诸多学生和朋友听的时候，大部分人都无法理解地提出，这怎么叫“歌曲”呢？

显然，“人机共声”的流行乐，已经改变了人们的倾听意识。只有那些看起来让人们觉得悦耳和清晰干净的声音才是可以倾听的音乐。声音技术让今天人们听歌的经验与几十年之前的经验大不相同；人们在被技术处理得异常悦耳无杂音的声音倾听中把自己与外面的世界隔绝开来。正是流行乐的“人机共声”创造出这样一种“主体”或“自我”：除了我自己空空荡荡的体验，其他的都不重要；声音让唯美悦耳进入心灵，于是，心灵就只容纳那些悦人耳目的东西。

不妨将这个被流行乐的声音政治催化出来的自我主体称之为“空我”。而这个空我日益趋向于陷入心灵的幻觉，而呈现一种“除我之外别无一物”的精美的利己主义的形象。

梵音：“空我”与声音拜物教

流行乐之空我制造的极端形态，就是梵音音乐。平静委婉，无处不在，流行乐的演唱主体在梵音中被慢慢消解。很多时候人们听流行乐会关注“谁在唱”，王菲或徐佳莹的声音辨识本身就是听歌的一种消费理念。可是，梵音致力于用一种包容一切而生生世世的宿命的声音，掩盖演唱的个性。它表面上借助于种种宗教气息和神秘的旋律制造出“平静智慧地了悟人生真谛”

的经验幻象,另一方面,它却是在人机共声的时代把声音物化之后的抽空一切现实意义而只存放抽象意义的典型形态。

在这里,“放空”成为梵音与日常生活经验之间沟壑的关键性概念。“放空自己才能真正体会人生”,这样的生活意识背后隐含了流行乐所生产的那种“隔绝一切才是真我”的诡异幻觉。于是,“梵音”的繁盛,乃是“空我”之泛滥的必然后果。

在网上流传的一段甘肃靖远庙会的视频中,人们穿着道袍佛裟迎接“神像”的时候,一曲《太阳最红毛主席最亲》在喇叭里被反复播放。小小的乡镇庙宇,立刻被这个声音变成了与高层庙堂宏观意蕴相通的空间。这个声音无形中把这个场所中的人们都变成了一个抽象存在的人,“非场所”的力量乃在于,可以瞬间让其间的人变成惯性行为者。声音的物化在此被精辟图示:梵音乃是高度抽象化了的声音物质,它坚定不移地把倾听者与其俗世生活隔绝,从而让这种声音内化为一种意识,通过这种意识,内心的想象性的关系取代了人们的现实关系,神灵的“痛苦”取代了“俗世的困境”。

无论王菲还是李娜,甚至齐豫,无论是《心经》还是《太阳最红毛主席最亲》,不仅声音被同质化、平面化,它们演唱的经书或红歌的内容,也消解了远处的意蕴和内涵。

有学者用歌曲《花房姑娘》(1989)的三种唱法描述了华语歌曲的三个有趣的时代:

> 1989年,中国大陆摇滚乐坛的“教父”崔健发表了他的专辑《新长征路上的摇滚》,其中一首名叫《花房姑娘》的歌曲中这样唱道:“你要我留在这地方,你要我和他们一样,我看着你默默地说,噢……不能这样”。崔健在演唱中采取了一种断点式的声音处理,每一个音节仿佛都是从胸腔中挤出来一样,短促、有力,与吉他松散的惬意和萨克斯流畅的婉转形成了鲜明的对照。他用粗粝而略带破坏性的嗓音、切分式的发音方式与歌词中“花房姑娘”的温情意象形成了一种抵抗的张力,用一种桀骜不驯的姿态,挣脱一切温

情脉脉的束缚。

2000 年，以高亢清亮的嗓音而著称的台湾歌手林志炫在自己的专辑《擦声而过 2》中翻唱了这首《花房姑娘》。林志炫用自己一贯的清亮高昂的声线令崔健《花房姑娘》中那个充满躁动不安和“离开”冲动的“主体”悄然逝去。无论是专辑封面上的歌手形象，还是林志炫那招牌式的华丽高音都让《花房姑娘》成为一种柔情的向往之地，他用一种尾音的处理，呈现出一种连绵和缱绻的情绪。于是，即使在歌手唱着“我就要回到老地方，我就要走在老路上”的时候，崔健歌曲中的背离姿态也已经被一种充满柔软的不舍和幽怨情调所置换。

2010 年，一名来自东北的歌手赵鹏，在自己名为《低音炮》系列的专辑中再次翻唱了这首《花房姑娘》。歌手低沉的声线加上低音配器，被不少发烧友用来测试家庭音响的低音效果，几乎可以被视为“试音天碟”。赵鹏的《花房姑娘》中，吉他被低音贝斯取代，加上低音鼓和指板以及歌手宛如耳边絮语的声音，不仅那个挣扎在柔情围困与出走冲动中的声音形象已经荡然无存，连慵懒的情感指向也已经找不到了，剩下的只是旋律、低音音效以及人声之间的无限协调。发烧友可以纯粹地将耳朵浸泡在声音与配器的音效中，《花房姑娘》原本在崔健那里的意义已经沦为一种节奏性的伴随，不过是音效与声效的“小跟班”而已。[①]

事实上，赵鹏的唱法，表达的是对声音播放设备的尊重，而不是向这首歌曲的内在精神的致敬。这正是“梵音”的声音秘密：声音已经华丽优美至极，意义也就衰微空虚至极。

于是，音乐的声音政治完成了一个整齐的故事段落：声音技术从独立的编码开始，终于成功完成了对耳朵的驯化——声音终于创造了这样一种倾听：听，却听不见。

---

① 参考闫桢桢没有公开发表的读书报告，感谢她授权允许我使用这段材料。

听觉中心主义与伦理退化症

在1995年的一首名为《贝多芬听不见自己的歌》的歌曲中，齐秦这样唱道：

> 贝多芬听不见自己的歌
> 我想听歌不一定要用耳朵

这算是对现代声音政治的一种富有意味的反思：真正的歌曲耳朵已经听不见，而我们能听见的，都不过只是"听歌"。只要"听"就好了，而不一定要"听见"，"听且有所见"不再是今天声音政治所追求的，"听"是重要的，声音的意义是次要的。

于是，我们遭遇了一种吊诡的"听觉中心主义"：听就好了，就有了消费有了满足，何必"见"？语音中心主义乃是用声音创造"面对面"的"见"的幻觉，现在，"听觉中心主义"只追求"听"。

在这里，"听觉中心主义"暗含三个含义。

从声音的技术制作的角度来说，声音日益摆脱人的外在物的特性，以"非场所"的形式，围绕耳朵的听觉中心展开。扑面而来的摇滚，终究被贴耳倾诉的流行乐代替，并最终成为梵音无所不在的绕耳旋律。这是一种所谓的听觉的自我中心主义，呈现"向心"的倾向："这个幻觉时而与困扰、受折磨的感觉相连，时而与某种内心的充实与平和有关，感觉与整个宇宙连成一体……"①

从人们的听觉感受角度来说，声音的一切编码和制造，都是为了让我们的耳朵陷入虽然在倾听却什么也听不到的状况。也可以反过来说，听觉中心主义让倾听变成这样一种行动：听却听不见，听见却没有在听。"任何人，无论在哪里，只要转动一个旋钮，放上一张唱片，就可以听他想听的音乐……人可以听见却没有在听，正如一个人看见却没有在看。缺乏积极的努力和获

---

① [法]米歇尔·希翁：《声音》，张艾弓译，第32页。

取的喜悦导致了懒惰。听众陷入了一种麻木之中。”[1]

再进而从听觉塑造的角度说，听觉中心主义表明这样一种现象：听觉正在暗中规范和驯化我们感受世界的基本方式。这是一种把个人的感觉看作是第一位的基本态度意识。听觉中心，归根到底就是“自我中心”之“征服感觉最终征服我们的思想”的完好体现。

非场所、听而不见与听觉驯化，这正是声音文化政治隐含的三种主题。

显然，现代声音技术以其独特而有效的编码逻辑，显示了对自我意义的侵犯、渗透、改造和创生的能力。这不仅仅呈现出声音文化景观与生活景观的新形态，也最终提醒我们认识到声音文化研究与听觉文化研究的不同内涵。

这就必然形成所谓的“伦理退化症”问题，即声音技术的文化政治导向这样一种态度：人们退回到伦理的领域来认识和解释政治经济学所主导的世界。

事实上，“声音拜物教”正在促成这种人们的伦理退化。“在商品逻辑和资本体制的推动下，‘声音’开始变成一种‘纯粹的能指’，用千差万别的差别来去差别化，用种种色彩斑斓的个性来塑造普遍的无个性，正是这种特定的抽象的声音，才如此丰富多样灿烂多姿，而又如此空洞无物、苍白单调。”[2]而这种声音拜物教要构建的正是这样一种效果：情感被神圣化，也就因之而与人的现实境遇隔绝；思想被抽象化，也就消解了声音的具体政治语境；而同时，道德被普遍化，即变成可以指责任何问题的武器。在这里，现实和人的关系被彻底颠倒了过来：梵音正在致力于启发我们：用人的内心的生活取代人的外在的生活。

---

① [新西兰]罗伊·舒克尔：《流行音乐的秘密(第3版)》，韦玮译，第48—49页。

② 周志强：《唯美主义的耳朵》。

情感的寓言："青春恋物癖"

第一章 自恋主义的异托邦

2013年，韩流再次袭入中国，而到了2014年，热潮不退，似有蔓延之势。相对而言，这一轮韩剧的热潮，乃是韩剧"沉寂"了一段时间后的卷土重来。但是，其影响力却比此前更加显著。《来自星星的你》(2014)热播期间，不仅韩国的收视率达到了28.1%，而且，国内的转播网站也显示出人们对此剧的空前关注和追看的热情。据《南方日报》文章数据，自开播到2014年2月27日16点，"网络媒体对该剧的报道和转载量达到约340万条。从国内视频网站的播放量来看，PPS、乐视、爱奇艺、迅雷4家加起来就超过10亿次，并在持续上升中"[①]。而我在百度上以"完整关键词"方式输入"炸鸡和啤酒"，并仅限标题中用词，竟然能搜到10 400条；而以"网页的任何地方"搜索，则有2 720 000条[②]。"韩剧"之于中国社会文化的影响，由此可见一斑。而备受追捧的《继承者们》(2013)仅在搜狐视频的点击率就达到了6.35亿——理论上，仅仅是理论上，这意味着一半国人在点看这个作品。

有趣的是，这一轮韩剧与此前的韩剧相较在各个方面都有所改变，甚至可以命名为"新韩剧"。有人这样提出，韩剧1997—2002年以悲剧为主，2003—2010年爱情轻喜剧占主流，

---

① 张蜀梅：《〈星星〉：把爱情胃口吊得很高》，《南方日报》2014年3月2日。

② 2014年9月18日晚12:58—12:59完成搜索，分别参见 http://www.baidu.com/s? q1=&q2=%D5%A8%BC%A6%BA%CD%C6%A1%BE%C6&q3=&q4=&rn=100&lm=0&ct=0&ft=&q5=1&q6=&tn=baiduadv; http://www.baidu.com/s? q1=&q2=%D5%A8%BC%A6%BA%CD%C6%A1%BE%C6&q3=&q4=&rn=100&lm=0&ct=0&ft=&q5=&q6=&tn=baiduadv。

2010年后超现实元素加入到剧情中[①]。传统韩剧最主要的故事模式是“纯爱”,基调则是“浪漫”。近些年来为发扬光大这一类型,韩剧在历史视野和表达方式上下了功夫,“纯爱”渐渐由朴素变得复杂。如《大长今》的历史情爱神话被《继承者们》的个人情感神话取代,《巴黎恋人》的浪漫故事被《主君的太阳》的恐怖言情取代,而各种“野蛮女友”对男人的“蹂躏”被《来自星星的你》的专情而可以任意摆脱社会纠葛的“神力爱情”取代,虽然其内在的文化逻辑依旧是“纯爱”,依旧是“超时空爱情的浪漫主义”,但是故事元素上却添加了“宫斗”“穿越”“魔幻”和“耽美”色彩。尤其因为韩剧的编剧越来越多地为女性所担任,一种女性主体视角下的“男色韩剧”被毫不客气地生产出来。修长、安静和俊美的男性气质,代替了健硕、躁动和粗犷的传统男性气质,越来越适合不断强调性别主体意识的城市知识女性的观看。另一方面,正如许多学者所发现的,在现代注重服从和秩序的教育规范下,从幼儿园就学会举手发言的规矩的男性,也内在地开始认同韩剧男性气质的这种柔化形象[②]。

我们可以找出很多原因来解释为什么韩剧如此受国人欢迎。作为一种文化产品,韩剧符合一般性大众文化产品的各种要求,并且表现出了精益求精力求完美的用心。尤其是在情感浪漫的渲染和制造方面,韩剧更是不遗余力,打造全方位的爱情神话游戏场。尤其是这一轮韩剧,更是着手“浪漫学”,无不在爱的刻骨铭心方面着手使力,登峰造极。而韩剧对中国元素的青睐和对中国市场的关注,也令其制作上不断地照顾中国社会审美文化的特性。

---

① 姚晔:《韩剧中的爱情社会学》,此文根据复旦大学《社会讲坛第六期实录——沈奕斐及其课题团队:韩剧告诉你爱情的过程》一文整理而成,演讲者沈奕斐(http://mp.weixin.qq.com/s?_biz=MzA4OTUxOTIyNw==&mid=200977449&idx=1&sn=c1286b9381b7c33bd825c1789d249ad5&scene=1&key=12b2bf6e0c63b81cc872abc79cdfb4fd419e74ed3366cda41700c1c2873402ceb2bb5877148b468e0d4681b2aa1b86c8&ascene=0&uin=NTEwMTUwMjU1&pass_ticket=Y4ZwEeBPYN%2F38tFHtEXHsYTrEvljD9gXh0l6nMR6%2BMezngVnW3ShhU9xTosssb0s)。

② 周志强:《“韩剧”的浪漫学》,《人民日报》2014年4月11日。

我此前在一篇文章中简略地总结了韩剧的魅力之源：长期以来，国产电视剧面向国内观众展开，主题自然少不了跟吾国吾民的民生政治和历史困境有巨大关系；而各种抗日神剧和伦理笑剧一旦漏洞百出，自然就变成了全民狂欢吐槽的对象了。有时候我觉得，国内电视剧也有精心制作品格高尚的，但是，却被众多烂剧淹没；只要能签到卫星频道，就有人看得如醉如痴，何必耗费心力精雕细琢？相对而言，韩剧就好像是不得不出门逃荒混生活的全球流浪者，要想在人家门口赚来认同和兴趣，自不免打起百千精神，努力把"韩国形象"打造成一种"全球景观"，将影视主题锻造成放之四海皆有人光顾的"人类主题"。

在这里，韩剧向我们呈现了一个繁荣富足而美女如云的"黄金社会"。既不是《乡村爱情故事》的那种土里土气，也不是什么《泰囧》路途的狼狈不堪，而是随处可见的"甜蜜的忧愁"与"精美的怨怼"。一场四百年泪水浸泡的恋情，永远比激战四十多天的长沙让更多的人情感投入。在《主君的太阳》中，太恭实穿越阴阳两界，虽不能呼风唤雨，却也可以化人鬼干戈为世上之玉帛，在我见犹怜之间凸显爱的纯粹与情的崇高。韩剧能够把所有问题都简化成爱与不爱的主题，从而延伸出善良与恶毒、忠诚与欺骗以及忍耐与嫉妒等抽象的话题，对于韩国严重贫富分化造就的社会断层和分裂，自然毫不客气地不管不顾；而国产电视剧则执着于宣传与教化，对于是否具有全球感染力问题，从来也没有操心——赚钱就够了，为啥非要赚外国人的钱才是赚钱？所以，国产剧错失在国内市场大，韩剧错失在不着边际天马行空。也正是在这里，我们看到了韩剧吸引力的核心：不断地向中国人生产一种全球化的浪漫景观，并且通过这种景观的生产，激活本来已经深入中国人人心的那种浪漫冲动①。

一方面呈现浪漫的人生，一方面以之抗拒灰色的现实，但这仍不足以解释韩剧魅力的内在原因。或者说，这些分析只是说明了韩剧、美剧、日剧和诸如《我爱男闺蜜》《一仆二主》等国产剧

---

① 周志强：《韩剧的"浪漫"与中国的"焦虑"》，《文学报》2014年5月15日。

的共有魅力。韩剧有没有自身独特的文化内涵？是一种什么样的独有的心态令国人对韩剧如此痴迷呢？

“韩剧异托邦”

我尝试用“异托邦”这个概念来描绘韩剧，将韩剧看作是一种实际存在的另类空间，是现世可以实现的梦想的开合之地。也就是说，“韩剧”本身就是一种带有精神逃逸色彩的圣地，各种来自生活的人、情感、故事和器物，都在这个空间中显示别样的意义。福柯将乌托邦和异托邦这两个概念进行了有趣的区分。他认为：“乌托邦是没有真实场所的地方。这些是同社会的真实空间保持直接或类似颠倒的总的关系的地方。这是完美的社会本身或是社会的反面，但无论如何，这些乌托邦从根本上说是一些不真实的空间。”[①]与之相应，福柯提出：“在所有的文化，所有的文明中可能也有真实的场所——确实存在并且在社会的建立中形成——这些真实的场所像反场所的东西，一种的确实现了的乌托邦，在这些乌托邦中，真正的场所，所有能够在文化内部被找到的其他真正的场所是被表现出来的，有争议的，同时又是被颠倒的。这种场所在所有场所以外，即使实际上有可能指出它们的位置。因为这些场所与它们所反映的，所谈论的所有场所完全不同，所以与乌托邦对比，我称它们为异托邦。”[②]在这里，福柯所讲的“异托邦”，正是韩剧可以作为意义在当下中国存在的方式。

事实上，韩剧异托邦乃是温饱知足而又焦虑无奈的国人生活的“精神花园”。“花园”乃是极其精致和小巧的空间，并非对审美意识的完整表达，然而，这个并不完整的空间，却蕴含着完

① Michel Foucault，“Des espaces autres”，原载 Dits et ecrits 1954—1988，Gallimard，中文翻译参见福柯：《另类空间》，王喆译，《世界哲学》2006 年第 6 期。

② 同上。

整的世界和完美的生活的全部意义[①]。作为异托邦的形式，韩剧正是通过生产一种单向度的经验，来实现自己作为全部生活的经验的综合的功能。换句话说，韩剧是一个规定了什么是别样的浪漫生活的"生活博物馆"，向前来这个异托邦空间"觐见"的人们展示各种各样富有引导性的物品——不仅仅是剧中器物具有这种规定性，人物的说话方式、故事的瞬间感动和结尾的尘埃落定等等，都是这个博物馆展出的实物。

显然，韩剧作为情感的博物馆，构造了一个对照人们自身生活的想象性空间。无论是否定还是认可，人们表达出来的印象基本上是韩剧的情感故事层面的印象。这充分说明了韩剧的"情感异托邦"的性质。人们在这种另类空间中，通过差异性的意义的建构，形成对"现世"——一种不得不面对又必须想象性离开的生活的映衬。人们如何进入这个另类空间，以及实现了怎样的对现世的映照，这是讨论韩剧之魅力需要解决的关键性问题。

回忆体与自恋主义的精神分裂症

简言之，韩剧的空间入口写着"回忆体"三个大字。即，韩剧是以"回忆"作为其美学规则的空间，并由此将现世的人们带入自恋主义的文化花园。

韩剧勾连着自恋，乃是一种自恋主义的文化，这恐怕是韩剧的吸引力之一。

在现代社会中，自恋不仅仅是指向自我形象的想象性行为，还包含一种切断时间的努力。长久地留驻在一个特定的细节、物品或者形象上，构造一种典型的自恋主义情怀。在这里，自恋呈现出对未来和过去同时拒绝的态势[②]。作为一种社会态度，自

① Michel Foucault, "Des espaces autres", 原载 *Dits et ecrits* 1954—1988, Gallimard, 中文翻译参见福柯：《另类空间》，王喆译。

② [美]克里斯托弗·拉什：《自恋主义文化——心理危机时代的美国生活》，陈红雯、吕明译，上海：上海译文出版社 2013 年，第 4—5 页。

恋指向一种虚假的永恒冲动，驻足在一个时间或者事物的片刻，并以这个片刻作为“抵制”变化（未来）的方式。

简单说，作为一种文化行为，“自恋”将一切意义凝固于当下，并且相信只有当下的意义才是真的意义。小沈阳所诠释的“眼一闭不睁，这辈子就过去了”的人生，成为这种自恋文化中具有支配性意义的潜台词。只有沉迷于当下（自恋），自我才会有价值；同样，失去了当下意义的体会，活得也就没有意思。而疯狂地建构当下时刻的意义，拒绝在未来框架内阐释自我，这正是自恋型社会的有趣的内涵。在这里，现代社会的自恋，作为一种文化逻辑，就是对“我”在“当下”的意义的极端讨要。不断地生产一个个富有生产性的意义片刻，并制造这种“片刻即永恒”的浪漫，这是自恋主义文化的典型特点。

韩剧之自恋主义乃在于其自恋型故事的演绎。在采访几位年轻人对韩剧的看法时，我发现大家几乎都同意闫桢桢提出来的一个感觉[①]：韩剧之吸引力乃在于男人只对一个女人好，而对其他女人不好。这种钟情一人的剧情，再加上这一轮韩剧精心使用的“多男追一女，一女情独钟”模式，强化了观众尤其是女性观众的观影乐趣。自我在爱情中被放大，或者说，通过爱和不爱的故事，来确立一个人的自我价值，这是韩剧这种剧情的内在文化逻辑，也是自恋型故事的核心模式。相对来说，白富美的女孩被厌弃，丑小鸭的姑娘被珍惜，这种老套的故事类型反而不是最核心的东西了。

在这里，自恋型故事的特点乃在于创造一个个极其富有感染力和永恒感的“爱的瞬间”，并通过这种瞬间来实现“自我存在感”的强调。在《继承者们》一剧中，金叹和车恩尚不仅仅是在凝望中结缘，又是在凝望中推进故事。每到两人情感发生碰撞的时刻，影片就大量使用插曲、慢镜头、多角度移动拍摄、机位转

---

① 在此对南开大学文学院博士生农郁、陈琰娇、窦薇，硕士生魏建宇、徐少琼、李飞、刘梦茹、林诗雯，本科生深井二程（微信名），北京大学艺术学院博士生闫桢桢，我的好友姚泓迪等人的支持表示感谢！

换、摇镜头和大景深等手段,来突出这个瞬间所具有的特殊魅力。在《来自星星的你》中,拯救的瞬间被倾情放大,整个人生的意义都被凝缩在都敏俊深情而又缓慢地走向千颂伊的脚步中。将自我的人生投放到这个雪花漫天或者落英缤纷的恒久凝望中,这正是韩剧所激活的自恋主义文化的暧昧意象。在这里,“Love is the moment”既是感叹发生爱情的那个瞬间,也是感叹范柳原发出的“好像自己说了算似的”[①]的感叹。

事实上,这一轮浪漫韩剧中,“瞬间”变成了一种生命旅程的精神痕迹。当每个人的记忆丧失了整体性的规划的时候,对于片段,也就是瞬间的流连忘返,呈现出令人回味无穷的记忆印痕意象。于是,韩剧的“瞬间”就成为富有意味的凝望的瞬间(《继承者们》,2013)、拯救的瞬间(《来自星星的你》,2014)、回神的瞬间(《主君的太阳》,2013)、流泪的瞬间(《张玉贞为爱而生》,2013)、偶遇的瞬间(《百年的遗产》,2013)、惊喜的瞬间(《七级公务员》,2013)、感动的瞬间(《魔女的恋爱》,2014)、悔悟的瞬间(《九家之书》,2013)……几乎每部电视剧,都反复制造属于自己的“瞬间”。

在这里,这些不断用MTV式的镜头渲染的瞬间,构造了这一轮浪漫韩剧总体的“片刻性”,仿佛一种资本主义的天鹅绒或长毛绒的冲动,尝试在丝绒的表面上珍藏手指划过的痕迹的恋旧情怀[②]。本雅明所说的这种对“触摸的痕迹”的留恋,不正是韩剧中每一个“瞬间”在坍塌时刻的惊鸿回瞥吗?韩剧不正是用进行时的方式创造丧失了未来感的怀旧形象吗?有人通过对《蓝色生死恋》《冬季恋歌》《浪漫满屋》《宫》《我叫金三顺》《花样男子》《继承者们》和《来自星星的你》八部韩剧的研究发现,“以时间为坐标轴,男主角与女主角的性格是有变化的。女主角性格的演变如下:悲剧时代——善良温柔、开朗可爱;校园轻喜剧时代——乐观、坚强、善良;题材多元化时代——霸道、直爽、有

① 张爱玲:《倾城之恋》,北京:北京十月文艺出版社2009年,第205页。

② [德]瓦尔特·本雅明:《巴黎,19世纪的首都》,刘北成译,第45页。

点‘二’。男主角性格的演变为：悲剧时代——多愁善感；校园轻喜剧时代——冷峻、开朗、可爱；题材多元化时代——冷静、暖男、腹黑。男二号的性格普遍稳重温柔，变化不大；女二号性格普遍略有心机”。于是，“灰姑娘＋白马王子＋黑马王子＋从中作梗的女二号”，形成了镶嵌韩剧瞬间的基本框架。韩剧不断地创生“牵手、拥抱、亲吻”的身体编码，而其中，拥抱出现的频率较大，却隐隐约约地“拒绝”性，从而“主要想要带给大家初恋时怦然心动的感觉”[①]。换个角度说，韩剧乃是一种内含着“回忆体”的叙事，是用“创建记忆痕迹”的方式来滋养昏暗不明的对现世的隔绝、拒绝和视而不见的努力。

这意味着，韩剧乃是对没有历史感和未来感的人们创造出来的一种“回忆”的形式。大量的瞬间，构成观看韩剧的“震惊”体验。在这里，记忆来自对现实真实的保存和尊重，回忆则是趋向于重组对现实的印象，并引入想象和阐释，令其成为想象性记忆[②]。所以，弗洛伊德提出，意识出现在“留有记忆痕迹的地方”[③]，而这也就意味着，回忆乃是对这种痕迹的争夺、修改、润饰和重构。显然，韩剧用一种想象出来的记忆，引导观众进入白日梦一样的“回忆”中，以勾摄心魂的唯美瞬间，令这种“触摸的痕迹”变身为潜伏在人们意识中的意识。

在这里，瞬间即震惊！韩剧不断地创造“震惊”，并使之击碎记忆的掩体，在灰色的精神意识里洒一地黄金色的回忆片段。

---

① 姚晔：《韩剧中的爱情社会学》，此文根据复旦大学《社会讲坛第六期实录——沈奕斐及其课题团队：韩剧告诉你爱情的过程》一文整理而成，演讲者沈奕斐（http://mp.weixin.qq.com/s?_biz=MzA4OTUxOTIyNw==&mid=200977449&idx=1&sn=c1286b9381b7c33bd825c1789d249ad5&scene=1&key=12b2bf6e0c63b81cc872abc79cdfb4fd419e74ed3366cda41700c1c2873402ceb2bb5877148b468e0d4681b2aa1b86c8&ascene=0&uin=NTEwMTUwMjU1&pass_ticket=Y4ZwEeBPYN%2F38tFHtEXHsYTrEvljD9gXh0l6nMR6%2BMezngVnW3ShhU9xTosssb0s）。

② 本雅明引用德国学者赖克《惊异心理学》中的话阐明，记忆和回忆是不同的。只有在发生了震惊的时刻，回忆才可能被遏制，记忆才会突破意识的防御机制而呈现自身。[德]瓦尔特·本雅明：《巴黎，19世纪的首都》，刘北成译，第195、202页。

③ [奥地利]西格蒙德·弗洛伊德：《弗洛伊德后期著作选》，林尘等译，上海：上海译文出版社1986年，第25页。

归根到底，韩剧就是一种不需要历史和记忆就能建构起来的"回忆"。这正是本雅明所说的那种"最后一瞥之恋"（love at last sight ），而并不是一见钟情（love at first sight）[1]。一方面是富丽堂皇灯火闪烁的都市背景，另一方面则是脆弱敏感一触即碎的精神坍塌；一方面四通八达，一方面冷冷清清；一方面 24 小时便利店拱卫享乐的瞬间，另一方面则是没有尽头的现世，没有未来的当下和没有过去的历史……在现代世界的围困中，现代性的故事无力讲述和承诺不同的生活方式，除了凭空确立神一样的瞬间，我们无力幻想更富有意义的时刻——这正是韩剧"回忆体"的文化逻辑。

显然，韩剧之"自恋"，并不仅仅指美女、服装、华丽的殿堂和奢美的家具所激活的观众的自我代入，而是指一种文化方式，即除非在片刻（当下）确立"我之我在"，否则就无法讲述人生的意义。只眷恋于能够眷恋的此时此刻，拒绝时间的援手，这是自恋主义故事的内在机制。

拉什这样描述自恋主义："因为没有指望能在任何实质性方面改善生活，人们就使自己相信真正重要的是使自己在心理上达到自我完善：吃有益于健康的食品，学习芭蕾舞或肚皮舞，沉浸于东方的智慧之中，慢跑，学习与人相处的良方，克服对欢乐的恐惧。这些追求本身并无害处，但它们一旦上升成了一个正式的项目，就意味着一种对政治的逃避和对新近逝去的往昔的摒弃。集体自恋主义成了当前的主要倾向。既然这个社会已到了穷途末路，那么明智之举就是为眼前而生存，着眼于我们自己的个人表现，欣赏我们自己的腐败，培养一种超验的自我中心。"[2]显然，韩剧故事之自恋主义，正是资本主义时代精神内在的绝望感的吊诡后果，是在没有未来的时刻对当下生活的崇拜和迷恋。

---

① ［德］瓦尔特·本雅明：《巴黎，19 世纪的首都》，刘北成译，第 212 页。

② ［美］克里斯托弗·拉什：《自恋主义文化——心理危机时代的美国生活》，陈红雯、吕明译，第 2 页。

因此，韩剧的自恋型故事也就只能是“回忆型故事”，是只肯承认初恋的童话意蕴才能触摸现实的温暖的故事。在这里，韩剧的华丽场景、精致的服饰和俊美的人物，变成了一个商品拜物教的神话宫殿，而来此膜拜的人们，并非钟情于这些视觉消费品的奢华，而是钟情于一个令人迷醉的现实空间的虚拟化。

换个角度说，韩剧不仅仅提供自恋型故事的回忆痕迹，它本身就成为一个恋物癖的对象。一方面，韩剧引导我们只能用惊鸿回瞥的方式来实现主体感的生成，将自我围困在浪漫的怀抱中；另一方面，这种围困本身却只能用脆弱的、透明的“完美景观”的形式来维持。这构成了韩剧自恋主义的精神分裂：只有在初恋（自恋）的瞬间才会闪烁人生的意义，而这本身就已经是变相地承认了现世的昏暗不明和尔虞我诈。韩剧正是在回眸巡弋意义的时刻，呈现其本身就是对未来的绝望和沮丧的寓言。本着这种基本的命题，韩剧所鼓吹的牺牲、忍耐、公平、善良、情爱和宽容，也就是一种带有强烈的“末世情怀”的情感。或者说，没有对当前人们精神深处之绝望的深刻探察，也就没有韩剧如此梦幻瑰丽的想象和笃诚执着的爱的信仰。车恩尚宁愿放弃奢华的生活，换取跟金叹 15 天的见面交往；都敏俊处处以自我的牺牲为代价换取千颂伊的快乐；太恭实以善良的心为死去的人们完成心愿……韩剧的故事，不仅仅是女人或者男人的精神自慰，更是一个沮丧的时代里面的人类的自恋主义。

简言之，韩剧用充满了爱和激情的方式，寓言一种内在的绝望。韩剧也就寓言性地成为一个当下社会的精神墓园，一个鲜花围抱的死气沉沉的奢华空间。

“青春恋物癖”与祭奠未来的墓地

韩剧之迷人魅力乃是建立在乌托邦政治消失的基础之上。人们除非讲述和想象爱情的魅力，否则再也没有能力想象任何社会性的伦理关系的意义；除非用爱情的痴情和忠诚来显示作为人的精神力量，否则就再也没有任何方式可以凸显人的价值。

“看见我就走过来的,金叹;因为我总是变得不幸的,金叹!”在这句表达自己的感动的自白中,我们看到了现代社会中“万般皆下品唯有爱情高”的心灵困窘:除了青春少男少女的恋爱牺牲,我们还能找到什么可以用来感动?

在这里,韩剧实现了自恋主义文化的落成仪式:作为精美的文化工业标准化流程的产品[①],韩剧本身就是精神世界坍塌时刻的物恋对象;而它暗中对何谓美、何谓道德与何谓真情的内在规定,无形中已经形成人们困在自己脸上找意义的“自恋模式”。“化妆女神”往往是女二号,而“素面朝天”则是女一号,韩剧鼓吹青春,而排斥人工;人们流连忘返于韩剧之中,在这里,韩剧不断地强化自己崇尚自然纯真和真性真情的刻板印象;同时,韩剧也就用这样一种方式将人们找寻活着的价值和意义的途径用繁花遮盖,变得浪漫却单向。

所以,韩剧的“青春恋物癖”说到底就是将自我放回过去的冲动,与此同时,“韩剧”也就成为一种带有梦幻和寂灭之双翼的空中飞鸟。事实上,韩剧本身正是本雅明所说的一种“辩证意象”,一种一切皆可以成为寓言的形式[②]。在韩剧所允诺的一切可能性里面蕴含着颠覆和摧毁,在丝绒的光滑里,可以看到对于破碎的过去的留恋,在玻璃的透明中隐含着衰朽时刻的坍塌。本雅明这样说明这种意象的特点:“暧昧是辩证法的意象表现,是停顿时刻的辩证法法则。这种停顿是乌托邦,是辩证的意象,因此是梦幻意象。商品本身提供了这种意象:物品成了膜拜对象;拱廊也提供了这种意象:拱廊既是房子,又是街巷;妓女也提供了这种意象:卖主和商品集于一身。”[③]在本雅明那里,资本主义文化的基本生产逻辑就蕴含着意象的想象力:商品通过新

① 在中国艺术研究院举办的青年论坛上,世熙传媒的戚凌较为详细地介绍了韩流节目的制作流程。她发现,韩国节目的制作精良,目标对象精准,分工清晰,艺人竞争残酷,也就在表演中倾情投入;而其创意团队不仅合作良好,也积极勤奋,非常注重创新性意见的实现。

② [德]瓦尔特·本雅明:《巴黎,19世纪的首都》,刘北成译,第20页。

③ 同上书,第22页。

奇诉诸其消费者，而商品不过是且总是陈旧的剥夺的形式。本雅明在这里发现了资产阶级的主人意识，统治一切的思想，并在城市的“痕迹”这种意象中来想象和解读：“他们乐于不断地接受自己作为物品主人的印象。他们为拖鞋、怀表、毯子、雨伞等设计了罩子和容器。他们明显地偏爱天鹅绒和长绒线，用它们来保存所有触摸的痕迹。”[①]在毫无现实感的地方（天鹅绒）表达留住现实的欲望，而这正是韩剧记忆痕迹的吊诡意象：人们用韩剧的浪漫偏执呈现祭奠未来的潜在逻辑。而通过韩剧的解读，我们可以找到通往当下中国精神堡垒的小路，可以由此探测何以韩剧的回忆体叙事可以哭哭笑笑颠倒众生？

于是，人们执拗地讲述青春的故事，将全部人生的意义凝缩到青春时代的激情想象中。这不再是关于“成长”和“启蒙”的故事，而是关于如何在青春年代将一切现世的矛盾一蹴而就一劳永逸地解决。这正是“青春恋物癖”的社会学秘密：假如丛林规则可以被青春规则取代，韩剧至少就可以为人们生产一个具体但是却虚拟的新的世界；如果肉身可以老去，那么，韩剧则成为不老的精神的地标。

在这里，“青春”变成了“未来”被阉割后的欲望剩余，是乌托邦想象力在激情衰败的年代里面执着于“青春”的痴迷。一方面，没有能力想象未来，一方面，充满回忆青春的欲望，这正是一物之两面。

事实上，资本主义，尤其是发达资本主义的意识形态的结构性的功能就是令人们丧失想象另一种生活的能力。在资本统治的时代，人们不是通过满足他人的欲望而获利，而是通过控制资本流通的方式，来控制人们的欲望。垄断让人们只能接受高出成本许多倍的价格来购买必需品；标准化生产让人们丧失想象另一种生活需要的能力。所以，我们必然陷入没有未来的当下：“人自身对于创造一种‘属于人类自身的生活’已经没有了信心……说得更严重些，整个社会，乃至整个世界都已经丧失了想象

---

① [德]瓦尔特·本雅明：《巴黎，19世纪的首都》，刘北成译，第45页。

未来的能力。"[1]在一首叫作《再见二十世纪》的歌中，汪峰这样唱道：

再见，二十世纪
再见，我一样迷茫的人们
阿甘说生活是一块巧克力
我想也许他是对的
一个女人说生活是孩子和房子
我想也许她也是对的
上帝说生活是救赎和忏悔
我想也许我是个罪人
我从五岁歌唱到现在已经苍老
现在还是两手空空像粒尘土
再见，二十世纪
再见，我一样迷茫的人们[2]

这首歌对20世纪的告别既不是悲伤的也不是乐观自信的，而是茫然和衰败的。如果生活只剩下"巧克力""孩子"与"房子"，乌托邦的未来冲动也就毫不犹豫地远离。在汪峰的歌唱中，我们读到了既不是灰心丧气也不是悲怆苍凉的意绪，而是纠结中的无奈与妥协。"他"或者"她"是对的，这种无奈的句式，不再是感叹，而是轻轻地承认：承认这样一种只有当下没有未来的现状，承认只关心日常生活的油盐酱醋茶而不去思考另一种生活的可能性的意识[3]。

如果一个社会完全被功利主义、物质主义和市侩主义所浸染，这个社会就会呈现出高度统一的熔炉效应——即每个人安排自己生活的方式都像是被高温熔炉融化成同一种东西。简言

---

① 姚建彬：《乌托邦之死·译后记》，[美]拉塞尔·雅各比：《乌托邦之死》，姚建彬译，第303页。

② 汪峰：《再见二十世纪》，《爱是一颗幸福的子弹》，北京：国际文化交流音像出版社2002年。

③ 周志强：《吊诡的嘻剧与时代之殇》，《探索与争鸣》2013年第12期。

之,韩剧之于中国社会的魅力,乃在于它作为青春恋物癖的集结性符号,用多元丰富的人物和故事呈现出高度同质化的精神生活苦求。就像汪峰所唱的,人们不得不把“巧克力”“孩子”和“房子”作为自己生活的抓手,因为只有在物质主义的支配下没头没脑地生活,才会去除无法说清的焦虑感和虚无感;同样,韩剧的“青春恋物癖”正是这样一种精神生活困境的吊诡后果:只有通过这种高度同质化的青春—情爱想象力,才会让人们的精神获得高高在上的满足,获得充实感,也有机会实现对更加完美生活的可能性的凭吊;反之,在一个没有能力建构乌托邦意义的时代,人们只能将韩剧作为异托邦的墓园,在回忆初恋的恋物癖冲动中,恍然建造对人生未来的价值追认。

事实上,韩剧正是未来的大门关闭之后对生命意义的追认,是用不遗余力的“美”把现实生活中人们的生活切断为零星而富有冲动的瞬间的途径。在这里,韩剧并不构造人生的整体性的意义,却用一种抽象的意义和价值来将“看韩剧的时刻”变成“不顾实际规则”的时刻。

在这里,韩剧的不切实际,恰恰最符合人们的实际诉求:看韩剧仿佛节假日的出门旅游,人们用奔赴想象中的“现实盛景”的方式,来拒绝承认工作时间内的生活蕴含着值得一提的意义。尤瑞曾经这样说过:“旅游这种实践活动涉及‘离开’(departure)这个概念,即有限地与常规活动分开,并允许自己的感觉沉浸在与日常和世俗生活极为不同的刺激中。通过考虑典型的旅游凝视的客体,人们可以利用这些客体去理解那些与他们形成反差的更为广阔的社会中的种种要素。换句话说,去思考一个社会群体怎样建构自己的旅游凝视,是理解‘正常社会’中发生着什么的一个绝妙途径。”[①]按照尤瑞的理解,“游客凝视”是一种努力寻求差异的眼光,它拒绝庸俗、普通,总是不断地强化“人们在日常居住和工作的地方与旅游凝视之间存在着不同”[②]。这正是人

---

① [英]约翰·尤瑞:《游客凝视》,杨慧、赵中玉、王庆玲、刘永青译,第3页。
② 同上书,第18页。

们对充满了差异性的韩剧的认可方式:韩剧就是这样一种“青春恋物癖”,它如此偏执地致力于初恋时刻的回忆体叙事,从而也就如此与现实生活深刻区别,并由此成为异托邦的审美空间。

第二章　青春片新怀旧与“多语性失语症”

新世纪十年之际，“青年人怀旧”忽然变成了一种令人关注的现象。先是《那些年我们一起追的女孩》(2011)的火爆，然后有了《致我们终将逝去的青春》(2013)的热映，紧接着《匆匆那年》(2014)、《同桌的你》(2014)，甚至带有穿越色彩的《重返 20 岁》(2015)等电影，都执着于幻想青春时代，让青春在记忆中返魅。

这是一个不得不怀旧的年代，因为在一个所谓“失范”(Anomie)的历史时期，没有比怀旧感更能给人们带来充实的历史感，也就因此能够强烈证明“现实”的意义丰满。在这里，“怀旧”并不是切割当下与过去的利刃，而是将旧日化为当下之梦境的催眠术。

而当我敲下“新怀旧”这个词的时候，就似乎立刻听到赵静蓉教授电话里温婉又坚定的声音：我觉得当下青春片的怀旧，不是新怀旧，而是“伪怀旧”！作为一个怀旧问题的权威学者，她的观点里面渗透出这样一种思考：怀旧不是对过去的怀念那么简单，而是对一种前现代时期纯真生活的向往和想象[①]。按照这个逻辑去延伸，可以说，如果没有对当下工业社会和资本机制主导的文化逻辑的“对抗欲望”，怎么会有怀旧的冲动呢？这个观点却因此反过来成为今天青春片里徜徉的怀旧气息的批判性宣告：它只是一些内涵苍白、意义空壳的意绪的堆积，缺少文化政治内涵。

但是，正因为如此，我看到一种崭新的怀旧的层面：正是匮乏强烈的现实感，所以，才匮乏对现实状况的批判性反思能力，所以，才会启动怀旧这种造梦的工程。一方面，作为现代社会的区别于传统社会的怀旧，在这里延续了其伤感和损减情绪；另一方面，这一轮怀旧又是作为怀旧传统的翻新形式，如同 17 世纪的乡愁怀旧，经由爱国主义的转化、浪漫主义的浸泡，最后又变成了 20

---

① 赵静蓉：《怀旧——永恒的文化乡愁》，北京：商务印书馆 2009 年，第 5 页。

世纪博物馆里被呈现的历史碎片[1],怀旧从家乡到全球,从空间到时间,其内在的形式和逻辑,从来都不是一成不变的。这也就让我有理由来重新理解今日之怀旧:传统意义上的怀旧,因为传统社会与现代社会的转型纠葛而发生[2],今天的青春怀旧,却是漂浮在静如死水的现代时间河面上的游鱼们用想象来创造历史感的方式。如果说"失去"了的历史会变身成为一种家园怀旧的意绪,那么,从来就没有发生过的历史,为何不能借助于怀旧的形式让它在想象中发生一次呢?所以,我把这一轮怀旧命名为"新怀旧"[3],乃是尝试从文化叙事功能角度讨论怀旧的美学政治。

换句话说,如果"怀旧"已经历史性地成为一种特定现象,那么,怀旧这种形态本身就有了被抽象出来使用的可能性。作为新怀旧美学之典型形式的青春片怀旧,正是要借壳生蛋,将自己的生活焦虑寄居于怀旧的屋檐下,从而"创造"活生生的肉身经验出来。只不过,这个经验贫乏得可怜,除非把所有的青春都讲成关于"爱的真谛"的故事,否则就没有什么值得怀旧的历史了。青春片的新怀旧,也就成为通过时间、空间和心理的位移,凸显爱情神话的故事。或者说,只有把爱作为信仰来信奉的时候,人生才有故事,现实才获得意义。即只有把现实讲成梦幻的故事的时候,现实才能获得不同于梦幻的意义。在功利主义遏制了想象力的时刻,青春片用怀旧来忏悔斤斤计较的年代里那些死灭的激情,倒也别有一种吊诡的绚烂。

"卑恋情结"与理想主义的激情剩余

怀旧是对过去或者故乡的眷恋,而在青春片中,这种眷恋往往系于爱情故事之中,怀旧者对自己怀念的异性,呈现出强烈的卑恋倾向。

---

① [美]斯维特兰娜·博伊姆:《怀旧的未来》,杨德友译,南京:译林出版社 2010 年,第 6、10、14、17 页。

② 赵静蓉:《怀旧——永恒的文化乡愁》,第 2 页。

③ 周志强:《青春片的新怀旧美学》,《南京社会科学》2015 年第 4 期。

在这里，我所说的“卑恋”，指的是主体通过自我损减的方式，来获得强烈的生存感的情结。恰如鲁迅所说的逻辑，只有肉身的腐烂，才能证明自己曾经的存活[①]，在卑恋的故事里，只有讲述自己曾经的卑微，才能证明现在的成长。

一方面是卑微，一方面是狂恋，这是怀旧的基本意绪。在这里，怀旧并不仅仅是陷入对于过去的时间和空间的怅惘想象，更是让自己融入“极端美好”之中去的一种冲动。所以，怀旧是一个理性时代对历史之幽深神秘的可能性的想象和致敬。一切怀旧都发生于拼尽全力创造精神神像的过程中。它把一切清醒的和现实的东西，都转换成隐喻的和象征的东西；同时，又将怀旧的自己成功投放到诗性寓言的逻辑里面，从而改造了自己所在的真实位置，获得独有的现实掌控感。

因此，除非在怀旧中将自我矮化，将怀恋的对象巨大化或者魅力化，否则就不可能发生怀旧。阴郁、哀伤、充满诀别气息的强烈渴望，这并不是怀旧的后果，而是造成怀旧的原因——只有使用恰当的损减性情感，才能创造出怀旧的卑恋。

因此，正是“卑恋”，让我们意识到怀旧和恋旧的区别：归根到底，怀旧是一种告别，并通过告别来暗示永不再来的东西才是最好的未来；而恋旧则是顾盼流连并期待重建，通过实际的行动将未来改造为过去。因此，卑恋情结的叙事逻辑可以总结为一个双向的过程：主体通过自我的矮化，凸显被怀恋者的完美；与此同时，凸显被怀恋者的完美，乃是为了将自己毫无意识的主体投入其中，从而获得强烈的存在感。

有趣的是，这种卑恋性的主体感的创造，却可以生成两种完全不同的怀旧美学冲动：强烈否定当下生活的冲动与努力创造当下生存感的冲动。

就前者而言，想象一个纯粹而浪漫的“时空”，恰好映衬当下现实的缺陷，从而创造对于当下的否定性。在 20 世纪 90 年代

---

① 《野草·题辞》：“死亡的生命已经朽腐。我对于这朽腐有大欢喜，因为我借此知道它还非空虚。”《鲁迅全集》第 1 卷，北京：人民文学出版社 1972 年，第 463 页。

中国兴起的校园民谣中，青春怀旧异军突起，伤感而失落的意绪，向我们展示出青春时空的纯净、洁白、真挚与简明。歌唱者以卑恋的姿态，显示出失去了青春就失去了快乐的忧郁症候。生活于现代社会的迷茫失落、被丛林现实刺痛的呻吟和哀怨，隐藏在这种卑恋忧郁症的深处。这一时刻，青春怀旧在告别过去，却表达着离开当下的冲动。"校园"和"现实"，不仅仅在时间上被分立为青春美好岁月与当下庸俗生活，还在空间上被划分为回不去的精神故园和前景迷离的寂寥场景。《睡在我上铺的兄弟》(1994)这样唱道：

睡在我上铺的兄弟
无声无息的你
你曾经问我的那些问题
如今再没人问起
分给我烟抽的兄弟
分给我快乐的往昔
你总是猜不对我手里的硬币
摇摇头说这太神秘
你来的信写得越来越客气
关于爱情你只字不提
你说你现在有很多的朋友
却再也不为那些事忧伤

睡在我上铺的兄弟
睡在我寂寞的回忆
那些日子里你总说起的女孩
是否送了你她的发带
你说每当你回头看夕阳红
每当你又听到晚钟
从前的点点滴滴会涌起
在你来不及难过的心里

你来的信写得越来越客气
关于爱情你只字不提
你说你现在有很多的朋友
却再也不为那些事忧伤
你问我几时能一起回去
看看我们的宿舍我们的过去
你刻在墙上的字依然清晰
从那时候起就没有人能擦去

睡在我上铺的兄弟
睡在我寂寞的回忆
你曾经问我的那些问题
如今再没人问起
分给我烟抽的兄弟
分给我快乐的往昔
你曾经问我的那些问题
如今再没人问起
如今再没人问起
如今再没人问起[①]

歌曲分出两个基本对立的空间意象，并在空间轴上启动时间的引擎。在第一节里，曾经“睡在我上铺的兄弟”与现在“来的信写得越来越客气”的“你”，用称呼的不同，隐喻一个存在于怀旧的想象中（兄弟），一个活生生地存在于现实的此刻（你）。于是，“兄弟”这个亲密性关系的称呼里面，包含了对过去一体化关系的认同；而与现在的“你”虽有交往，却在逐渐疏远：“你来的信写得越来越客气/关于爱情你只字不提/你说你现在有很多的朋友/却再也不为那些事忧伤”。所谓“那些事”，猜硬币、幻想爱情……在今天的现实中人看来都是不切实际的，却永远驻守在

① 高晓松：《睡在我上铺的兄弟》，《校园民谣 1》，北京：大地唱片公司 1994 年。

“我”对过去时空的眷恋之中。第二节里,“你问我几时能一起回去/看看我们的宿舍我们的过去/你刻在墙上的字依然清晰/从那时候起就没有人能擦去”,猜测“我”和“你”都充满对当下生活的不满,也相应暗示“我”和“你”一样也同样陷入现实,变得“越来越客气”;而只能在想象中回到“宿舍”,才能证明自己曾经不顾一切地浪漫活过。第三节用缱绻伤感的语调反复吟诵“你曾经问我的那些问题/如今再没人问起”,“如今”一词,不仅暗喻青春成长,也标识当下生活的琐碎无聊。

显然,20 世纪 90 年代青春怀旧现象发生的时候,正是中国社会处在巨变的时期。人们对当下社会的拒绝和否定的倾向,变作校园民谣里面缠绵悱恻、缱绻不已的迷茫和失落。在怀旧的流连忘返中,将岁月老去的感叹,无意识地变成对资本机制笼罩下苍茫空洞生活的抵触。而校园民谣激活的青春怀旧,从一开始就凝结着对不想困守的生活堡垒的困守意识。与其说,校园民谣是对社会的强烈的批判和不满,毋宁说是一种变相的对现实丛林规则的“抵抗性承认”,是无力呐喊却又不想沉默不语的激情剩余力量的回光返照。

按照这个逻辑,“青春怀旧”的政治美学,就不仅仅是站在现代社会的墙角对传统生活逝去的喟叹,更是对正在发生着巨大改变的中国社会文化和生活逻辑的警惕与不安。青春怀旧在面临“巨变中国”的时刻,生产了一个慵懒、伤感和疲倦的“青春失落者”形象,用脆弱而精美的诗意表达对未来的灰心丧气和满腔怨气①。

在这里,卑恋情结将怀旧和忧郁症纠结在一起。博伊姆倾向于把怀旧与忧郁症区别开来。她认为,忧郁者把世界看成为一个被任性的命运和恶魔的戏剧控制的舞台。忧郁者并非厌世者,而是对人类抱有更高希望的空想梦幻者。所以,忧郁是知识分子的批判理性的副产品②。然而,这种区分至少对于青春怀旧

---

① 此部分对校园民谣的分析来自周志强:《青春片的新怀旧美学》。

② [美]斯维特兰娜·博伊姆:《怀旧的未来》,杨德友译,第 5 页。

来说是勉强的。事实上，对于校园民谣来说，怀旧乃是一种“外壳”，而其内在意义则是生产出一种“忧郁者形象”，即，青春怀旧现象从一开始就是致力于创造丧失了意义的族群形象，创造一种与功利主义或实用主义截然不同的“情感哀伤者”形象。不妨说，在利己主义冰水的浸泡中的人们，只能为股市疯狂，再也不能为情感疯狂。而校园民谣充满着“精美的怨怼”，正是对这样一种社会意识的内在对抗。

所以，在这一时期，“卑恋”创造超越商品拜物教意识的情感状态。通过幻想那个“白衣飘飘”的年代，不断地向理想主义致敬，并写出自己的“模范情书”。所以，卑恋的批判性乃是眷恋青春岁月中纯粹情感的乡愁，是以这种情感的乡愁潦草画出来的对当下的不满。在1996年出版的《高晓松——青春无悔作品集》中，歌手这样演绎对纯情时代的怀旧：

> 我是你闲坐窗前的那棵橡树
> 我是你初次流泪时手边的书
> 我是你春夜注视的那段蜡烛
> 我是你秋天穿上的楚楚衣服
> 我要你打开你挂在夏日的窗
> 我要你牵我的手在午后徜徉
> 我要你注视我注视你的目光
> 然后默默告诉我初恋多忧伤[①]

在歌曲的一系列叠加的意象中，一个个不同于物化时代的形象被成功罗列。即使是“衣服”这种具有明显商品意味的东西，也因为“楚楚”而显示别样的肉身灵氛。在这里，“卑恋”不仅仅在凸显那个一开始就消失了的纯真时代[②]，更是通过“向纯真臣服”来显示不愿意陷入物质主义围困的社会的强烈欲望。

---

① 高晓松：《模范情书》,《青春无悔》,北京：麦田音乐工作室1996年。

② 威廉斯嘲笑英国的乡村怀旧者们说，他们所期待的这个时代从一开始就消逝了。Raymond Herry Williams, *The Country and the City*, London: London Press, 1973, pp. 9-12。

显然，20 世纪 90 年代发生的青春怀旧，正是 80 年代理想主义的最后余晖。哀怨和伤感的背后，不仅仅是在纪念逝去的青春，更是在叹惋一个时代的结束。如果说，在欧洲的启蒙运动中怀旧乃是用"情感"来对抗"理性"的话[①]，那么，在这个时刻的中国，青春怀旧却是对启蒙主义理性的缠绵眷恋。而侵害这种缠绵的，恰恰是正在异峰突起、势不可挡的物质主义时代。从此之后，人们只能在日常生活的俗世里搜集零散而细碎的生活价值感，只有在"最近比较烦"的牢骚里面强迫自己追认形而下的日常生活的真实性意义。

所以，经历了第一轮校园民谣的青春怀旧，历史毫不迟疑地跨入到巧克力、房子和孩子的世界之中[②]。那么，丧失了理想主义支持的青春故事该如何讲述呢？这就有了新的青春怀旧现象。这是与批判性的卑恋怀旧截然不同的东西，它是一种强烈建构坚实感的卑恋怀旧：即以卑恋的故事，来拯救历史，创造苍白的生命历程中富有意义的过去。简单说，卑恋不再是批判理性的副产品，而是"爱情神话"主导下的青春恋物癖[③]的后果。这正是当下青春片之所谓新怀旧的政治美学内涵。

---

① ［美］斯维特兰娜·博伊姆：《怀旧的未来》，杨德友译，第 13 页。

② 汪峰：《爱是一颗幸福的子弹》。

③ 在我看来，青春文化呈现出"青春恋物癖"趋势：在今天，除非讲述可以吸引青春少年的故事，否则就再也没有故事可讲；除非在青春的故事中寻找人生的价值和意义，否则就没有什么价值和意义值得留恋；除非有一场爱情，否则就再没有激情。这正是大众文化青春化的典型症候。在收视率极高的电视剧《何以笙箫默》中，我们不难看到这种"青春恋物癖"的文化所呈现的空疏人生。何以琛和赵默笙全部的人生意义，只存在于青春时期的恋爱纠缠之中。无论是空间的区隔——远赴重洋以"躲避"爱情的空濛，还是时间的洗涤——多年后相遇的同学与恋人，都不能修改这一代人的"青春故事"。赵默笙与分别多年的同学萧筱相遇，依旧围绕青春时期的那一场风花雪月的恋爱展开"争斗"，并呈现出永远无法走出青春爱情故事的心理情结。详细观点参见周志强：《这个时代的"青春恋物癖"》(《艺术广角》2015 年第 2 期)、《浪漫韩剧异托邦的精神之旅》(《文艺研究》2014 年第 12 期)。

“情感偏执狂”：三种卑恋怀旧的文化逻辑

为何说今日之青春片乃是以卑恋情结来生产生活意义的美学形式呢？那是因为今日之“青春”已经不再是丰富生动的承载历史意义的符号，甚至也不再是赋予人生价值感的象征。当青春不再是链接过去和未来的网址，而是苍白无力的规训性教育的后果的时候，就只能用爱情的棉絮来填塞这床空洞的被面。而“卑恋”，就是最有力的填充方式。

事实上，就中国而言，青年和青春，都是一个现代版本的故事。20世纪以来，“青春”成为文化叙事的重大主题。在中国，“青年”“青春”被赋予了丰富的社会和历史意义。年轻人浸泡在这种意义之中来进行人生意义的规划，青春故事也就成为富有浓郁的启蒙价值的故事。从这个意义上理解，不难发现陈独秀在1915年《青年杂志》(1916年改为《新青年》)发表的对于“青年”的阐释或者说召唤的内在含义：

自主的而非奴隶的
进步的而非保守的
进取的而非退隐的
世界的而非锁国的
实利的而非虚文的
科学的而非想象的[①]

自主、进步、进取、世界、实利、科学等概念，是“唯一”可以由青年来承担的东西。“青年”作为一种想象性的系列符号体系，可以用来组织一个未来中国的形象。也就是说，“青年”变成了一个差异性符号集群的“主词”，用来召唤和达成广泛性的社会力量。

事实上，所谓几千年未遇之变局，其中的一种新形态乃是从

① 陈独秀：《敬告青年》，《青年杂志》1卷1号，1915年9月15日。

未遇到过的、需要动员不同阶层、身份、性别、族群甚至国别的大运动。也就是说，人类没有过跨种族、跨阶级、跨国别的革命，贵族通过姓氏来组织力量，女性主义通过性别来完成自我的表述，马克思通过想象一个"阶级"来创造全球革命的可能性。在"青年时代"的中国，"阶级"想象不仅没有完成，甚至说还没有有效地启动。这时，"青年"就成为一个穿越种种定义的差别性符号，令参与者获得认同。

这样，陈独秀对于青年的想象，也就具有了内在的"历史理性"："青年其年龄或身体，而老年其脑神经者十之九焉。华其发，泽其容，直其腰，广其膈，非不俨然青年也；及叩其头脑中所涉想，所怀抱，无一不与彼陈腐朽败者为一丘之貉。其始也未尝不新鲜活泼，寖假而为陈腐朽败分子所同化者，有之；寖假而畏陈腐朽败分子势力之庞大，瞻顾依回，不敢明目张胆作顽狠之抗斗者，有之。充塞社会之空气，无往而非陈腐朽败焉，求些少之新鲜活泼者，以慰吾人窒息之绝望，亦杳不可得。"①

就这样，"青年"话语，可以通过"身体"这种每个人都具有的"生理基质"，实现鲜明的两种时代、两种人、两种社会和两种国家的未来的叙述。另一个方面，"青年"这个想象的共同体，作为社会性的文化运动基础，和作为未来这种文化运动的后果的"革命"的基础，具有不同的命运。"青年"当然是有效的号召话语，但是，却只能在"文化""思想"的旗帜下有所行动。一种人人都要被革新的冲动，让新文化选择了"青年"，也是这种冲动，让这个选择只能困在想象性地解决社会问题的理路之中。

在 1944 年，朱自清把五四前后的历史称之为"青年的时代"。他的表述中，透露出一个有趣的信息：青年是在那个时候诞生的。

> 这是青年时代，而这时代该从五四运动开始。从那时起，青年人才抬起了头，发现了自己，不再仅仅的做祖父母

① 陈独秀：《敬告青年》。

> 的孙子，父母的儿子，社会的小孩子。他们发现了自己，发现了自己的群，发现了自己和自己的群的力量。他们跟传统斗争，跟社会斗争，不断地在争取自己领导权甚至社会领导权，要名副其实的做新中国的主人。但是，像一切时代一切社会一样，中国的领导权掌握在老年人和中年人的手里，特别是中年人的手里。于是乎来了青年的反抗，在学校里反抗师长，在社会上反抗统治者。[①]

正因如此，“青年”“青春”既是怀念的对象，又是创造未来的动力。青春之令人缅怀，自然是因为那曾经是最值得流连忘返的富有历史和时代的创造力的时刻。正如王蒙在其小说《恋爱的季节》中所书写的那样，青春的故事只有在同时是历史的孕育性时刻的故事的时候，才会有如此激动人心的激情和发自骨头里面的浪漫。

然而，在一个精神物化的时代，“青年”“青春”失去了其历史性的内涵，变成了空空洞洞的塑料袋，里面可以装任何东西，却又毫无个性和主旨。时至今日，政治领域的“屁民”主义、文化领域的傻乐主义、社会领域的反智主义，构造了对于“青年想象”的三种力量。而今日之“青年”，也不再被作为社会运动的想象共同体来塑造，而是配合消费的想象共同体而创生。当他们面对个人的生存问题的时候，他们比以前任何一个时代的青年人都表现得中年化，人情练达、踌躇满志；当他们面对社会的变革课题的时候，他们又比任何人都富有“恶”的想象力，污言秽语、桀骜不驯；当他们恋爱的时候，深深懂得门第家族、拼爹；当他们走进影院的时候，却能够装傻充愣、卖萌扮嫩……中年化、低幼化与市侩化，这正是当前“青年”“青春”的三张面孔[②]。

也正因如此，我用“青春恋物癖”来描述今天青春文化的生产逻辑。而这正是青春片新怀旧美学的关键性症候：这种症候，不是“你是电你是光你是唯一的神话”的激情，而是除非沉浸

---

① 朱自清：《论青年》，《中学生》1944 年第 78 期。

② 周志强：《我们失去了“青年”》，《社会观察》2012 年第 5 期。

在青春爱情的狂想之中，否则就再也没有能力想象自己和未来的困境。青春新怀旧文化的意义，正是在于给消失了多重意义生产力的一代人创造宏大意义幻觉的精神鸦片，用以治疗只懂得功利主义生活逻辑的人们的心灵之痒。

在这样的背景下，不难发现这几年青春片的怀旧风的美学政治内涵了：创造宏大意义的幻觉。而正是"卑恋"可以构造这种幻觉。如果说此前的青春怀旧之卑恋，乃是呈现对当下生活的否定性冲动的话，那么，青春片的新怀旧，则用卑恋来给苍白单一的成长填补曲折多姿的历史。从《那些年我们一起追过的女孩》(2011)到《致我们终将逝去的青春》(2013)，从《匆匆那年》(2014)到《万物生长》(2015)……中国第一批独生子女在初恋的怀念中宣告长大。而当他们怀旧的时候，却让我们看到了无所怀念的空疏。全部生命的历史，无论怎样追问和重建，都是操场、教室、啤酒和床。除了身边落叶证明岁月的老去，这一代人再也找不到什么来证明自己曾经活过的意义。

不妨说，卑恋式怀旧是这一代人不得不经历的成长想象。如果没有这个想象，也就没有长大成人的记忆，也就缺乏窥视未来的勇气。

事实上，在此前的怀旧中，卑恋乃是一种结构性的怀旧逻辑，而在今天的青春片中，卑恋则只能成为爱情故事。只有借助于轰轰烈烈的卑恋历程，才能产生对青春的祭奠。简单说，没有卑恋这种变形扭曲的青春故事，如何区分呆板的一生呢？努力把爱情青春演义为千奇百怪的不同故事，让情感变成主宰成长的动力，这就是青春片新怀旧美学的故事逻辑。

卑恋式怀旧可以归纳为三种形式：第一种，"卑恋启蒙型"：一种意义循环的怀旧故事，用以掩盖当下由工作主导的生活方式的单一苍白。在《致我们终将逝去的青春》中，女主人公郑微苦恋陈孝正。正是这种苦恋，创生一个任性使情、狂放不羁的青春少女形象。而陈孝正的穷苦出身与理性苦学，被画成一张冷酷无情的利己主义面孔。在这里，只有偏执而疯狂的爱情，才是照亮暗淡无光的青春岁月的"红日"。有趣的是，一旦郑微走向工作岗位,其表现出来的冷静精明,并不亚于当年的陈孝正。而正因如此,郑微在情感上不再回到陈孝正的身边,却在生活的理念上与陈孝正保持了同步。于是,电影的结尾是一大段的独白,显示郑微最终仍旧清醒地追逐真正的爱情。通过卑恋的青春,明晰未来的道路:“我们应该惭愧,我们都爱自己胜过爱爱情。现在我知道,其实爱一个人应该像爱祖国、山川、河流。”换言之,郑微的成长记忆,并不是失去爱情的青春,而是青春虽然消失了,可是青春时代对爱情的真诚会一直主导自己的未来。这是在卑恋怀旧中建构未来的生活理念的模式。一方面是阮莞为了与旧日恋人最后一次一起听演唱会而死去的“傻”;另一方面,却通过死亡的震撼告知自己和观众,戛然而止的爱情青春与毫无意义的终其一生,哪一个更有意义。

显然,这是一个用怀旧来启蒙自我的故事。经历了卑恋的折磨,更执着于真正的爱情,人生由狂乱的爱情痴迷转向冷静的爱情期待——归根到底,爱情令我们延续了青春,并可以从此脚踏实地地活下去。

在这里,《致我们终将逝去的青春》显示出这样一种焦虑:人是受其所生活的社会空间左右的,但是,爱情可以战胜这种左右自己的空间规定性。

第二种,“卑恋震撼型”:一种成长仪式的怀旧故事,用以抗拒个人历史和未来的毫无悬念。《匆匆那年》这部电影致力于创造“悬念”。一位“90后”的访问者,追问几位长大成人的“80后”,“你们当年发生了什么?”而“80后”们则在这个追问面前躲躲闪闪不知所措,仿佛他们经历了波澜起伏而诡异莫测的宏大历史事件。而这个情节却构成了一个反讽的寓言:这几位“80后”的青春故事,在摇摆镜头和浅焦镜头的映衬下,显得神秘而复杂;而谜底揭开时,却发现,这个令人感到重大而深刻的青春往事,不过就是“劈腿、堕胎和打架”的爱情故事。背叛、自残与报复,正是电影的“核心事件”。将一部电影的全部悬念盘算出来,也不过是“年轻时候不懂事,错过了爱过的人”。这种“口香糖思想”——被各种大众媒体反复咀嚼的“悲伤鸡汤”——就构造了整个一代人的"苦难感"。

在这里，青春片的怀旧面临的正是无所怀旧的空疏。于是，对于苦难感的强调，代替了对于青春英雄感的书写。卑恋，乃是全部人生过程中最严重的事件，也就自然成为震撼一生的仪式。为了证明自己曾经有过正常的历史，就创造了"卑恋"这种不正常的爱情故事；为了证明自己现在是正常的社会人，就躲躲闪闪而又欲言又止地暗示自己曾经怎样的不正常——这吊诡的文化逻辑，正是青春新怀旧的一种美学逻辑。

有趣的是，卑恋震撼意味着青春时期获得的爱情经验乃是作为终生经验来缅怀和祭奠的。站在树下看到刻在年轮外的名字，将会是这一生最为神圣的景观。电影在结尾用了大量 MTV 镜头，将青春的爱情定格为一代人升华了的精神意识。这暗示我们说，在如此深挚而惊颠的爱情之中，还有什么意义值得去想去思考呢？

卑恋震惊的意义在于，时间虽然可以改变，但是，爱情的经历铸造了超越时间的自我。

第三种，"卑恋返魅型"：一种去繁就简的怀旧故事，用以抗拒复杂社会的欲望焦虑。李玉的《万物生长》(2015)一改她过去迷恋隐喻性镜头的风格，使用了适合青春片的故事简明、意义清晰的镜头语言。这是关于爱情与欲望的故事。秋水放弃小满，被柳青"吸引"——李玉赋予青春一种情感神话的色彩：只要是真挚的情感，就会自由生长；而只有在青春的情感池塘里面放纵遨游，才会遭遇真的人生和爱情。影片制造出强烈的舞台效果，让秋水和柳青的相爱动荡不安又情不自禁。摇晃的镜头、暗红而压抑的色温以及浓重的呼吸声，呈现了秋水和柳青在一起时内心世界的强烈欲望；而秋水和小满在一起的时候，李玉却使用自然光和生活场景，给人庸常琐碎的感觉。激情和温情，性爱和情爱，在这里鲜明两分，编织一个青春期的欲望焦虑故事。

电影尾声，柳青流着泪表达了自己对爱情的执着：这一辈子只喜欢过这么一个人，我要用尽我的万种风情，让他在将来任何不和我在一起的时候，内心无法安宁。在这里，李玉赋予欲望性爱一种女性主义的话语魅力：女性对这个男权社会的怨念，根源于男人们不断接受诱惑的性爱与女性执着于情感的情爱的矛盾。也正是经由这番话，男性主人公受到了巨大震撼，并由此实现了将欲望性爱暗中置换为爱情的心路历程。

事实上，《万物生长》乃是用女性主义的情感原则抵抗男权社会的欲望原则的电影。而在结尾，电影中的人物各安其所，且经由青春的卑恋，领悟到生活的欲望简化、回归家庭和简单生活的道理。秋水也和柳青再次相遇，并永恒相爱。

显然，这部电影的故事鼓吹，在复杂社会条件下，人应该重新发现简约生活的情感魅力，也就能在心理层面上重新找到情感的风采。

总而言之，人的生活无外乎存在于空间、时间和心理三个领域，而三种卑恋怀旧恰好构造了用情感来重建人生三大领域之意义的无意识。“卑恋启蒙”创造人战胜空间制约的幻觉，即，人可以通过情感来逃避社会的丛林规则；“卑恋震撼”创造岁月无法抹掉生命印记的幻觉，即，人所经历的青春能够抗拒毫无意义的单调未来；“卑恋永恒”创造人能克制内心欲望的幻觉，即，坚持简约生活就能克服世界对内心的纷扰。

不妨说，青春片通过卑恋怀旧，竟然可以成为一种“当代社会的情感改造工程”。当青春丧失其历史与现实的社会内涵的时候，竟然覆手成为鼓吹“青春就是一场创造未来的爱情神话”的文化政治美学。

在这里，“青春新怀旧”不过是迷恋当下、眷恋自我的伪装形式，即伪装成过去已经发生过并且赋予当下以充实意义的故事。说到底，“青春新怀旧”不是真的在怀旧过去，而是在装饰当下；不是为了怀念青春而想象校园，而是怀念当下而想象青春，是一种“正在发生着的过去”。从这个角度说，青春新怀旧构成了今天中国社会文化自恋主义型文化的核心逻辑。在现代社会中，自恋不仅仅是指向自我形象的想象性行为，还包含一种切断时间的努力：长久地留驻在一个特定的细节、物品或者形象上，构造一种典型的自恋主义情怀。在这里，自恋呈现出对未来和过去同时拒绝的态势[1]。作为一种社会态度，自恋指向一种虚假的永恒冲动，驻足在一个时间或者事物的片刻，并以这个片刻作为"抵制"变化（未来）的方式。青春新怀旧的自恋，作为一种文化逻辑，就是对"我"在"当下"的意义的极端讨要：不断地生产一个个富有生产性的意义片刻，并制造这种"片刻即永恒"的浪漫，这是自恋主义文化的典型特点——搜肠刮肚地在自己的肚脐眼四周找寻别人感兴趣的历史，不正是青春新怀旧美学卑恋情结的全部内涵吗？[2]

青春文化的"多语性失语症"

然而，越是执着于情感的千姿百态，就越是显示出生活想象力的苍白单调；同样，越是处在单调苍白的生活意义之中，就越是具有强烈的情感偏执狂的诉求。青春片的浪漫激情与匮乏波西米亚气质的具体的人之间的张力，正是青春片新怀旧所面对的美学裂痕。

于是，说的欲望占据了青春片生产的时代，而说来说去其实无所说的困境，构造了一种奇特的青春失语。这让我有理由用"多语性失语症"来描绘这个时代青春文化的窘态。即因为匮乏文化叙事的意义，就反复地强化生产一种意义，使之成为一个不可怀疑的"神话"或者"常识"，并由此确立活的意义。

与多语性失语症相对的，则不妨称之为"禁语性失语症"，即因为担心主流价值受到威胁，就遏制其他类型的话语，只允许言说一种意义。在这里，多语性失语症和禁语性失语症都是只言说一种意义，但是，前者是"只有一种意义说"，后者是"只能说一种意义"。

正是在这个意义上，青春片的卑恋怀旧，乃是因为没有其他

---

① ［美］克里斯托弗·拉什：《自恋主义文化——心理危机时代的美国生活》，陈红雯、吕明译，第4—5页。

② 周志强：《青春片的新怀旧美学》。

意义言说，就只能也恰好生产爱情神话。爱情，由此成为利己主义时代同质化生活的可靠信仰。这种“情感偏执狂”现象，不是禁止了其他意义言说的权利，而是因为其他意义的言说丧失了现实基础，变得没有了听者，也就丧失了可能性。

在这里，青春片的意义困境，正是当今文化生产的总体症候。不断强化的资本机制和日益科层化的意识，造就了当前中国社会的单向度趋势。政治、经济、文化三大领域，呈现出统一性的“发展论”诉求。而“发展论”的核心乃是物质社会的进步，与之相应，有利可图变成活着的根本性指标。在这个总体性的历史意识的召唤下，人们生活的每个细节都渗透了对利益和好处的搜寻。这种单一化的主张，造就了同质化生活的逻辑。结婚生子与工作养家，乃是活得更好的两种基本方式。一眼望到老的生活，造就了没有新的未来的心灵想象；而一旦看穿了当下活着的单一和同质，也就立刻不再相信创造性生活的意义。沿着这个逻辑来看，爱情已经变成了庸常生活里唯一包含了另一种可能性的形式。

想象爱情，就是为了给没有传奇的时代创造传奇，给没有变化的未来蒙上神秘悬念的方式。伊格尔顿认为，当生活的否定性力量消失，一种不再相信有另一种未来的信念，造就了只能困在当下生活中的状况，“从现在起，未来只会像现在一样，或者，如某个充满文采的后现代主义者所言，未来不过是‘有着更多选项的当下’”[①]。而如果我们再相信未来的新世界和新社会形态，那么，我们就无法找到通向丰富变化的当下选项。这就为阐释青春片千篇一律的个性找到了历史语境：如果未来不过就是换了酒瓶的当下，那么，反复强化过去岁月的不同（卑恋），也就能够为当下找到一点不同寻常的意义了吧？

所以，卑恋怀旧并不是这个时代的唯一症候，却是典型症候。这种症候的背后，是日渐锁入物化意识的意义匮乏和由此

① [英]泰瑞·伊格顿（大陆翻译为“特里·伊格尔顿”）：《散步在华尔街的马克思》，李尚远译，台北：商周出版社 2012 年，第 24、28 页。

滋生疯长的创造意识的焦虑。也正因如此，不仅仅《我们结婚吧》在鼓吹爱情变化的悬念，《中国好声音》在演绎爱情的悲苦喜乐，就连《奔跑吧兄弟》也要强调爱情化的团队["伐木累"(family)]，或者干脆直接强调爱情。当爱成为信仰，恰是多语性失语症泛滥的时刻。

有趣的是，这种情感偏执狂主导下的多语性失语症，其接近完美或说曼妙的形式，正是"怀旧"。当言说自己生活未来的可能性变得狭窄，那么，想象过去就变得丰富多彩；反之，怀旧的青春丰富多彩，也就只能通过强化爱情的传奇才能实现现实的存在感。罗大佑说这是一个"告别的年代"，他却不知道，这个所谓"告别的年代"乃是因为人们没有能力寄送激情于未来。就像毕业的大学生不再相信好儿女志在四方，消失了创造未来的兴趣，只能通过哭泣青春的流逝来证明此刻的生存；当下的人们也只能在重新想象自己的历史的时候，才能获得自我的主体感。按照本雅明的说法，这里只有最后一瞥之恋，而没有一见钟情[①]。青春片的新怀旧也就自然成为本雅明所提到的可以制造出主人幻觉的"天鹅绒"。操场、黑板、自行车与篮球，白桦树底下的拥抱与永远不再来的爱情，这一切都不过是在毫无现实感的地方表达留住现实的欲望符号；而无论怎样怀旧，青春片的美学政治都也只能是用疯狂的言说来掩盖无话可说的窘境的独特形式。

---

① 参见[德]瓦尔特·本雅明：《巴黎，19世纪的首都》，刘北成译，第212页。

事件的寓言：“疯狂理性”

第一章　涨满情感的无情者

《你的名字》中的"零度主体"

《你的名字》(2016)于北京时间2016年12月2日在中国大陆上映。作为一部二次元电影,其中国观众集中在具有动漫阅读习惯的青年群体。即使这样,这部电影的票房也达到了5.77亿。这个成绩毫无疑问是日本电影在中国大陆电影市场的最好的成绩,超越了《哆啦A梦》(2015)——这部电影在中国大陆积累了十几年的电视观众,也拿到5.3亿的票房成绩。2017年8月26日零点《你的名字》于中国大陆的PPTV、哔哩哔哩、爱奇艺、优酷网首播。观众对它的评价空前走高:豆瓣评分一时之间达到了9分以上;猫眼电影则达到9.8分。在欧美大片日益受追捧的背景下,日本电影《你的名字》的热映,值得关注和思考。

我们为此曾做过一个与电影有关的问卷调查[①]。观看过该影片的人中,随机接受问卷调研的人数294人。其中,男性占总人数的29.93%,女性占70.07%。

接近三分之二的受调查者处在18—25周岁之间。一方面,这可能是因为问卷的调研对象以学生族群为核心;另一方面,也能隐约观察出对于这部电影感兴趣的族群年龄。

接受调研的人群的审美倾向可以显示这部电影的一个有趣的现象:它是以"普通电影"的身份进入中国电影消费视野的,而并非像此前的宫崎骏电影那样,具有定向吸引观众的特色。

---

① 感谢我的硕士生周思妤、宋敏的辛苦劳动!她们不仅悉心制作了问卷,还进行了充分的网络调研与发布。

调研显示，这部电影将近一半的观看者，包括我本人在内，并非日本电影的特别爱好者。调研结果，只有13.95%的观众属于平时喜欢看日本电影的人群，而绝大多数观众都是电影的“基础观众”，即把电影作为一种日常生活伴随性文化消费品类，而非通过特定电影趣味的消费标榜其个性。

由此可以说，《你的名字》吸引了没有文艺片或爱情片特别爱好倾向的普通“知识大众”[①]，成为经验型知识大众的消费符号。

我认为，知识大众可以粗略地分为“经验型知识大众”和“精英型知识大众”。所谓精英型知识大众，如高校的知识分子或从事文化工作的知识分子等，他们理解世界的方式不是凭借自己的经验或者感受，而是更多地凭借自身所受的专业训练或者所获得的理论知识。与之不同，经验型知识大众看待世界的模式往往通过经验的交换实现——这有点类似于利斯曼所说的“他人引导型的性格”。他们总是经由意义的交互式生产来确定自己的生活标准，生成自己的思想。观看明星的访谈以暗中确立良好生活的标准，在广告中确立自己的消费定位，阅读大量杂志来构建自己的思想，借助周刊去了解世界[②]。

所以，对于经验型的知识大众来说，“看电影”是一种常备的生活事件，关键不在于什么类型的电影，而在于看值得看的电影。早在20世纪80年代，日本电影曾经担当过这种职能，即作为一种具有生活指导性质的符号而被消费；而随着欧美影视文化的大量进入，日本动漫影视文化逐渐变成一种单向性意义的产品，即成年之前的幻想性产品，它仅供满足未成年人的娱乐需求。相对来说，《你的名字》则是一次值得一提的“转变”：日本

---

① 从1977年恢复高考以来，中国高校生产大众知识分子的总量已达巨大规模。大量受过良好教育的普通公民形成了中国的“知识大众”。我粗略统计，受过高中以上教育的人口，2008年时，占城市总人口的1/8左右。近十年，每年以保守的七百万计算，则又增加了近七千万。数量庞大的知识大众，无疑构造了中国社会巨大的文化消费市场。

② 周志强：《微时代的伦理退化症》，《探索与争鸣》2017年第7期。

电影似乎再次具有成为全民电影的可能性。

这也就引申出一个问题，《你的名字》蕴含了怎样的内容和创生了怎样的表达逻辑，才有助于其超越人们对"日本动漫"的刻板印象，创造提供意义感的文本呢？

《你的名字》给中国观众带来了什么？

通过调研，我们发现，人们对于《你的名字》的观影体验并不是热情澎湃或者情感涌动的，这似乎与电影所追求的感染力不太吻合。

首先，观看这部电影的年轻人中，有一多半是经常或者喜欢看日本动漫的族群。但是，观影者对这部电影的观感与他们对这部电影的评价明显有脱节。电影播放之初，豆瓣评分高达9分，但是，经过了一年的沉淀，目前降到了8.5分。在294名接受调查的人们中，观看两遍的人数只占18.03%，而三遍或以上的仅有6.46%，这说明，绝大多数观众没有呈现出明显的反复观看、涵咏电影深沉内涵的欲望。

相应的，对于"您看电影时候的心情"这个问题，44.22%的人回答竟然是"平淡"；承认激动的只有14.97%。

然而，却有高达74.49%的人认为，这部电影是因为其美术风格而具有吸引力的。同时，也有63.95%的人从电影的故事中感受魅力；还有32.65%的人认为其配乐有吸引力。

这个数字可以说明一个有趣的现象：这部电影的形式如同它的故事一样，创造了一种"断裂"。

在故事中，"彗星撞地球"这个突发性的"事件"(EVENT)，一种所谓的"超出了原因的结果"[①]，把顺理成章的生活搞得异象环生。事件中总是充满了各种意外的突发状况，一方面，它在打断历史，另一方面，又在创生历史。故事中的"事件"极大地激

---

① [斯洛文]斯拉沃热·齐泽克：《事件》，王师译，上海：上海文艺出版社2016年，第6页。

活了男主人公直面“实在界”(the Real)的热情,令其努力在“到处是生活却没有意义”(life without meanings)的状况中去努力创造意义。在此,“彗星”变成了一个纯粹的实在界之物(the Real Thing),它是我们全部的生活之外的陌生闯入者,并且毫无征兆地将一切日常生活变成危机四伏的事件。

在这里,“事件”乃是对于新的可能性的创造,因为“事件”是一种绝对性差异的“独体”,而与“整体”毫无关系——或者说根本就不存在黑格尔意义上的“整体”[①]。作为事件的“彗星撞地球”,因其可以瞬间突发并毫无关联地将历史切断为两个进程,所以,就成为一种“否定物”;而这个“否定物”所激活的抗争的勇气和想象,却又是当下社会人们顺理成章的“故事”——因为“彗星撞地球”的可怕事件,必然就创造出对于这种可怕事件的抵抗性冲动。于是,这部电影的“故事”就变成了对于“事件”的对抗幻想。

这种幻想自然而然地体现在两个方面。一个是美丽奇异的爱情故事——立花泷终于挽救了爱人宫水三叶的性命,从而改变了“彗星撞地球”的否定性,即用“情感故事”毫无悬念地实现了“事件”的转换,重建了历史意义——事件变成了创生新历史的原点。另一个则是自始至终美轮美奂的美术画面。作为CG艺术家的导演新海诚,其所打造的动漫二次元的唯美主义风格,满足了中国青年观众对于日本动漫作品的一贯期待。与此同时,立花泷(事实上其形象又是宫水三叶)对于“彗星撞地球”的抗争完全是幻想性的,那么,电影唯美的美术风格则配合了这种幻想性。如果说故事中人物在对抗打断历史的“事件”的话,影片画面也在对抗这个“事件”——如此唯美华丽的影像,暗示观众只要曾经活过并经历过胜景,就不用恐惧毁灭。

在这里,无论是故事还是画面,都凸显出了这样的倾向:情感经验的主体才是这个世界的真理。电影中,正是两个人物的

---

① [法]阿兰·巴迪欧、[斯洛文]斯拉沃热·齐泽克:《当下的哲学》,蓝江、吴冠军译,北京:中央编译出版社2017年,第21—23页。

情感连接，改变了事件的冰冷；而唯美的画面同样也在创造这种情感经验的主体：不用想太多，享受这旅游观光式的体验吧！

有趣的是，我们看到这样一个调研结果：对于"这部电影吸引您的地方是什么"这个问题（多选题），63.95%的人选择了"故事"，74.49%的人选择了"美术风格"。也就是说，这部电影的吸引力排第一的是其与故事"断裂"的画面风格：本应该是惨烈的"事件"，却变成了电影中壮观的景象；排第二的则是这个虚幻的穿越故事，虽然它看起来毫无道理和可能，但是，却形成了一种超越城乡（空间）、生死（时间）和灵肉隔阂的幻觉。

事实上，"隔阂"本身已经暴露了现代人生活的基本"事件"：每个人对于他人来说，都是一个陌生的"事件"；而我们共存于美丽人间，共享美好感情，"事件"的"断裂"就被我们填平了。

这也就很好地解释了电影为什么是以"平静"的方式满足了观众，因为这部电影的魅力来自于故事拯救历史的一贯愿望，而唯美的画风则极大地掩盖"事件"的毁灭性内涵。简单说，这部电影的魅力不在于激情如何被释放，而在于暗中令观众静静体会生活的永恒，一种什么都不会真的改变的幻觉。

主体的"事件"寓言

最后，我们再来看一个数据。调研中我们发现，绝大多数观众（94.9%）竟然一致性地把"喜欢的情节"集中在三处：

1. 男主去寻找女主发现时间线差异；
2. 男女主在陨石坑边的逆时空相遇；
3. 男女主最后长梯上的相遇。

电影中的这三个节点竟然规律性地构造了一则关于"后创伤主体"（post-traumatic subject）的寓言。"发现时间线差异"乃是整部电影从日常性故事转向超常性故事的节点，也是开始埋葬日常生活理性的开端；而"陨石坑边相遇"则是完全把日常生活理性至于无意义状态的时刻，而疯狂的情感行动在这里滋生丰富的意义；然后则是"长梯相遇"，疯狂主体重新回归到日常生活的状态，从而完成日常情感经验的复活。

显然，这部电影在用一种“主体的疯狂”去抵制“日常生活的疯狂”。布莱希特曾用戏剧性的方式说过：“与建银行相比，抢银行算什么。与理性本身的疯狂相比，丧失理性的疯狂算什么。”建银行的疯狂，乃是一种理性的疯狂，即用极端理性的方式保障剥夺之合法性的疯狂；而“丧失理性”这种“疯狂”，却反而可以重新唤起作为人——一种天然具有抗拒成为“主体”的要求的生命形式——的活着的意义。

按照这个思路，不妨说，《你的名字》提供的正是这样一种“疯狂”：灵肉的疯狂错位、城乡的疯狂换位、灾难的疯狂拯救以及爱情的疯狂相遇……在 Lars von Trier 的电影 *Melancholia*（《忧郁症》，2011）中，“彗星撞地球”这个看似同样“疯狂”的事件却丝毫不疯狂，因为彗星最终彻底破坏了世界的象征界秩序，把人类带入了死亡[①]。但是，《你的名字》却把这个事件变成了重新创造“主体历史”的方式：“有时我们需要整个世界的毁灭，才能创造一对情侣”[②]。

这种状况同样可以在张爱玲的小说《倾城之恋》(1943)中看到。范柳原和白流苏相隔着不同的“事件”：范柳原需要爱情，白流苏需要体面地再嫁一次，而香港的倾颓成就了这一对原本相互猜忌的情侣。张爱玲在小说的结尾把“日常生活的理性”看作是一种“建银行的疯狂”，白流苏在日常生活中得到的，却是她全部活的意义的损减和丧失。而《你的名字》则有巨大的不同：无论是立花泷还是宫水三叶，作为交互使用肉体的个体，都可以看作是“彗星事件”的幸存者，即“后创伤主体”；但是，不同的是，他们通过震撼性“断裂”，却创造出一种“拥抱日常生活理性”的结局——我们似乎再次为这部电影的接受心境“平静”——找到了理由：经过一系列“事件”，电影让“什么也没发生”（我们的真实生活）变成了“仿佛发生了什么”（我们的想象界生活）的充满

---

① ［斯洛文］斯拉沃热·齐泽克：《事件》，王师译，第 20 页。

② 同上。

意义的故事(在电影中,这个循环,也可以看作是男主人公的成长仪式)。

也正是在这里,《你的名字》的"平静",隐约指向一个"零度主体"(zero-level subject),即看似情感饱满却同质单一的"大写的人"。简单说,"涨满了情感的无情者",即"只有轰轰烈烈的激情和冲动才是情感的真谛",也就辩证地说明,我们已经在日常生活中丧失了产生丰富情感的能力。

总而言之,《你的名字》不仅在中国获得了很好的票房和口碑,还隐含了当下中国社会青年人的一种"伦理退化症"[①]的症候。当人们无法建构社会性的珍视的价值的时候,就退回到童年时代温情脉脉的伦理关系想象中来构建人生的价值和意义,这自然造就了"家庭化伦理崇拜"的生产泛滥。因为找不到可以为自己的生活生产意义的价值体系,就只好退回到伦理甚至血缘关系的层面上构建生活和文化的意义。各种各样关于爱情神话的想象,对于家庭意义的过多叙事,对于夫妻关系与感恩情怀的强调,以及无限夸大的母爱……从这个意义上说,《你的名字》的中国热映,内在地与这样一种"情感偏执狂"抗拒"理性偏执狂"的无意识冲动紧密相关;而只有空荡荡的唯美与格式化的爱情故事,才会让大家安于生活而不再反思人生。

---

① 关于"退化"(regression)症候,前文已有较为详细的阐述,具体参见本书"认知的寓言:'声音释物教'"一篇第二章(147 页注①)。

附:《你的名字》评价调查问卷

《〈你的名字〉评价调查问卷》发放于2017年12月10日,截至2017年12月24日,共收到294份有效答卷。

问卷发放的主要对象为在校大学生、研究生,根据问卷统计,调查对象年龄主要集中在18—25岁,占填写问卷总人数的68.71%。

第1题 您的性别是?[单选]

选项	小计	比例
男	88	29.93%
女	206	70.07%
本题有效填写人次	294	

第2题 您的年龄是?[单选]

选项	小计	比例
18岁以下	28	9.52%
18—25岁	202	68.71%
25—30岁	33	11.22%
30岁以上	31	10.54%
本题有效填写人次	294	

第 3 题　您目前的身份是？［单选］

选项	小计	比例
学生（大学以下）	31	10.54%
大学生/研究生（文科在读）	121	41.16%
大学生/研究生（理科在读）	40	13.61%
大学生/研究生（艺术在读）	23	7.82%
社会人	79	26.87%
本题有效填写人次	294	

第 4 题　您平时喜欢看电影么？［单选］

选项	小计	比例
非常喜欢	111	37.76%
比较喜欢	119	40.48%
一般	62	21.09%
不太喜欢	1	0.34%
基本不看	1	0.34%
本题有效填写人次	294	

第 5 题　您喜欢哪种类型的电影？[多选]

选项	小计	比例
恐怖片	47	16.1%
搞笑片	169	57.88%
文艺片	177	60.62%
科幻片	157	53.77%
纪录片	119	40.75%
战争片	76	26.03%
动作片	117	40.07%
爱情片	146	50%
其他	26	8.9%
本题有效填写人次	292	

第 6 题　您喜欢看哪个国家或地区的电影？[多选]

选项	小计	比例
欧美	8	2.72%
韩国	60	20.41%
日本	41	13.95%
国产	38	12.93%
港台	48	16.33%
都看	146	49.66%
其他	23	7.82%
本题有效填写人次	294	

第7题　您有没有看日本动漫的习惯？[单选]

选项	小计	比例
有	181	61.56%
没有	113	38.44%
本题有效填写人次	294	

第8题　您平时常看哪些类型的动漫？[多选]

选项	小计	比例
宫斗	14	7.73%
热血	97	53.59%
搞笑	91	50.28%
日常	73	40.33%
玛丽苏	11	6.08%
治愈	86	47.51%
致郁	34	18.78%
人设好看就看	52	28.73%
剧情好看就看	119	65.75%
全靠吃安利	32	17.68%
不一定	27	14.92%
本题有效填写人次	181	

第 9 题　您为什么去看这部电影[单选]

选项	小计	比例
早就关注了	98	33.33%
朋友推荐	72	24.49%
微博安利	68	23.13%
碰巧	44	14.97%
自己没兴趣 陪别人看	12	4.08%
本题有效填写人次	294	

第 10 题　您同谁一起观看的这部电影？[单选]

选项	小计	比例
独自	135	45.92%
朋友	102	34.69%
男/女朋友	45	15.31%
家人	12	4.08%
本题有效填写人次	294	

第11题 这部电影您看了几遍?[单选]

选项	小计	比例
一遍	222	75.51%
两遍	53	18.03%
三遍或以上	19	6.46%
本题有效填写人次	294	

第12题 您在哪里观看的这部电影?[单选]

选项	小计	比例
电影院	141	47.96%
手机	52	17.69%
电脑	82	27.89%
其他	19	6.46%
本题有效填写人次	294	

第 13 题　您对这部电影的评价是？[单选]

选项	小计	比例
太棒了	41	13.95%
挺好的	182	61.9%
一般吧	64	21.77%
不太好	6	2.04%
垃圾	1	0.34%
本题有效填写人次	294	

第 14 题　您在看电影时候的心情是？[单选]

选项	小计	比例
激动	44	14.97%
平淡	130	44.22%
怀旧	47	15.99%
犯困	10	3.4%
哀伤	40	13.61%
其他	23	7.82%
本题有效填写人次	294	

第 15 题　这部电影最吸引您的地方是？[多选]（最多选择三项）

选项	小计	比例
故事情节	188	63.95%
人物魅力	60	20.41%
声优	25	8.5%
新海诚	89	30.27%
美术风格	219	74.49%
演出效果	55	18.71%
音乐	96	32.65%
其他	8	2.72%
本题有效填写人次	294	

第 16 题　您最喜欢的一段情节是？[单选]

选项	小计	比例
男主去寻找女主发现时间线差异	62	21.09%
男女主在陨石坑边的逆时空相遇	139	47.28%
男女主最后长梯上的相遇	78	26.53%
其他	15	5.1%
本题有效填写人次	294	

第 17 题　您是否知道最近将要上映的日本动画电影《升起的烟花，从下面看？还是从侧面看？》(《烟花》)？[单选]

选项	小计	比例
期待已久	23	7.82%
听说过	145	49.32%
完全没听过	126	42.86%
本题有效填写人次	294	

第 18 题　您认为《你的名字》这部影片属于什么类型？[多选]

选项	小计	比例
青春片	178	60.54%
纯爱片	158	53.74%
奇幻片	86	29.25%
冒险片	17	5.78%
剧情片	71	24.15%
文艺片	92	31.29%
伦理片	6	2.04%
励志片	15	5.1%
本题有效填写人次	294	

第19题　日本很多人认为《你的名字》是日本近年最出色的电影，甚至超越了黑泽明，请问您对此观点持何种看法？[单选]

选项	小计	比例
认同	30	10.2%
不认同	163	55.44%
黑泽明是谁	101	34.35%
本题有效填写人次	294	

第二章　街头景观与“疯狂理性”

定义“街头”(street)比我们想象的要麻烦，而“街头景观”这个概念也不像我们习以为常的那么简单。

首先，并没有一个可以清晰限定的地理空间可以称之为“街头”，一般来说。由建筑物夹道而成并且有各色市民流动的公共空间，才可以算得上是“街头”。其次，也不能认为任何街道都可以称之为“街头”，在习惯性的用法中，“街头”指的是一个地方——一般是城镇——具有标志性意义的空间，它常常由该地方带有检索性功能的建筑物或者历史事件共同构成。所以，“街头”的含义，带有强烈的想象性色彩——在我的家乡山东省滨州市流钟乡，各村的人们坚持把去乡政府所在地称之为“上街”。再次，“街头”还与一定的族群聚集方式紧密相关。在天津，回族聚集区的街头与汉族聚集区的街头不论多么接近，却依旧可以清晰地区分成两个地区——天津北辰区著名的“天穆街”，尽管到20世纪80年代才划归“天穆镇”，但是，作为一个“街头”，同一个族群的人们聚集一起的方式一直传承，行政区划似乎对它没有什么具体的影响。

所以，我们几乎无法用学院派的方式严格定义“街头”：它是地理位置和人们习以为常的行为结合一定的历史文化传统形成的空间；与其说它指的是一个个具体地理位置，毋宁说它指向的是一种特定生活方式里的“空间观念”或“位置感”。

任何街头，都必须内含着“景观”，因为单纯的地理无法形成街头，而只有提供视觉指向性的空间，才可能成为“街头”。从这个意义上说，“街头”是借助于视觉规则确立起活动空间感和行为秩序的地方。人们通过一系列的观看，最终把特定的空间“默认”为“街头”。不妨说，“街头＝街头景观”。

但是，我说“街头景观”，并不全部使用“景观”一词的西语含义。Spectacle，景观、奇观，出自拉丁文 spectae 和 specere，意思是观看、被看。使用"景观"这个中文词进行翻译，可以体现出 spectacle 这个概念所指称的事物不为主体所动的那种静观性质；使用"奇观"，则可以体现出这个概念引发关注、引人迷恋的特性。二者意义相结合，意在说明现代都市的奇异景象：都市既是被展示的视觉对象，又是客观的、物化的现实[①]。然而，在早期的街头，这种物化现实的"奇观"含义并未凸显，"街头景观"更多地指那些带有地理标志性意义的处所或者建筑。所以，有学者更愿意把"街头"与"社""邻"等概念联系在一起进行考察，尤其是"社"，在古代，它指的是祭祀土地（神）的地方[②]，所以，寺庙神社往往构造早期街头的聚集模式。交通的发展，也同样形成街头。客舍酒店，驿站署衙，都会促成街头的发生。但是，街头的观看性并没有完全形成"奇观化"的景象。在这里，"街头"乃是一种人们极其熟悉的空间，不属于社区活动领域的元素，被隔离了出去。时至今日，"街头"蕴含复杂多样的文化元素，唯独把"熟悉感"驱逐，从而才真正令"街头景观"变成符合景观文化研究话语中的"景观"内涵。

简言之，一方面，所谓"街头"，本身就是因为特定的景观而成为街头的；另一方面，严格意义上的"街头景观"却是现代社会背景里因为资本主义的精神文化的浸染而令"街头幻象化"的后果。吊诡地说，街头景观乃是街头本身，却也同时湮没街头。本文考察"街头文化景观"，尝试从街头景观的政治编码角度，分析街头的发现及其象征化的内涵，反思街头上发生的私人生活的自由幻觉与社会文化霸权暗中控制街头的基本状况。街头从形成到繁荣，也竟然是从被发现到"被去街头化"，逐渐丧失其场所认同内涵的过程。在今天，"街头景观"正在表现出一种"到处是生活，却没有意义"(life without meaning)

---

① 相关资料可以参见[法]居伊·德波：《景观社会》，王昭凤译；[美]道格拉斯·凯尔纳：《媒体奇观：当代美国社会文化透视》，史安斌译。

② [美]王笛：《街头文化——成都公共空间、下层民众与地方政治，1870—1930》，李德英、谢继华、邓丽译，北京：中国人民大学出版社 2006 年，第 13 页。

的状况。

街头景观惊现

“街头”当然是中国传统社会生活方式的集中体现之地。“街头巷尾民间艺人的表演、集体的庆祝仪式、下层民众在街头谋生的方法等，那些与街头有直接关系的店铺、茶馆和其他场所”，王笛认为，社会精英与下层民众在街头争夺，形成了底层对精英的对抗[①]。但是，这种朴素社区社会，在遭遇了现代街头文化的冲击之后，很快就丧失其存在的合法性。在1933年的《子夜》这部小说的开头，茅盾这样描写了上海的街头：

> ……风吹来外滩公园里的音乐，却只有那炒豆似的铜鼓声最分明，也最叫人兴奋。暮霭挟着薄雾笼罩了外白渡桥的高耸的钢架，电车驶过时，这钢架下横空架挂的电车线时时爆发出几朵碧绿的火花。从桥上向东望，可以看见浦东的洋栈像巨大的怪兽，蹲在暝色中，闪着千百只小眼睛似的灯火。向西望，叫人猛一惊的，是高高地装在一所洋房顶上而且异常庞大的霓虹电管广告，射出火一样的赤光和青磷似的绿焰：Light，Heat，Power！[②]

这确实是“猛一惊”的方式看到的“街头”：“射出火一样的赤光和青磷似的绿焰”，这样的修辞来自于传统评书或者演义小说里鬼怪出现的描写，此时此刻用起来，显示街头文化的巨变意味。而且，这种修辞往往用之于荒郊野外或仙山神谷之中，如今却成为街头新变的体验表达。与之形成对比的，不妨看看鲁迅发表于1919年4月第六卷第四号《新青年》上的《孔乙己》是怎样切入街头的：

---

① [美]王笛：《街头文化——成都公共空间、下层民众与地方政治，1870—1930》，李德英、谢继华、邓丽译，第1—2页。

② 茅盾：《子夜》，北京：中国青年出版社2013年，第1页。

> 鲁镇的酒店的格局，是和别处不同的：都是当街一个曲尺形的大柜台，柜里面预备着热水，可以随时温酒。做工的人，傍午傍晚散了工，每每花四文铜钱，买一碗酒，——这是二十多年前的事，现在每碗要涨到十文，——靠柜外站着，热热的喝了休息；倘肯多花一文，便可以买一碟盐煮笋，或者茴香豆，做下酒物了，如果出到十几文，那就能买一样荤菜，但这些顾客，多是短衣帮，大抵没有这样阔绰。只有穿长衫的，才踱进店面隔壁的房子里，要酒要菜，慢慢地坐喝。[①]

从街头看出去，不过是做工的人来买酒。而叙述人之所以会注意到孔乙己，也无非是因为他是穿着长衫而站着喝酒的人。有趣的是，鲁迅的笔调里沉潜一种宁静不变的气息。街头的日子仿佛永恒如此，乃至于二十年不过只是涨了酒钱而已。

更值得我们注意的是，茅盾和鲁迅不仅呈现了两个完全不同的街头风景，更呈现了两种完全不同的"街头视线"。在茅盾的笔下，"街头"是复杂的，由不同的事物形状构成，整个街头是一种需要几何形的眼光才能看清楚的样态；而鲁迅的笔下，"街头"则是线形的，并且有一个固定的视角点，"我"与"酒客"，形成简单的二元对视的关系。在茅盾那里，街头是扑面而来的，同时，又是面向不同的人敞开的，尽管茅盾坚持了叙述者的视角限定，但是，却依然清晰地把环形街头四处流动的景观呈现了出来。离开的电车、射向空中的霓虹灯光线、没头没尾的钢铁高架等，把鲁迅笔下街头的封闭性彻底击碎。

也就在这里，我们看到了，在历史的关键时刻，"街头"景观的深刻变化：鲁迅笔下的"叙述者"有一种非常镇静自在的情态：他有能力观察街头看到的一切，也因此而显示出对所观察的事物抱有的自信——他所看见的就是实在界本身（the Real Thing）。但是，这种自信在茅盾那里是匮乏的。不妨看看茅盾所使用的一系列有趣的形容词：

---

① 《鲁迅全集》第1卷，第440页。

高耸、横空、爆发、巨大、怪、异常庞大

这些词汇都具有一种溢出主体能力的特性，它们所描绘的景物，都显示出观看者无法穷尽其内涵的意味。这些词汇创生了茅盾笔下上海街头的一种隐晦不明的意象——这接近于本雅明所说的那种“辩证意象”：每个街头的景致，都仿佛非其自身而成为其自身（非其所是而是）；换言之，除非变成自己的幻象，否则就无法成为人们认知和理解的现实（the Real）。

于是，“街头景观”就是这样一种诡异的景观：“街头”创造行为者的亲身体验，仿佛让人们置身于实在界的充实饱满之中；而“景观”则把这种实在界的充实饱满变成了激活行动者焦虑的幻象，并在这种幻象中创造一种“试图掌控这个庞大复杂世界的愿望”。

在这里，茅盾之街头趋向于一种克里斯托弗·艾什伍德之汽车旅馆的“不真实”：“美国汽车旅馆是不真实的”，“这些旅馆的不真实，是故意设计出来的”。[①] 在这里，“街头景观”什么都是的时候，那就变成自己；同时，它其实什么都不是，只是一种焦虑和愿望的符号矩阵。它只允许视觉进入，而不再对身体的经验承诺意义；而它又只允许视觉欲望性的展开，而抗拒任何阐释性的内涵。

在这里，街头不再是温情脉脉的社区生活的空间，而是挤满欲望表达和争取形式化存在的都市焦虑症的发病场所。随着消费主义和市场逻辑的权威确立，街头的文化政治日益彰显一种充满生活而隔绝生活的微妙逻辑。

“大妈的街头”

很长一段时间，在人们的印象中，“街头”是充满国家隐喻和政治韵味的丰满空间。在电影《黑三角》（1977）中，卖冰棍的老太太于黄氏从和蔼可亲的街头老人，到最终变成阴险狡诈的特

---

① ［斯洛文］斯拉沃热·齐泽克：《欢迎来到实在界这个大荒漠》，季广茂译，南京：译林出版社 2015 年，第 13 页。

务，隐藏了特定历史时期街头想象的一种政治密码："街头"既然是公共的，所以，也就可能是被恶意使用的，所以，"街头"是需要管制的。这是"大妈"这个形象与街头的一种诡异关联："大妈"乃是活泼生动的日常生活的表征，而"特务"则是政治话语的生动面孔。于是，《黑三角》把公园、街道、家庭和国家拼插在了一起，共同汇聚到"街头"的集体记忆之中。

电影《黑三角》剧照

这里的关键不在于"大妈"和"街头"蕴藏的政治想象力，而在于通过将"街头大妈"反转为一个危险的人物，而透露出一种回到街头之深度真实的渴望。如果借用茅盾所呈现的上海街头的焦虑来映衬《黑三角》之"于黄氏"——第一代"大妈"的街头形象的话，那么，我们可以说，这部电影用一种私人生活经验与国家政治理性的对立，显示出回到"街头"之"实在界"(the Real)的强烈冲动。在电影的结尾处，逮捕于黄氏，就变成了"街头真相"的关键时刻：于黄氏的手枪被女公安人员缴获，而不在街头抛头露面的大妈，正义凛然地看着这个卖冰棍的街头大妈。于是，"大妈"这个极为常见的街头人物形象，因为可以被这样简约明快地揭示其"真实"，从而释放了茅盾上海街头的认知焦虑。

电影《黑三角》剧照

不妨说，对于“街头”之实在界的激情，成为创生街头景观构造的内在驱力。于是，“街头”也就始终与“大妈”粘贴在一起，成为其景观的一纸之两面。“大妈”被极大地化约，成为消失的街头的症候，同时，也成为街头存在的证据。与之相应，“大妈”也就成为不在场的“街头”的在场方式，这种方式，面对实在界的拥抱冲动的时刻，不得不使用幻想来实现这种对真实的拥抱的古怪逻辑。齐泽克这样描述道：

> 精神分析在这里为我们提供了与此完全相反的教益：我们不应错把现实当虚构。面对实在界的硬核(hard kernel of the Real)，我们只有将其虚构化(fictionalize)，才能维持其存在。简言之，我们应该仔细分辨，究竟是现实的哪一部分通过幻象被“超虚构化”了。这样，即使这一部分已经成为现实的一部分，我们还是要将其纳入虚构的模式(in a fictional mode)，以此感知其存在。①

① [斯洛文]斯拉沃热·齐泽克：《欢迎来到实在界这个大荒漠》，季广茂译，第19页。

于是，《黑三角》把"街头"的复杂性"虚幻化"了：如果纷纭复杂的"街头"，其神秘之处也不过就是"大妈"的身份错位，那街头的惊惧就可以毫无压力地消除了。

所以，6年之后电影《夕照街》(1983)的公映，也就立刻让这种"超虚构化"街头的逻辑线索变得更加清晰。在这部电影中，"重塑属于我们的现代性街头"，成为潜在的影像欲望。这就比"街头大妈化"的方式更加复杂，虽然其程序是内在一致的。四合院邻里的"街头"与高楼鳞次栉比的"街头"形成了替代性的关系。电影暗示：夕照街的美好与个体失业的痛苦、有家而无着的焦虑感、无法抵挡外商诱惑的心智是关联在一起的；而夕照街被推倒，表面上是为了建立一个现代化的都市北京，实际上却是让夕照街的人们走出四合院，走向"街头"，成为自食其力而自给自足的"新时代人"。

值得反思的是，电影的开头和结尾都有一个"画外音"，扮演着天启之声。一方面，这个声音知晓一切也掌控一切，成为"替历史说话"的人——从"未来位置"来证实夕照街消失的合情合理；另一方面，这个声音却充满溢出其位置的"怀旧韵味"，它似乎是在见证夕照街之夕阳西照不得不消失的合法性，却也同时扮演了"离开生活"的感伤者角色——这个感伤者，正是鲁迅《孔乙己》里面那个信心十足的"叙述者"，他此时正在现代社会路口发出历史性的感喟。但是，更加有趣的是，这个"感伤者"同时也是茅盾《子夜》里那个被街头景观"挫伤"的"焦虑者"——他在召唤新的街头的同时，却也无法抹掉内心深处对于旧的街头的那种熟悉感。在《夕照街》里，《黑三角》的"大妈"变成了一个"复数"，即一个由各色人等共同组建的"大妈群体"；《黑三角》通过把"街道"变成"大妈"而获得焦虑纾解，而《夕照街》则通过把"街头"变成"自食其力者的群体"而获得新的意义。不同的人，填充"街道"的意义，仿佛用棉絮填充被子一样；但是，被子是通过掩盖棉花而成为被子的，同样，"街头"通过虚拟化人的意义而获得意义。

再造“街头”

如果说街头景观通过人的虚拟化而获得自身的合法性，那么，现实中的人从来也没有放弃对街头的实际占领。这就不得不提到《顽主》(1989)这部电影。

电影《顽主》剧照

如果用一种不确切的方式来称呼这部电影，那么，完全可以说这是一部“街头电影”。“三 T 公司”开业，力争在现代风格建筑物林立的街头创建具备青年人愤世嫉俗个性的行动。作为一家“公司”，它经营一种与完全被商品充斥的街头格格不入的“产品”：精神。公司的经营行为，成为一种游离于商品社会的理性规则的行动。它并不致力于破坏规则，而是处处向消费主义街头规则俯身学习；但是，它却拒绝纳入这个规则系统，从而努力把“桀骜不驯”这种“身体姿态”缝缀到新的街头景观之中。更有趣的是，“三 T 公司”的三个青年，在街头四处游荡，胡吃海塞、喊叫惹事、贫嘴吵架、结伴撩妹……但是，他们的眼神却呈现一种“看，并不需要看见”的状态。这是自“街头景观惊现”以来，对待街头景观的最为无所谓的态度——它既没有茅盾《子夜》的焦虑感，也不扮演《黑三角》里面的幻觉位置，同时，对于《夕照街》的实用主义新时代召唤更是毫不客气地予以嘲笑。到了1989年，如果说街头景观已经以物神的方式展露出对"观看方式"的规定性的话，那么，目空一切又毫无意义的三个青年的"不看街头"，就构造了颇具张力的政治对抗性。

拒绝被任何话语虚拟化为一种关于人生的故事幻觉，这是《顽主》留给街头景观政治的另一种谜底。用一种拒绝的方式融入街头，从而在街头永远留下划过的痕迹。这是街头景观形成之后，第一次在街头看到的"不再参与街头而在街头的目光来往中与你较量"的情形。本雅明曾经在比较雨果和波德莱尔的时候这样说过："如果说雨果把人群颂扬为一部现代史诗中的英雄，波德莱尔则是为大城市乌合之众中的英雄寻找一个避难所；雨果把自己当作公民置身于人群之中，波德莱尔则把自己当作一个英雄从人群中离析出来。"[①]这三位青年至少在街头把自己置换为"英雄"。而只有这种自我矮化（反复自嘲）的方式，才能创造出一种可以拒绝被规则化的"委屈的崇高感"。在他们的这种崇高感的映照下，无论是功成名就还是沽名钓誉，都变成街头虚假幻象的各色版本。他们骂骂咧咧眼里充满挑衅，同时，又等待被街头的政治宣判死刑。有趣的是，他们选择了一种非常正式的"停业告示"："奉上级指示停业。"然而，在公司门口排队的人们却等待他们的服务……于是，用正式话语发布的"停业告示"，被另一种继续下去的生活冲散：公司，一种建立在商业逻辑上的街头政治被消灭了，而蔑视这种街头政治的精神却依旧在到来的途中。

但是，《顽主》对于街头的拒绝，只能是轻飘飘的，因为街头景观彰显出来的魅力，已经是无法拒绝的了。早在《路边吉他队》（1985）这部电影中，人们对于街头的想象就已经转换到新的认同空间之中了。在街头弹唱的小伙伴们遭到了"街头人们"的

① ［德］瓦尔特·本雅明：《巴黎，19世纪的首都》，刘北成译，第131页。

质疑嘲讽，也赢得掌声激励。在电影的结尾，青年的弹唱获得了所有人的认可，从而经由一个仪式而宣告自己正式成为街头景观的一个标志物。于是，“街头景观”突然变成了确证自我之成熟方式的场域。

值得关注的是，这部电影以一种预言式的方式宣告了这样一种“街头”：街头不能发生“事件”，而只能发生故事；街头只能是叙事性的，而不能是戏剧性的。《顽主》的结尾同样蕴含了这则政治寓言：这里没有什么新鲜的事情发生，除了我们可以拒绝这种不新鲜之外。

在这里，“事件”(event)可以从巴迪欧的意义上来阐述。“事件”乃是对于新的可能性的创造，因为“事件”是一种绝对性差异的“独体”而与“整体”毫无关系——或者说根本就不存在黑格尔意义上的“整体”[①]。这仿佛是日本电影《你的名字》(2016)中的“彗星撞地球”，把一个原本可以完整进行的“叙事”，变成了四分五裂的被打断的“戏剧”。所以，“事件”是一种断裂，是对连续体的历史的非历史化。尽管齐泽克认识到“事件”通过一种否定性的逻辑延续整体，但是，它至少是对“因果链条”的超出，从而成为“奇迹”[②]。按照这样的逻辑，“街头景观”正在消除“事件”而承诺“故事”——一种按照特定序列排列和修改各类事件的历史想象。

按照这样的思路，我们可以看到，20 世纪 80 年代的“街头政治”，虽然创生了《顽主》的街头青年这种“异数”，但是，却在总体上重新塑造了“街头景观”的内涵：谁有权力在街头堂而皇之地生存，谁才是这个世界的真正主人。《顽主》尽管体现出了“对抗性占领街头”的韵味，却通过把“委屈的崇高感”转化为“崇高的委屈感”而终结在形式化的姿态之中。

“街头不再发生事件”，这既是消费主义的合理允诺，也是现

---

① [法]阿兰·巴迪欧、[斯洛文]斯拉沃热·齐泽克：《当下的哲学》，蓝江、吴冠军译，第 21—23 页。

② [斯洛文]斯拉沃热·齐泽克：《事件》，王师译，第 4 页。

代社会政治的有效后果。人们逐渐忘记了香榭丽舍大街消除革命元素的设计的意义，而是创造出一个"展示性的地理空间"：街头成为全球化景观里的景观认知图绘。

街头与认知图绘

无论是站在日本东京的银座大街，还是徘徊在纽约的第五大道，"街头景观"变成了"真正活过的证据"，而不再是生活空间。这种所谓"非场所"(non-place)的含义就在于，"街头"只有彻底变成无所不在而无所不是的时候，它才能以极端空壳化的方式向所有人敞开。这近乎前文所提到的"非场所"的内涵。

然而，"街头景观"的意义吊诡却不能仅仅从认同空间的丧失来简单理解——更进一步说，"街头景观"通过丧失具体的意义，从而为所有的生活意义辩护；而它执着地把进入其中的任何人，都变成它所要塑造的"同质化意义"，并借此提供饱满充实之感。

于是，"街头景观"也就是所有人的"人生地图"。人们步行在街头，也就寓言性地走在人生大道上。

在这里，彰显一切，也就意味着掩盖一切，它的可怕之处乃在于通过鼓励肉身的行动来令自己"彻底景观化"。于是，街头的浪漫和凄惨，都经由偏执狂一般的精神制造，而令其丧失其混乱倾颓的另一面。这像极了本雅明所讲述的"玻璃建筑"的寓言：玻璃因其易碎而构筑建筑物的奇诡震撼，却也因此永恒地把"破碎"排斥在玻璃建筑的幻觉之外。

这就是《杜拉拉升职记》(2010)里的"街头景观"：四通八达的街区，鼓励所有信心百倍的穿行者；街头不是用来看的——那是失败者或者无法融入现代社会的乡下人的做法，杜拉拉的成功就在于有能力从街头这家公司穿行到街头另一家公司。事实上，电影把走在街头的杜拉拉，展示为"成功仪式"中的行走者；同时，街头也蕴含情感遭遇的所有可能性——杜拉拉最终在泰国的街头重新遭遇王伟，实现了"全部人生都在街头"的寓言。

“全部人生都在街头”这句话，其实可以置换成“成功的人生都在街头”。所以，这就意味着这个世界最好的人生故事，都归根到底是“街头故事”，因为只有街头的光耀，才真的是“人生好故事”！就像最糟糕的事情也一定发生在街头一样，“混乱的社会”这句话的潜台词，就是街头的混乱。

在王笛的笔下，“街头”是底层人抵抗精英文化统治的空间；然而，很快我们就发现，街头已经不允许底层人出现：这并不是说街头景观是一种空间闭合的场域，如同私家会所，而是说街头景观是一种“精神闭合”的空间，进入它，每个人只能选择成为“精英”，除非选择不进入。

街头景观正在提供一种无所不包的知识幻觉。这里到处是“生活”，却永远匮乏“意义”；或者反言之，这里到处是“意义”，却因此匮乏“生活”。秩序、规则以“你可以做你想做的一切、得到你想要的一切”的自由幻觉有效控制着“街头”。

一方面是秩序井然，另一方面则是承诺任何激情，街头景观于是在累积“单一的幸福感”的同时也积累着怨恨。在这里，齐泽克吊诡的“合题”鬼影重现：一个社会越是井然有序和神志健全，“非理性”暴力这个抽象否定性就越是要归来[①]。2017 年 10 月 1 日晚，美国西部城市拉斯维加斯曼德勒海湾度假村酒店外发生了枪击事件，凶手随后自杀。这样的暴力形式与街头政治的政治逻辑是完全一致的：在街头到处是行动，却根本没有意义；暴力也胀满对于实在界的拥抱冲动，却归根到底不会得到什么[②]。

---

① [斯洛文]斯拉沃热·齐泽克：《欢迎来到实在界这个大荒漠》，季广茂译，第 5 页。

② 同上书，第 11 页。

“寓言现实主义”：重新思考“生活”与“真实”

第一章　走向“寓言现实主义”

论“生活不等于现实”

当我们用“现实”这个概念来指称我们在作品中所描绘的世界图景的时候，就立刻面临这样一个问题：任何人都有资格说，这才是“现实”。在一次有趣的作品研讨会上，赵本山的电视剧作品曾经面临“伪现实主义”的质疑[①]，尽管赵本山极力为自己作品中浓郁的乡土气息辩护。而有的作家则直接质疑“现实”这个概念已经被意识形态悄悄修改。

阎连科曾经提出一个有趣的概念——“神实主义”。与“现实主义”相比，“神实主义”强烈质疑“文学反映生活”，因为这些被反映的生活，常常是被各种社会力量切割和规定了的生活。严歌苓也在写完《第九个寡妇》后说，小说应该写“神奇”——这和阎连科有内在沟通：“现实”是假的，“神奇”才是真的。

事实上，傻乐主义和市侩主义构造了人们理解现实的根本性的限定。在作品中，“现实”只能呈现为单一同质的生活情感和实际遭遇，再也无法呈现出拯救的可能性。而失去了拯救历史走向未来的可能性，就已经意味着丧失了“现实”。

于是，我们就有可能遭遇到各种各样被不同的生活力量修改了的“现实”。“生活”和“现实”也因此有可能变成一组矛盾对立的概念。

---

① 详见李红艳、祁晶：《“本山喜剧”被批伪现实 赵本山：我也想高雅》，《北京日报》2010年4月12日。

为什么“生活”不等于“现实”？

纵观今天的文学创作与文化生产，不免就有对习以为常理解的“现实”重新进行分析的必要。在这里，作为作品中呈现出来的场景，“生活”(the life)与“现实”(the real)常常被人们误会成一个东西。1942年毛泽东的一段论述后来成为关于现实主义的名言：

> 人类的社会生活虽是文学艺术的唯一源泉，虽是较之后者有不可比拟的生动丰富的内容，但是人民还是不满足于前者而要求后者。这是为什么呢？因为虽然两者都是美，但是文艺作品中反映出来的生活却可以而且应该比普通的实际生活更高，更强烈，更有集中性，更典型，更理想，因此就更带普遍性。革命的文艺，应当根据实际生活创造出各种各样的人物来，帮助群众推动历史的前进。例如一方面是人们受饿、受冻、受压迫，一方面是人剥削人、人压迫人，这个事实到处存在着，人们也看得很平淡；文艺就把这种日常的现象集中起来，把其中的矛盾和斗争典型化，造成文学作品或艺术作品，就能使人民群众惊醒起来，感奋起来，推动人民群众走向团结和斗争，实行改造自己的环境。如果没有这样的文艺，那么这个任务就不能完成，或者不能有力地迅速地完成。[①]

所谓“文艺作品中反映出来的生活却可以而且应该比普通的实际生活更高，更强烈，更有集中性，更典型，更理想，因此就更带普遍性”，已经无意中把“现实”和“生活”做了区分。六个“更”，就把作品中的“现实”与我们所面临的琐碎的生活划清了界线。

这事实上也已经向我们提出了一个看似很奇怪的问题：什

---

① 毛泽东：《在延安文艺座谈会上的讲话》，《毛泽东选集》第3卷，第861页。

么才是“现实”？

从经验的角度来说，任何在文学艺术作品中建立起来的“现实”，都归根到底来自于我们的生活。但是，这个经验却产生了一个有趣的“错觉”：生活本身就是现实。于是，经典的文艺理论中的“文学反映现实生活”，就自然而然地被人们理解为“所谓现实就是跟生活一样”。然而，我们发现，诸多艺术家，包括作家，都在坚持这样一种信念：我写的是生活本身，所以，我的就是现实主义！

这其实是一种很深刻的错觉。阎连科首先意识到，除非不同于生活，否则就没有现实。他说的“神实主义”，他自己解释说：

> 神实主义，大约应该有个简单的说法。即：在创作中摒弃固有真实生活的表面逻辑关系，去探求一种“不存在”的真实，看不见的真实，被真实掩盖的真实。神实主义疏远于通行的现实主义。它与现实的联系不是生活的直接因果，而更多的是仰仗于人的灵魂、精神（现实的精神和事物内部关系与人的联系）和创作者在现实基础上的特殊臆思。有一说一，不是它抵达真实和现实的桥梁。在日常生活与社会现实土壤上的想象、寓言、神话、传说、梦境、幻想、魔变、移植等等，都是神实主义通向真实和现实的手法与渠道。[①]

阎连科提出了两种“真实”：一种是“用来掩盖真实的真实”，一种是“被掩盖了的真实”。对于前者来说，现代社会本身就是一个充满了“伪经验”的社会[②]。阎连科已经隐隐约约地认识到，这种掩盖真实的真实，来自于活生生的生活——还有比鲜活的生活本身更真实的吗？所以，还有比鲜活的生活本身

---

① 阎连科：《“神实主义”——我的现实，我的主义》，《中华读书报》2013年11月23日。

② “伪经验”问题的论述，参见周志强：《伪经验时代的文学政治批评　一本雅明与寓言论批评》。

更能让我们觉得，我们已经处在真实之中而不再历史性思考我们的现实境遇吗？因此，生活的真实最有可能掩盖历史性的真实。

在这里，我所说的"现实主义"的误读，其实就是一种"生活拜物教"的意识，即把经验里的生活当作了艺术中的真实。阎连科批评说："现实主义在当代文学中被简单理解为生活的画笔，作家的才华是那画笔的颜料。"[①]这个简单的画笔，就是没有头脑只有笔的现实主义写法。

所谓"生活拜物教"，就是一种把人们的经验"困在"生活经验里的意识。油盐酱醋茶的生活，把个人的生活境遇看作是真实可靠的境遇，而无力从个人的生活经验中构建富有历史性的经验，这正是生活拜物教的可怕之处。

在这里，一个比较复杂的问题浮出水面：现代社会的"生活"越来越强调自己是唯一正确的人生的活法，所以，我们所在的位置、所处的空间、所遇到的一切，即我们的每一个生命瞬间，都是最为可靠和稳定的经验。

在今天，生活日益与现实隔离，或者说，今天，生活越来越不是我们应该有的现实。现实的政治经济困境，被生活之单一化的五彩缤纷所遮蔽。本雅明等人认为，生活本身乃是一种出了问题的现实，只有救赎的意识才能将其拯救。在《历史哲学论纲》中，本雅明这样说道：

> 思考不仅包含着观念的流动，也包含着观念的梗阻。当思考在一个充满张力和冲突的构造中戛然而止，它就给予这个构造一次震惊，思想由此而结晶为单子。历史唯物主义者只有在作为单子的历史主体中把握这一主体。在这个结构中，他把历史事件的悬置视为一种拯救的标记。换句话说，它是为了被压迫的过去而战斗的一次革命机会。他审度着这个机会，以便把一个特别的时代从同质的历史

---

① 阎连科：《"神实主义"——我的现实我的主义》。

> 进程中剥离出来,把一篇特别的作品从一生的著述中剥离出来。[①]

按照这个理解,我们生活在一个"同质的历史进程中",即一种"纯粹的繁衍和求生的循环"[②]的生活。这种毫无意义的生活,乃是资本社会所造就的一种去危机化的日常生活。事实上,我们的"当今历史"正在趋向于一种单一的世俗生活,呈现出一种"单向度的生活"的过程。越来越多的人陷入所谓的生活的实实在在的经验中而乐此不疲。而这种生活正在用我们的感觉来取代想象力,用一种曲折的形式掩盖形成这种生活的内在危机。

事实上,生活和现实的统一,是建立在清晰而简明的古代社会生活的基础上的。现代社会是双重叙事的社会:一方面是伟大的创造,另一方面是伟大的破坏;于是,现代社会一方面乃是马克思所说的那种剥削和压迫,另一方面则是用(商品)文化的形式为这种压迫和剥削进行"不存在辩护"。所以,在马克思的眼里,拜物教的诞生,证明了这样一种现代社会文化与现实之间的"寓言性关系":任何事物都不是表面看起来的那个样子,因为拜物教的文化在扭曲、改造和伪装生活[③]。

显然,今天的现实主义,与主张文学创作的源泉来自于生活的现实主义,虽同名,而其所处的社会状况已经有了很大的不同。消费主义的盛行、仿真技术的发展以及各种各样掩盖人的真实生活处境的资本行动,正在让现实主义面临空前的挑战。描写生活不等于反映现实,这个现象应该成为当前理解文艺创作的基本前提。

---

① [德]汉娜·阿伦特编:《启迪:本雅明文选》,张旭东、王斑译,北京:生活·读书·新知三联书店2008年,第275页。

② [德]于尔根·哈贝马斯:《瓦尔特·本雅明的现实性》,转引自[美]理查德·沃林:《瓦尔特·本雅明:救赎美学》,吴勇立、张亮译,南京:江苏人民出版社2008年,第51页。

③ [美]大卫·哈维:《资本社会的17个矛盾》,许瑞宋译,第ⅩⅩⅦ页。

当前文艺之“生活”与“现实”组合①

不妨说，生活本身布满各种伪经验，直接反映生活反而会违背现实。生活与现实的对立已经产生了。

不妨简单描述一下当前文学、电影和电视作品中存在的这种对立状况——

第一，“有生活的假现实”。

生活不是简简单单就能被反映的，有的时候越生活反而越不是现实。《乡村爱情故事》系列电视剧绝对是“有生活”的电视剧。不仅每个人物活灵活现，细节也贴近地气，全是东北农村的现实生活场景。可是，这部电视剧又是“有生活的假现实”。看起来打打闹闹的乡村的烦恼竟然全是爱情的烦恼，这是一个没有粮价波动或者就医难烦恼的乡村，而是一个到处都是“甜蜜的哀愁”的乡村。

有趣的是，这种“有生活的假现实”往往在畅销作品中屡见不鲜。鲍鲸鲸的《失恋 33 天》、辛夷坞的《致我们终将逝去的青春》、阿耐的《欢乐颂》、顾漫的《何以笙箫默》……这些作品的生活场景、事件历程和情绪感悟，无不栩栩如生；却偏偏不能把握住当今中国社会生活的真实处境和困境，总是用幻想出来的浪漫魅力来叙述生活的油盐酱醋茶——写的是生活，得到的是韩剧。

还有一种“有生活的假现实”就是那些签约的写作或者写作工程制造的作品。“假命题真写作”的现象，不仅“文革”中有，现在也有。电视剧《辛亥革命》(2011)能够把一段波澜壮阔的革命的历史，讲述成打打杀杀的江湖武侠故事，这也真是让人醉了！剧中的人物是真实的，很多历史细节也是真实的，却偏偏现实主旨不真实。有趣的是，这样的作品，最容易被人们理解为“现实

① 这一节中的核心内容曾经以《我们的文艺有多少种“现实”》之题目刊发于《中国文艺评论》2017 年第 5 期。

主义":我有生活呀!

生活易得,一个作家有眼睛有耳朵,就可以有生活;现实却不是那么容易理解的,因为他需要作家戴上观察当下中国的理论眼镜,甚至要在特殊的时代里用不正常的生活景象才能呈现现实的荒诞的真实。

第二,"假生活的真现实"。

阎连科主张"神实主义",也就是不正常的生活才能凸显出来的荒诞的现实逻辑。他的《炸裂志》这部小说,被很多评论者看作是荒诞主义或者魔幻现实主义,却很少人意识到,这部小说虽然生活都是假的,却写出了"真现实"。炸裂村从贫苦而有尊严的时代走到富裕而痛苦不堪的时代,小说对"进步""发展"理念引领下的现实进行了吊诡的批判:人们渴望好的生活,于是就需要发展和进步理念的引导;而当下的发展和进步,却变成了少数人巧取豪夺的合法借口,多数村民无法享受到这种发展进步的成果,这正是本雅明所说的那种"单一""同质"的历史:人们认为只有一种历史形态是正确的,于是,个人生活的不堪,也只是在这个时代里运气不好或者本应如此。

《炸裂志》用令人震撼的"虚假描写",暴露了昂头行进的时代里被压抑的痛苦。范小青的《赤脚医生万泉河》同样如此。万泉河之所以成为赤脚医生,乃是因为他爹是赤脚医生;而万泉河却是一个精神病患者(脑膜炎后遗症?),本不应该做赤脚医生,却因为看到乡亲有病难医而决然担当医生重任。小说之荒诞凸显作者之用心:小说面对荒凉的现实,只好启动伟大的拯救;而在伟大的拯救里面,却愈加显示被遮蔽和压抑的困境。

"假生活的真现实"不同于《西游记》的天马行空,而类似于毕加索的绘画。贾樟柯的电影《天注定》几乎用纪录片的风格讲述了当今中国的四个真实事件改编的故事。一个弱不禁风的女子被一个乡镇干部模样的人(新闻事件中就是乡镇干部)骑在身上,用钱抽脸,只因为这个女子拒绝陪睡。女子抓到一把水果刀失手刺死了这个干部。这个时候,这个女子突然会武功了!而且还看起来武艺高强刀法老辣!然后她就上山寻找母亲,一路上双目炯炯健步如飞。于是，这个情节就招来了评论家的冷嘲热讽，仿佛贾樟柯脑子进水心智短路了。

事实上，之所以没有理解假生活的能力，归根到底乃是因为没有理解真现实的能力。贾樟柯用一个突然会武功的弱女子表达对现实困境的一种吊诡理解：如果我看不到这一刻保护这个女子的力量，那么，我作为导演就不如让她会武功吧！天外飞来的一身武艺，在这里，不是为了制造惊奇，而是为了隐喻悲哀。

所以，假生活的真现实，反而是现实主义的极端形态。马克思主义学者卢卡奇所批评的物化现实，向我们说明了这样一个有趣的道理：到处都是美丽而真实的神话，从琳琅满目的商品到百花争艳的作品，但是，除非我们有能力破坏这看起来有序而整饬的符号排列，否则，我们再也难以接触现实。

第三，“沉重生活的轻飘飘现实”。

所谓“沉重生活的轻飘飘现实”指的是这样一种写作：用看起来沉重而真实的命题统摄作品，令其看起来深沉伟岸，却对现实社会的政治经济矛盾和文化逻辑巧妙躲过——如马克思所讽刺的那样，仿佛是用沉甸甸的凝重感来反思“地球重力导致了人的溺死”问题。

这就不得不提获了大奖的莫言。在我看来，莫言的写作代表了一种有意思的中国文学走势：比现实主义少了政治批判精神和社会反思意识，动不动就祭出“人性”“人类”或者“文化”这些空洞得足以营销全球的“口香糖话语”来捕捉同好者的懵懂迷离的眼睛，好像这才是世界级大师风范；又比现代主义多了历史、风土和故事，能以恢弘的气势和令人折服的叙事，构造中国历史的“民族志”。在这里，莫言高调宣称的不谈政治，反而成了中国诸多同类作家的共同政治：文学乃是写作的狂欢、叙事的艺术和心灵的创作，“批判”“揭露”“现实”和“矛盾”，那是上个世纪的低级写作游戏话语。玩得起马尔克斯式的写法、转得好康德拉的灵筒，那才是“人类级别”的文学。“当下中国”的痛，是不值得进入世界级大师们的法眼的。

在这里，莫言和同类“人类级作家”的风格，其独特之处往往在于拉美的写作意识、中国民间的语言文体和乡民社会的生活象征，令其独树一帜而堪称一绝。莫言之笔下的中国，荒诞与尴尬令人震撼，而避开政治的方式，却令其作品所呈现的乡村中国变成了轻飘飘的沉重。

毋庸置疑，莫言是寂寞的。这种独树一帜而轻飘飘的沉重，自然容易被大部分读者拒绝或者忽略。但是，我所担心者，乃是从此莫言和莫言们借机热闹起来。事实上，去政治化的民族志写作、无政治性的娱乐消费写作，正在挤压戳穿各种意识形态幻象、直面当下人们生命境遇或社会问题、能够独到地将中国历史和现实结合在一起进行批判反思的写作——要么赚钱，要么玩深沉弄大奖，“现实”不就那么回事儿？

关键是，读者的观念正在迅速改变。人们热衷于用文学来治愈或者逃离，所以，无论是《狼图腾》还是《藏獒》，甚至沉甸甸的黄土高原与流不尽的额尔古纳河，都在以人性或者天道的名义言说这种“轻飘飘的沉重”。

第四，“真生活的真现实”。

方方小说《涂自强的个人悲伤》发表后，立刻引起关注，也引起了争论。很多人非常不满意这部作品对于苦难的“刻意渲染”。在这部小说中，作者呈现了现代资权机制下“永世为奴”的可能性：来自农村的涂自强，以为考上大学可以改变自己的命运，可是，从读书到毕业到失业到最终得了不治之症，读书和拼搏都无法给自己换来未来。小说的结尾，涂自强把母亲送入寺庙，自己一个人去面对死亡的到来。

方方把当前社会中每一个人可能遇到的悲剧，都刻意地加在了一个人身上，有板有眼而逻辑清晰地书写“底层苦痛”。这种写法当然不是客观的，而是主观的；不是白描的，而是烘托的；也不是按照事件发生的现实逻辑展开的，而是为了突出一种悲剧的状况而“设置故事”的。所以，《涂自强的个人悲伤》肯定会留下各种各样“非现实主义”的伤痕，让人们用“虚假”“教条”的字眼来加以拒绝。

但是，小说的每个细节都是如此真实，涂自强的坚定不移与憨厚,涂自强父母美好的愿望和愿望的落空,城中村那被挤压到毫无生活保障的生活,母子二人没有任何怨怼之心的悲苦遭遇……方方把这个时代的痛苦进行了这样精致的排列,用一种淡定的方式给你我讲奇怪的故事:一个从农村出来到城市生活的人,他可能的命运就是这样的……

所谓“真生活真现实”,原本就不是生活与现实的完美统一,而是在现实的映衬下,哪怕是有意设置或者设计的生活故事,也会辐射出震撼人心的真实的光辉。方方所讲述的这种苦难的故事,与其说是对现实的概括或者反映,毋宁说是对一种可能性的丰富想象,而这种想象深深植根于特定现实和历史的逻辑之中,所以,呈现出让人震撼甚至试图逃避的倾向。

诸如《太平狗》《盲山》《原谅我红尘颠倒》《零年代》《屋顶上空的爱情》《男人三十》《男人立正》……这一类小说,都可以算作是将实际的生活状况推演到一种寓言的状态,由此活生生地拨开这个时代最为残酷和痛楚的伤口。有时候复杂的生活不一定用复杂的形式来写,而荒诞的现实,却需要一种简单而直接的刻画。所以,能够劈开各种障眼法的规则,直指一个冷冰冰的生活,这些作品构造着我们舒适生活里的“沮丧”,也同时成为现实主义的历史良心。

第五,“美生活的碎现实”。

现在还有一类作品,写的是风花雪月与浪漫多姿,却在作品的文字或影像的缝隙之中,暴露现实的真实问题或者矛盾,呈现我们今天社会与生活处境的真实气息。这些作品里面到处都是美丽的生活,却因为这种过度追求完整美好的诉求,反而无法“缝合”现实矛盾,导致种种值得反思的“破绽”。

打个比方,就像是一件破了的珍贵衣服,无论怎样缝补,也总是暴露其捉襟见肘。“美生活的碎现实”,指的就是因为过度珍爱美好而暴露出来的现实窘境。

一度火爆的《夏洛特烦恼》要人们回到现在的美好生活中,懂得感恩苦难中相依为命的真情,并通过一个幻想出来的成功者形象,向我们呈现白日梦患者心中富裕生活的百无聊赖。富裕让人变坏，贫寒却有真情，这部电影把生活阐述为温情脉脉的光辉世界——这就是美生活；但是，这部作品在呈现富裕者与贫穷者之差别的时候，为了说明情感大于经济的状况，就同时把他们的精神困境看作是人生最大的困境，这就立刻令这部电影充满深刻的意义：原来这个世界在造就贫与富的分化的同时，也同时造就贫者与富者的精神困顿。换言之，宣扬爱心和感恩，虽有掩盖真实矛盾之嫌，却不得不同时告知我们矛盾之无处不在，否则还要什么爱心和感恩？所以，美生活之过度渲染，反而映衬真现实之举步维艰，这正是这类作品的意义所在。

这样的作品要求我们对其进行“碎片化阅读”：懂得在风花雪月之间捡拾那些“反射现实”的意义碎片。在《好大一个家》中听到推土机的轰鸣，在《欢乐颂》里阅读来自小城镇的白领女孩的泪水，在《一仆二主》中见识青春女生的物化心态……

第六，“无生活有现实”。

网络文学的崛起，青春阅读的激情，让我们遭遇了诸多历史玄幻或者江湖剑仙。有趣的是，这些在传统的现实主义理论看来似乎是胡说八道的作品，却可能在毫无生活的景观里显示真现实的故事内涵——虽然这种情况很少，却也生动地存在。比如热播的《琅琊榜》可算一个代表者。完全无生活的故事，就算是有点历史和朝代的攀附，也不过是为了创生一个悬念迭生的故事而已。可是，一个悬念迭生的宫廷故事，却不得不依赖对现实政治生态的想象和阐释，其间的尔虞我诈，也就具有对现实社会政治文化的隐喻性和象征性内涵。

当然，“无生活有现实”，也可以成为当下历史虚化和现实逍遁的文学写作趋势的一种拯救。甚至有的作品，已经具有了类似《1984》那样的意涵。

第七，“爽生活反现实”。

当下的文学与文化的生产，更多地还是一些“装神弄鬼”（陶东风语）的写作。《盗墓笔记》《九层妖塔》《鬼吹灯》《诛仙》《芈月传》……这些热作，已经构造了自己故事的“异托邦”，自成系列的题材、类型和人物。人们解放了欲望的同时，也就用“梦游”

的方式拒绝现实，乃至拒绝意义。小说或电影，在这里变成了人们心灵按摩或者精神消遣的方式。

于是，“爽”就变成了这类作品的核心主旨：只要“爽到”就足够了，文学是啥？重要吗？当网络作家年收入开始以千万计的时候，“现实”是什么已经不再重要，重要的已经且只能是“反现实”。正如网络作家猫腻所主张的那样，爽才是文学写作的目的，情怀只是副作用而已。

总而言之，今天我们在文学艺术里面可能遇到花样繁多的单一同质化现实，也可能遇到刻板坚硬却意义深远的现实。从真现实、虚拟现实、寓言现实到反现实，文学与文化的生产正在发生奇怪的变化。一方面，我们认识现实的方式在发生改变，另一方面，这又让现实变得危险。

走向寓言现实主义

我主张今天的现实主义，不应该是对生活的直接反映，而应该是作家用富有魅力和激情的“政治想象力”，在其作品中重组生活元素，使之成为携带批判意识和反思意识的现实。也就是说，只有借助于将我们所面临的生活寓言化的手段，才能真正令生活的意义通过脱离本身的解读方式而获得真实现实的意义。

在这里，现实不等于生活本身，而等于对生活的改造。这接近于卢卡奇对现实、真实意识和解放诸问题的思路。卢卡奇把科学性（真实性）和革命性（阶级意识）巧妙地结合在了一起。在卢卡奇那里，资本主义呈现出整个社会体制管理的更加合理化和秩序化。这种理性化，恰恰呈现为人类生活的内在物化。在资本主义的时代，人们失去了不按照理性化安排自己生活的能力，也就是说，人们没有任何可能性逃脱物化体系的自我意识和认识困境。由此，“真实”变成了符合物化的感受经验的后果，越是所谓真实的，就往往越是建立在虚假的经验和理解的基础之上，成为人们“理所当然”认为的“真实”。这就使得作为经验的“真实”，日益陷入“常识”的围困之中，而“常识”也就成了不证自明不可追问的理解世界的起点。这恰恰是资本主义意识形态的典型症候：将日常生活的知识作为恒久具有历史和人类价值的知识来使用，从而彻底隔绝“历史—当下—未来”的关联。一旦未来视角消失，乌托邦政治在常识知识系统面前变成虚无缥缈的可笑故事的时候，“解放”也就变成了值得同情的“革命歇斯底里症”患者的口头语了。所以，卢卡奇所强调的“真实”，就不是静如湖水的常识真实，而是波澜起伏，勾连着革命、解放和未来欲望的现实经验的再发现和再阐释的历史意识。在这样的意义上，卢卡奇始终坚持真实性必须建立在自我意识从物化的逻辑中解放出来的前提之上；而艺术的真实，必然同时是一种意识到总体资本主义图景的令人沮丧的那一面的真实认识。

简单说，现实主义乃是这样一种现实主义，即基于对现实的解放意识而将生活重组为一系列具有真实寓言意义的故事，从而令已经被遮蔽和扭曲的琐碎生活，重新“回归历史”——回到理解它何以发生、为何发生和将要怎样被改造的历史进程中。

这正是寓言现实主义的内涵。

所谓“寓言”，乃是这样一种文本结构：其内部的意义需要借助于外部的意义来“拯救”。整个资本主义文化的特点，乃是来自抽象空间里的神圣意义“拯救”琐碎无聊空白同质的真实生活。而面对寓言式的现代文化生产逻辑，我们需要构建一种“新型寓言”来代替这种“旧寓言”，即用马克思主义的乌托邦代替文化生产中的异托邦，用创造新的社会的勇气来代替温情浪漫的文化生产的妥协和虚弱，用召唤起来的危机意识来代替被装饰起来的文化奇观。

总之，用来自解放意识的总体性寓言，代替源于压抑和遏制的诡辩寓言。

寓言现实主义要求作家重塑自己的写作观念。正如阎连科所说的那样：不是观察生活，而是批判和反思生活；不是接受生活给作家的经验，而是为了改造生活而重组这个经验，才能创作出寓言现实主义作品。

所以，传统的现实主义，发生于作家的写作过程之中。作家通过反刍自己的生活和情感，组织富有魅力的作品。但是，寓言现实主义却要求作家在还没有创作之前就应该已经“先入为主”地具有了对自己生活处境和现实困境的理解和认识，就已经能够懂得这种现实主义的魅力不是来自于情感，而是来自于对于现实社会的深刻把握和改造的冲动。简单说，传统现实主义具有饱满的情感力量，而寓言现实主义更注重深刻的理性精神。

与此同时，寓言现实主义也就不是简简单单的故事的展开，而是对于故事的抵抗；不是关于命运和结局的好奇心的占有，而是对于好奇心的拒绝。传统现实主义旨在用“故事仿佛自己在发生”的叙事幻觉来激活人们的认同感，而寓言现实主义则通过“故事竟然可以这样发生”的震惊效果来激活人们用惊异的眼光重新打量我们的生活。

格非 2016 年的作品《望春风》可以说是这种寓言现实主义的生动的代表。

这部小说仿佛是一部带有自传色彩的作品。但是，这种“自传色彩”旨在将已经被高度刻板化理解的历史进行重新编制。小说中的人物命运完全摆脱了之前小说中类似人物命运的安排模式。他们仿佛无始无终，却遭遇到时代的大转折；历史不是以“史诗”的形式被呈现，而是被切割成不同人物活着的各个片段；作为主人公的“我”，既不是事件的记录者，也不是事件的复述者，而就是事件的后果本身。整部作品没有把任何人物作为事件的推动者来写，也没有把任何“责任”放在任何人物身上，也就没有让任何人物承担惩罚或者奖赏的角色功能。简单说，《望春风》既不寄希望于历史由现成的力量去拯救，同样也没有寄希望于有具体的人或者事来为不同的人生命运负责。历史的因果关联和故事的推动逻辑都在这里“失效”了。

寓言现实主义作品的特点在《望春风》这部小说中体现为：作者是把全部人的命运看作是由现有的现实境遇创生出来的，而不是把某些人物看作是另一些人物的原因，或者把某个事件看作是另一个事件的原因。简单说，除非理解我们所生活的现实，否则就没法理解这部作品的内在意义；全部的故事作为历史,都是当下的历史——即现实本身的故事。小说内部的意义构造是破碎的、零散的,却因此把制造这些零散的人物命运和故事的"现实"之完整性力量凸显了出来。

所以,这部小说既不是什么大家云云之告别乡村的叙事,也不是什么众口吃吃之警惕现代性的伤感,而是经由切碎了的各个人物的命运组成了折射真实现实之危机和困境的反光碎玻璃墙。

只有通过一种深刻的文本之外现实内涵的阐释,才能理解其现实主义意蕴的震撼,这正是我所说的"寓言现实主义";而也只有这种寓言现实主义,才能让我们的创作脱离那些故事讲述的刻板方式,脱离既有的观念模式对作家想象力的束缚,从而再次显示现实主义的光辉力量。

第二章　极端文体与欲望的政治

作为社会寓言的网络官场小说

网络官场小说是由网民自由创作，在相关网站推出，以社会政治和经济文化为题材的作品。我吃惊于这类作品的体量之大和阅读量之大。近几年流行的《余罪》(2014)和《权力巅峰》(2016)，前一部作品长达300万字，后一部作品篇幅目前已经2300余章。到底是什么样的力量可以让人们耐下心来阅读如此冗长的作品？为什么网络文学总是如同江河泛滥一样泥沙俱下，却依旧有这么高的追读率？经常听到朋友们不屑地评价说，这就是一些文化快餐，没有营养的。可是，不正是这些没有营养的东西正在“营养”着今日中国的读者吗？

意外的是，我读这两部小说的过程却异常愉快！两个过关斩将的主角宛如来自古代武林，而无往不胜的神话情节虽然有点弱智，却总是让我感觉得痛快淋漓。这就好像是小时候喜欢听《三打白骨精》的故事而不喜欢《农夫与蛇》一样，我们这个时代也许需要想象一个新的孙悟空，笑傲天地无所畏惧，而不是带有训导色彩的可怜的农夫。每个人都似乎充满了委屈，而仰头却总是看见一片国家主义的辉煌天空。于是，网络官场小说也就自然而然地发生了。

在这里，一方面是倍感无奈的心结，另一方面则是对国家主义力量的内在崇拜，养育了网络官场小说的写作伦理和阅读快感。马克思讲：“如爱尔维修所说的，每一个社会时代都需要有自己的大人物，如果没有这样的人物，它就要把他们创造出来。”[1]

---

[1] 《马克思恩格斯选集》第1卷，第432页。

可是,在今天这样一个嘻剧文化时代,社会呈现出怨恨化的趋势。网络官场小说不会给我们创造顶天立地的英雄想象,却可以创造单薄偏执的混世机巧。也正是在这里,我们可以发现网络官场小说的写作欲望与阅读欲望的内在勾连。

简单说,也许没有比这种小说更好地呈现我们这个时代文化生产的欲望化动力了。本雅明在论述巴洛克风格的艺术的时候,提出一个非常有趣的说法:研究二三流作家的作品与研究精英作家的作品或者说经典作品同样重要。甚至可以说,极端的艺术比经典的艺术更多地蕴藏了一个时代的内在紧张状态①。换言之,极端的艺术更可以以特定的形式,把欲望和冲动呈现得淋漓尽致。德意志巴洛克的艺术未必是精英的艺术,却可以以特定的形式呈现"没落"时代的"艺术意志"②,那么,我可以毫不客气地说,今天的网络官场小说,甚至大量的网络文学,都是一种本雅明意义上的"极端的艺术",是以一种形式的偏执冲动来实现的对当前中国社会的别样狂想,并以这种形式来想象性地面对或者化解现实的矛盾纠结。

那么,这种欲望狂想的叙事里面,又蕴含了怎样的写作意识和文化逻辑呢?如何理解网络官场小说里所蕴含的阅读冲动呢?

欲望叙事:合理执政与纵情惩戒

读完《余罪》的时候,觉得自己已经在眼瞎的边缘了,《权力巅峰》就干脆用手机听。其间,正好陪女儿西部自驾走丝绸之路,边听边开车,最后女儿评论说:原来最长的路是《权力巅峰》的套路!

没错,两部网络小说都采用了"同构写作"的套路——这正

---

① [德]瓦尔特·本雅明:《德意志悲苦剧的起源》,李双志、苏伟译,第44—45、54—56页。

② 李双志编译:《德意志悲苦剧的起源·引言》,同上书,第13页。

是极端的艺术的特定形式冲动：《余罪》全书遵循“屌丝逆袭”的情节模式展开，每一个关键环节，都让一个低到尘埃里的人完成诸多精英无法完成的破案任务，并总是可以最终打掉官场勾结、权力机制的大网；而《权力巅峰》则是“人中龙凤无所不能”的故事，主人公柳擎宇喜欢打人耳光，从县长到无赖，从富二代到官二代，从不顾人们死活的奸商到鱼肉百姓的警察，甚至从日本人到韩国人，到处耳光响亮！显然，这两则故事具有一种欲望满足的内在一致：当我们无力克服强大的资权机制对我们生活的压制的时候，我们就用想象来取得彻底的胜利。

相对来说，《权力巅峰》更加凸显了这种权力欲望叙事的特点。整部小说的叙事语法非常简明，可以概括为“遭遇歧视＋惩罚歧视者”套路。表面上，小说讲述的是一个无往不胜的官员与各种腐败分子斗争的故事，而归根到底，这个故事旨在创造一个具备超级能力的绝对正确的“极端人物”，给阅读者带来极端痛快的快乐感受——换言之，人物的性格和能力极端，也就相应地带来毁灭一切现实中无力毁灭的强大对象的极端快感，这构造了这部小说的欲望狂想的吸引力。

小说描绘作为镇长的柳擎宇痛打上司县长薛文龙的情景：

> 看到薛文龙居然拒不给钱，再加上看不惯薛文龙故意隐瞒灾情不报，为了一己之私置全县老百姓的生命财产于不顾，柳擎宇心中的怒火彻底爆发了！他猛地一把揪住薛文龙的脖领子，将他直接从办公桌后面给扯了出来，拉着他直接来到薛文龙办公室外面的走廊上！
>
> 这层楼是县委常委办公楼，几乎每一个县委常委在这层楼上都有一间办公室，正好一个小时后有一个例行常委会要召开，所以现在几乎大部分常委都已经在办公室内等候着了。
>
> 此刻，柳擎宇把薛文龙揪到走廊之后，猛的一脚踹在薛文龙的小腹上，将薛文龙踹倒在地，走过去用脚直接踩住薛文龙的脸说道：“薛文龙，我再问你一句，我柳擎宇从市里

要回来的赈灾款,你到底给还是不给?"

还有一个桥段是做了县委书记的柳擎宇竟然痛打国家部委的司长:

> 柳擎宇直接迈步走到黄富贵的面前,直接一把抓住黄富贵的脖领子,二话不说,直接把他给揪到了办公室外面的走廊上。
>
> 黄富贵拼命地挣扎着。
>
> 然而,他这么点力量在柳擎宇那强大的力量面前,简直就和小孩子没有什么区别。
>
> 柳擎宇揪着黄富贵来到走廊上之后,直接左手揪着他的脖领子,伸出右手噼噼啪啪地扇起了耳光。
>
> 啪啪啪,啪啪啪,啪啪啪啪啪啪。
>
> 柳擎宇扇得那叫一个有节奏,就好像是在敲锣打鼓一般。
>
> 一边扇耳光柳擎宇一边怒斥道:"奶奶的,竟然敢撕我的规划方案,你简直胆大包天,我还就不信了,这天下这么大就没有说理的地方。"
>
> 此时此刻,正是部里办事的高峰期,各个办公室内差不多全都坐满了前来部里办事的外地官员,就连走廊里也站了不少人在默默地等待着,谁也没有想到,就在那么突然之间,柳擎宇和黄富贵便突然横空出现在众人的面前,并且上演了一出扇耳光的好戏。

这种绝对不会在现实生活中发生的故事——至少不会反复发生的故事的背后,隐含着的则是一种快感写作的内在伦理。整部小说采用了一种极端格式化的叙事序列:腐败分子坏招用尽,柳擎宇则是比他们更嚣张更不可一世;更强的暴力对抗黑恶的暴力,使用比黑恶分子更加黑恶的手段,在这种情节故事里面,隐藏了怎样的怨毒愤恨与咬牙切齿呢?在一个追求明哲保身自顾自的时代里面,《权力巅峰》其实乃是《强权巅峰》,是用反霸权的方式充分体会霸权的快乐的一种写作伦理。

这是一种吊诡的心理。小说在讲述一个合理合法的对抗社会腐败与政治昏聩的故事,却内在地镶嵌着对这种腐败和昏聩的强权崇拜。这就如同“三言两拍”系列小说中,写作者用道德语言攻讦男女偷情欢爱,却又详述这种偷情欢爱的过程,沉浸其中不断把玩。所以,柳擎宇的打耳光,也就成了网络官场小说吊诡的阅读快感的一种有趣征象:当我们认为网络小说不过是一种简单的欲望发泄的时候,却忘记了这种欲望本身乃是纠缠在一种内含着怨毒和愤恨的文化逻辑之中的,是通过反抗它所描绘的黑恶世界而内在地羡慕其随心所欲不受节制的生活。于是,我们就看到了这样一个喜剧性的场景:柳擎宇在酒吧里痛打黑社会老大,却打出了一场音乐狂欢:

> 啪!
>
> 啪啪啪!
>
> 啪啪啪啪啪啪!
>
> 一连串的耳光声突然突兀地在安静酒吧内响起,引起了这个区域内很多人的注意力。
>
> 众人循声望去,只见一个身材高大的古铜色皮肤的男人正在左右开弓扇着一个胖子的耳光,大耳光打得啪啪响,那叫一个清脆,那叫一个有节奏感,乐感比较好的人竟然从这个打耳光的节奏中听到了《两只老虎》的节拍,很快的,就连其他人也都听出了《两只老虎》这个节拍了。
>
> 顿时,几乎整个喝酒区域内的人全都瞪大了眼睛以一种不可思议的眼神看着柳擎宇,谁也没有想到,这打耳光竟然还能打出《两只老虎》的节拍,这也太神了吧?
>
> 此刻,被打着耳光的人正是程天彪,这哥们此刻的脸随着柳擎宇一巴掌一巴掌的抽打在逐渐地变化着形状。他心中早已经愤怒不已,他想要反抗,想要反击,但是,他却发现,自从他打向对方的那只手臂被对方一把给抓住之后,自己整个半边身子全都处于了麻痹状态,发不出一丝一毫的

> 力道，而且对方打耳光的节奏感就连他都感觉到了，他心中还在嘀咕着，我草，这不是《两只老虎》吗？这哥们是怎么做到的？要是以后哥哥我打别人耳光的时候也能够打出这种节拍，那该有多酷啊！

一方面，黑社会、黑警察、黑城管、黑交管、奸商……这些当今社会中的强势群体在小说中被柳擎宇痛击，让阅读者虽然觉得荒诞，却又觉得痛快——因为，在这些人任意胡为的诸多时刻，我们常常无能为力；另一方面，小说又给读者预设了一个隐秘的角色投入点：我们也能借助正义的力量痛痛快快地制伏他人呢！在小说中，柳擎宇一方面总是可以巧妙地利用官场规则生存，合理合法地实现自己的主张和目的；另一方面，他又是高官后代，还受过特殊的军事训练，无论面对何种状况，都可以保持高高在上的姿态，总是出人意料地出手惩治恶人。换句话说，这是一个“合理的执政者”和“纵情的惩戒者”叠合在一起的形象，一方面给人一种中国问题可以合理解决的可能，另一方面，又让阅读者痛快淋漓地感觉到道德惩罚的快意恩仇。

同样，在《余罪》中，这种合理的执政者与纵情的惩戒者双剑合璧，依然是支持我们阅读下去的动力。小说反复讲述余罪是如何利用自己的警察身份，无往不利地克制各种各样的犯罪。虽然作者让余罪在这个过程中产生了自我的怀疑，有时候甚至怀疑自己更应该是一个罪犯而不是警察。另一方面，余罪却在这个过程中发现，如果不是借助一种强大的国家机器的力量，他就是一个毫无价值的蝼蚁“屁民”，而不是呼风唤雨的英雄。胸无大志和狡猾奸诈，因为这种力量的存在竟然变成了不计得失和无往不胜。换言之，小说把国家机器变成了余罪的一己之力，最终让我感受到的反而是蝼蚁之民的巨大威力：破获跨国毒品案，余罪创造了一己之力击溃黑社会网的奇迹；反扒成果和率队离职，呈现余罪个人之功振奋集体的神话；千里追牛而万里成名，余罪竟能另辟蹊径击碎官商勾结的复杂体系；而夜袭夜总会，并除恶务尽，拉下几名省市级官员，这更是余罪实现的小民斗大官的狂想……余罪是一个现代网络欲望书写出来的神话，而这个神话的魅力并不是传统官场小说那种正义战胜邪恶或者对权力体制的民主批判和反思，而是个人怎么跟强大势力较劲的白日梦。

显然，网络官场小说创造出来的余罪和柳擎宇，乃是以合理执政和纵情惩戒的方式构造网络官场小说的内在欲望。几十年来，中国的社会生活总是纠缠在一个吊诡的矛盾里：一方面是越来越复杂多元的生活诉求，另一方面则是资本机制粗暴单一的剥夺模式。这个矛盾同时碰撞滋生出“屁民主义”和“民粹主义”：前者希望被救助，后者希望救助他人；前者到处自称被损害而充满怨毒，后者则批判时代而愤懑不已。换言之，正是对处境不公平的深深怨毒和充满激情改造世界的愤懑冲动，养育了网络官场小说的欲望政治。

“以恶制恶”与理想主义的消解

这种欲望政治的内在文化逻辑是什么？或者说，为什么人们喜欢这种合理执政与纵情惩戒的复合体形象呢？

这两部小说都存在一种潜在的故事意识：正常的渠道是无法解决当前我们面临的各种社会问题的。如前，在《余罪》中，公安局长许平秋大胆启用看起来更像是一个流氓和无赖的余罪侦破奇案大案，他似乎比犯罪嫌疑人更狡诈多变和阴险冷酷，于是破案就屡屡成功，最终“屌丝逆袭”，成为一代警神；《权力巅峰》中的柳擎宇更是大开大合，不仅经常大打出手，而且对自己的对手阴招用尽损人利己，并因此让正义和公平最终战胜官场勾结的邪恶力量。

不妨借用陶东风教授的“比坏”[①]来分析这种故事：如果说此前的官场文学还存在一点理想主义的冲动，塑造一个“好人”形象来映衬和对战腐败与丑陋的话，那么，这两部小说干脆用

① 陶东风：《比坏心理腐蚀社会道德》，《人民日报》2013年9月19日。

“有道德和良心的坏人”来激活故事的魅力。简言之，网络官场小说总是用“比坏”来博取正义和公平的胜利，其间逻辑之吊诡可谓极致。

在小说《余罪》中，主人公余罪的一身本领竟然是在狱中跟犯人学来的。尤其是空空妙手的能力，让他总是在关键的时候偷来证据，让案情翻转。当他面对找不到证据也没法进行侦查的副区长时，这一招不仅格外有效，而且，他还用栽赃的方式取得了胜利：

> 喝得有点脸烧的贾原青气急败坏地指着余罪骂道：“我知道你是反扒队的，没完了是不是？你放心，我马上给你们支队长，你们局长打电话，反了天了你们，以为警察想干吗就干吗，你把我家搅得鸡犬不宁，我没找你们，你们倒找上我了……咦，我的手机呢？”
>
> 这位领导口不择言，浑身乱摸，就是摸不着刚才还在兜里的手机，冷不丁他看余罪，余罪早坐到椅上了，拿着张餐巾纸垫着，手里正翻查着一部手机，那是他的手机，他伸手要抢时，余罪一扬手躲过了……
>
> 贾原青被吓了一跳，没想到这个警察这么损，直接偷走了他的手机，他一下子怔了。
>
> ……
>
> 余罪双手抓着贾原青握着瓶刺的手，表情怒极反笑，嘶哑的声音，对着惊恐的贾原青说着：“我也要告诉你，只要能扒下你这张人皮，今天我做什么也不会后悔！”
>
> 说罢，握着贾原青的手，用力往自己腹部一刺，滋的一声。
>
> 极度惶恐的贾原青一下子酒醒了一半，全身冷汗，他感觉到了黏黏的，然后他看到了殷红的血，溅到了自己手上。
>
> ……
>
> 贾原青惊恐地看着瓶刺破衣而入，余罪颓然向后倒着，以一种极度痛苦的表情盯着他，又看看没入体内的瓶刺，看

> 看汩汩而流的鲜血，他突然间诡异地笑了，在颓然而坐的时候，他看着惊吓到不可自制的贾原青，不屑地笑着问："贾副区长，这次袭警案不知道还有没有人给你摆平……你的人皮扒下来，真是丑态不堪啊，哈哈……你害怕了，哈哈……"

这个场景隐含了《林海雪原》式的演义体小说的韵味。孤胆深入、斗智斗勇和心机较量，这些原本是显示主人公才智的故事，在这里变成了暗黑生存逻辑的反证明。本应该是作为副区长的贾原青栽赃陷害普通的警员和百姓，现在同样的手法还之彼身。这就好像《权力巅峰》中的柳擎宇，本应该无数次被自己的上司构陷排挤而永无出头之日，最终柳擎宇却总是可以启动比高官还要高的权威力量实现一个个歼灭战。

在这里，网络官场小说已经丧失了用理想主义的故事来想象性地解决现实矛盾的能力。"以恶除恶"和"好人应该比坏人坏"，在这种逻辑的背后，我们一方面感受到了网络官场小说的市侩主义底蕴，另一方面，又从这里看到人们连想象正义和公平的欲望都已经荡然无存的那种绝望。

在普通的官场小说里，这种绝望的情绪虽也是存在的，但是，却总是带上深深的君子坦荡荡的苍凉。非不能也，乃不为也，这是普通官场小说所依托的写作伦理：宁愿让自己笔下的主人公在尔虞我诈的环境中败下阵来获得崇高感，或者宁愿让他们有了遁迹江湖的衰败之意，也不愿意让自己的主人公狡猾多变无所不胜。所以，王跃文在《梅次的故事》(2002)里让关隐达虽然被选为市长，却让我们看到其间的无奈，故事也戛然而止，留给读者对关隐达命运的悲凉前景的想象。而在《权力巅峰》和《余罪》等网络官场小说中，主人公的命运已经失去了观照的意义，重要的是，他们向我们显示了当"恶魔之剑在我之手"之后的痛快淋漓。

在这些小说的世界里，一种充满了怨恨情绪的写作伦理让我们倍感唏嘘。匮乏理想主义的想象力，表征的正是网络官场小说匮乏理解中国社会真实矛盾和问题的能力。与此同时，这些小说却在无意间触摸到了中国社会市侩主义泛滥中的怨恨欲望，这也就必然形成“以坏制坏”的故事逻辑和其间隐藏着的绝望。

这也就无形中形成了网络官场小说粗暴地宣泄欲望的写作伦理：除了站在抽象的道德角度来书写社会的种种腐败丑陋，就再也没有能力从政治经济的现实矛盾层面理解我们的现时代。于是，除了道德的神和不讲道德的魔，网络官场小说也就再也无力编织它的形象族群——而这种说书体的写作，最终也只是这个时代复杂症候中的集体精神自慰。

官场小说与市侩主义权力哲学

最近几年，大量以中国机关政治为题材的小说风行。从前些年的《沧浪之水》《西江月》《绝对权力》到当前热销的《驻京办主任》《苍黄》《省委大院》《侯卫东官场笔记》等等，新世纪文学越来越热衷于通过讲述政治权力生活来获得不菲的商业利润。这无形中也打造了中国人“想象政治”的基本方式：将机关政治讲述为一种“官场政治”，并由此激发读者的社会政治想象力。

我把这些小说称之为“官场小说”，虽然并不完全否定它的价值和意义，但是，却更倾向于认为，这种“官场叙事”一方面可以揭示官场种种弊病，让我感受走出书斋认识现实的一种现实主义痛楚；但另一方面，这些小说却总是不免沦入市侩主义泥坑，宿命地缺少批判现实、激发反思并且重塑光辉信念的品性。

“官场小说”之兴旺，背后隐含着复杂的社会文化原因。官场小说也就同时具备两种互相矛盾又互相维系的功能：一方面，作为合法化辩护的形式，官场小说必须具备当前社会条件下社会主义政党执政合法化叙事的功能——通过诉说社会主义政党理想与法制法则的合理性，呈现维护这种合理性的艰难过程和崇高意义，实现官场小说的基本意识形态内涵；另一方面，官场小说又必须宣泄普通百姓阐释中国社会权力生活的内在欲望——通过“反腐”“揭秘”和“暴露”的叙事，官场小说变成了当前社会条件下人们钩织各类潜在欲望、激活各种隐秘幻想的文学类型。简言之，一方面是崇高性的神秘化叙事，一方面是世俗性的去神秘化叙事，这样两种完全不同的内涵和效果，并存于当前官场小说的叙事中，形成了官场小说叙事的“二元悖论”。

在许开祯的《女县长》一书中，女县长“林雅雯”既是一位敢做敢当、精明练达的县长，又是柔情无限、忍辱负重的妻子和母亲。一方面是为官的崇高性，另一方面是为民的世俗性，两种力量巧妙连接在一起，打造了这个形象的魅力。也正是在这个形象中，沉淀了官场文学二元悖论的基本编码方式：无论是反腐文学还是揭秘叙事，无论是带有强烈的“成长小说”特色的《侯卫东官场笔记》还是濡染明显“职场小说”色彩的《苍黄》，无不是将“官”放在官民二元对立而形成的种种叙事张力中来书写的。情欲的彰显与法理的威严、私人欲望的合理性与政治诉求的合法性以及内心的苍白与行为的神圣，这分别构成了当前官场小说的三种基本叙事模式：“欲望—法理对立叙事”显示社会主义政治法制和理想的尊严，同时也用所谓“活生生”的笔法写出各种官员内在的精神景观；“世俗—理想对立叙事”则同时凸显了官场政治的公正与弊端、个人价值的尊严和卑微；而“心灵—行为对立叙事”往往把主人公的心灵成长与权术成熟合为一体，造就一个罪与善同体的官员神话，满足人们用“人性”解释“官性”的欲望。

有意思的是，官场小说的这种叙事悖论，并不是两种不分高下力量的复杂交织，而是世俗的官场想象总是压倒神圣的官场叙事。简言之，官场小说对社会主义理想价值和政治信念的鼓吹，总是苍白无力的；而一旦书写官员生活的世俗伦理和权谋价值的时候，则总是充实而完整的。官场小说对于公平和正义的鼓吹，也就成为掩盖官场小说凸显人们的权谋、权势和权威崇拜的有效的形式。

官场小说的市侩主义

在20世纪90年代红极一时的《国画》这部作品中，我曾经深深感受一种“信念沦陷”所带给自己的巨大毁灭感。朱怀境的步步高升与对官场政治的深刻体察，显示了一个小人物如何通过领悟机关中的各类潜规则而慢慢高升又突然坠落的命运。值得关注的是，这部小说在摆脱了普通反腐小说、政治小说的“拯救模式”的同时却最终指向了一种政治虚无主义和信念怀疑主义。朱怀境一方面揣摩各种官场门道积极“进取”，另一方面又内心隐隐约约被佛学道风所感染，趋向于消沉避世，冷眼社会。事实上，《国画》第一次显示了世纪末中国社会核心意识形态暗中衰落的图景：人们日益陷入计较个人利害超过考虑群体利益和社会价值的生活之中了。

在王跃文的另一部作品《大清相国》里，小说的市侩主义面目被掩盖在讲述一个盖世才华的宰相如何成功逢迎勾连、明哲保身的生动故事之中。这部小说在叙述之初就假定读者会把“知进退、辨强弱、明利害”作为天然的生存信条，并津津有味地讲述如何通过各种技术方式实现这个信条。有趣的是，即使在《梅次的故事》中，朱怀境最终昂然挺胸，与腐败势力作对，可是，我们仍旧只能看到一种“男子汉冲动”和“偶发的良心”。

我所批评的官场小说的市侩主义，不仅仅指的是把理想主义、乌托邦精神和道德冲动看作是“天真”和“幼稚”的市侩哲学，还包含了对官场小说为了迎合市场而极力营造的“黑幕叙事”的不满。事实上，“官场小说”吸引人的地方即在于，它可以满足人们对于社会权力阶层生活的窥私欲望和发泄冲动。换句话说，“官场小说”在无形中激发并引诱人们以一种对政治失望的态度来看待政治，把“古今中外”的政治叙述为一种宿命地走向其反动性的政治——在这里，不是对于政府的失望，而是对于“任何政治”的嘲弄和拒绝，才成为官场小说市侩主义的最为突出的特点。

显然，官场小说确立了一种丛林生存的天然合理性，同时也就让人们不再去关心现实政治的合理性问题，而是通过深深的政治失望情绪，来遗忘现实、丧失对政治公正的寻求欲望。简言之，官场小说通过市侩主义的书写，来把拒绝政治当作是现代人的合理生活——这其实乃是把人们从谋求合理政治形态的轨道上一把推开。

新世纪以来，中国经济发展迅速，并成为国际核心力量之一；但中国社会的主流意识形态宣传却呈现出内容陈旧、形式老套的特点。反资本主义的价值体系只是学院派的学术装饰；新世纪"意识形态虚位"的状态，造就了人们对历史主义批判精神的背离和忽视，理想主义遇冷，市侩主义盛行。

同时，作家写作理念从社会批判性写作整体向文化消费性写作转向，作家们在杜绝了"说教文体"之后，又没有更好的信念体系来实现对现实的反思和批判。于是，官场小说字里行间就会屡屡见到叙述人的种种"道风仙骨"，似乎只要摇头晃脑地来几句佛教名言或者孔子大意，就可以一了百了、化入人性至高境界了。事实上，正是文化界、学术界整体政治意识的淡薄，才造就了官场小说的黑幕化、窥阴癖的性格。

官场小说的市侩主义，一方面在生产对于中国政治的特定想象，一方面又是中国当前特定政治历史的产物。无论从什么意义讲，市侩主义之于乌托邦精神，都是一种无耻的堕落和思想的失败。当人们只相信资本所钩织出来的自私自利的冰冷逻辑的时候，也就自然有了官场的腐朽，以及官场小说中人们对尔虞我诈的"甄嬛术"的叙事热情。

第三章　作为寓言的心理悬疑电影

自从有了弗洛伊德及其精神分析理论，就有了以精神分析为题材的电影。而随着好莱坞电影制作片场制（studio system）的确立，电影类型化趋势进一步加强，“心理悬疑片”也脱颖而出，成为备受观众喜欢的电影类型。

心理悬疑片与诸多类型片相比，具有极其独特的内涵。作为精神分析的“产物”，心理悬疑不免呈现为一种独特的“深度模式”。如同希区柯克电影那样，外层故事的推进依赖于内层心理张力的动力，只有充分了解人物内心世界的困境，及其造成这种内心世界困境的原因，才能有效地理解故事情节的内在线索。

换言之，心理悬疑片也就在其娱乐化的悬疑故事中“天然”蕴含着寓言的意义。如果说弗洛伊德发现了“精神疾病”乃是童年压抑的后果，那么，正是资本主义的“压抑性体制”才使得人类的“精神心理”作为一种问题浮出水面。也就是说，心理悬疑电影内在地指向了对资本主义精神压抑体制的反思和批判。正是这一点构成了心理悬疑片类型的文体政治意义。

多年来，中国心理悬疑电影成就不高。诸多导演看到了这种类型片的商业价值，却意识不到心理悬疑电影文体政治学的批判性含义。正因如此，空洞无聊的心理故事，图解弗洛伊德理论而不能进行有思想高度的政治反思，构成了这类电影的通病。也正因如此，李玉的《二次曝光》才成为非常值得研究的经典性文本。

简单地说，这部电影一扫中国心理悬疑电影死气沉沉、空洞矫情的局面，确立了一种带有深刻的社会批判内蕴的寓言型电影风格。通过一个复杂的精神分裂的故事，这部电影可以让观众体验当代中国伦理生活巨变带来的各种焦虑，和导致这种焦虑的资本机制。

李玉电影技术风格的变迁

《二次曝光》这部电影可以说是李玉个人创作道路上的一大突破。

曾担任过中央电视台《东方时空》编导的李玉形成了自己拍电影的独特风格。她非常喜欢用一种纪录片的形式刻画外部的世界，并彰显人的生活环境与困境。她充分调用了纪录电影重视题材、以题材求震撼效果的策略，拍摄了一些同性恋主题尤其是女同性恋题材的电影。在《今年夏天》中，她使用了大胆的题材和大胆的故事，来征服并震撼观众。纪录片的风格强化了这类题材的现场感：同期录音、阴暗潮湿的地下室、手扶镜头的DV感……她的很多电影给人的感觉就好像不是用摄影机拍出来的艺术片，而是无意间用DV录下来的影像资料。

从电影《红颜》开始，李玉走上了商业片的模式。相应地，李玉开始“使用”故事。如果说在拍《今年夏天》的时候，李玉呈现了一个边缘中国图景，努力让观众觉得，在正常的、普通的、日常的生活背后、四周或者角落里面还存在着另外一些人群，他们的活法跟普通人如此不同，那么，《红颜》则运用了传统的戏剧矛盾体，通过冲突来完成故事：一个女孩未婚先孕，上到高中就弃学；她坚持把孩子生下来：在她不知情的情况下被送走的男孩长大成人，跟自己的母亲认识了，两个人之间竟然产生了一种奇怪的感情，近似爱情，又包含亲情——李玉用唯美的镜头拍他们母子的“爱情”。更有意思的是，这个女人知道男孩就是她的儿子。所以，在李玉那里，伦理是对女人的丰满情欲的一种束缚。在她的影视世界中，男性动物总是合规矩的，虽然成熟晚，却老练得早，并深深懂得顺应这个社会的限制、规则和道德律令，并根据道德律令去安排自己的感情和内心体验；可是《红颜》这个故事却告诉我们，人的感情天然是丰满的——丰满，就意味着违规、违禁，《红颜》的“母子相恋”也就吊诡地让观众陷入这样一种尴尬：母子之情和爱情在某种意义上是完全一样的，都是敞开胸襟宽容和接纳；而在现代社会中，它又是被禁忌的。正是这种内在的矛盾，构成了《红颜》的故事。女人永远比男性更具有合情性，这是李玉的故事内核。

不妨说，李玉是一个会讲故事的导演：她擅长通过记录式的技术手段，呈现出现实生活中人们的样态和景观。而《二次曝光》则第一次让李玉的电影“技术大于故事”，即她采用了大量的影像技术处理手段，让电影镜头不再为外在的故事服务，而是为烘托气氛、呈现内心服务。这就形成了这部电影在李玉影像作品中独特的技术美学意义。

《二次曝光》用摄影机把人的感情表达了出来，尤其是通过镜头的运用，刺痛观众的内心。在一次访谈中李玉“警告”大家说，这部电影会让你痛。正如罗兰·巴特所说的那样：如果一部作品让你笑了，这是个不错的作品；如果一个作品让你哭也哭不出来，笑也笑不出来，让你内心感觉到沮丧，这就是一个伟大的艺术家所做出来的伟大的作品。从这个意义上说，《二次曝光》令人哭笑不得、痛苦不已。这种艺术体验的获得，是与这部电影特殊的技术美学策略紧密相关的。

电影首先执着于镜头语言的风格化追求。导演“发明”了很多镜头拍摄的技巧，如让演员双向手扶住镜头，通过手提拍摄，产生强烈现场感的同时，又不断暗示故事意义的不稳定性，从而使得人物内心的惊悚不安得以表现。这种技术让演员跟摄像机连在一起，演员的每一个动作和表情都会导致摄像机的机位变化，这就使得影片影像被演员的情绪所控制。

于是，《二次曝光》故事的展开，也就是“正常视角”逐渐丧失，情绪化的非正常视角逐渐增多的过程；而到电影高潮部分，标准镜头拍摄出来的画面的稳定感与现实感被取消了，晃动、纷乱和切角的画面反复涌现。在影片开头，我们看到了一张嘴，然后慢慢出现一张脸，然后是一张画满线条的女人的脸，这个时候才出现范冰冰；这张熟悉的面孔让人心安：理性的、睿智的高级女白领的形象令电影显得亮丽了一点。这种画面风格一直延续到范冰冰在家里洗澡那一幕：一张男人的脸突然浮现在上空，显示出一种家的不安全感；然后又是一系列正常视角画面中的故事：女主人公宋其去购物，在超市里遇上一个女人；那个女人用很奇怪的眼光看着宋其介绍自己的男朋友。观众似乎看不到有什么奇怪的事情要发生，一直到宋其去闺蜜家参加 party。在雨中，宋其通过一个玻璃孔看到自己的男朋友跟她的闺蜜拥抱纠缠在一起，从这里开始，整个电影的画面视角开始变化。直到结尾时，范冰冰把头套拿下来，露出满头的白发，李玉才恢复了电影镜头视角的常规，并最终使用了一个浪漫电影镜头，呈现远景中的男女主人公身影。唯一的问题是，男女两人不是相向而立的——相向站立意味着一个完美的句号，而是面朝大海，造成一个永恒的问号，暗示这个故事留下的是无法处理的过去和未来——他们还会相爱吗？他们还有信任感吗？他们还有未来吗？他们还有可能发生些什么？这些问题都在这个姿态中变成恒久的未知。所以，尽管电影结尾的镜头诗意地慢慢拉开，由中景到全景，而人物站在海边遥望着远方，可是，观众依然无法体会常规言情电影的浪漫感。

在这里，李玉打破了类型电影的技术模式，尤其是成功地运用了高科技特技来呈现心灵痛苦。如同李玉自己解释的一样，这部电影的所有的特技都不是为了让观众产生炫目的感觉，而是为了让观众在心灵而不是视觉的层面上体验震撼效果。用现代电影的科技手段来进入一个人物的内心，这是李玉在技术上非常成功的探索，同时又是李玉前期风格的延续——她过去只讲怪异的故事，如母亲爱儿子，同性恋等等。她现在讲日常生活里面心理震撼的故事，把一个怪异的故事里的内心创痛用影视的手段表达了出来。

不妨将李玉的这部电影跟冯小刚的心理震撼大片《唐山大地震》做简要比较——后者的催情大法就像催泪弹一样催哭了好多人，却没有把人内心丰富的东西表达出来。在《二次曝光》中，一个女人小时候遭遇过母亲与人通奸而被父亲杀死的巨大变故，其内心的纠结、扭曲和分裂如此令人震撼；而在《唐山大地震》中，那么多人死了，却被冯小刚简化成一个母亲寻找孩子以及孩子回家的故事。有趣的是，《唐山大地震》的“催情”似乎是大多数人的生活情节，相反，在这个世界上像《二次曝光》的女主人公那样经历人生的人少之又少，其所呈现的故事中的那种人类共有的沮丧和绝望也就因此被观众们忽视了。

精神分裂者营造的多重故事

正如片名“二次曝光”所揭示的，这部心理悬疑电影包含了两个故事：一个心理幻觉的故事和一个现实世界的故事，从而辐射出多种文化内涵。

第一个故事是一个精神病患者的故事。前半部分李玉用“现场形式”呈现一个精神病患者的真实的情况，即不用第三者视角叙述，叙事者知道的故事信息似乎并不比观众多。具体说，导演和观众都不知道主人公患了精神分裂症，故事以一种进行时的方式进行，从而产生奇妙的效果：每个人都真实地体验了一把精神分裂的感觉。于是，观影的过程中，观众逐渐面对种种无法解开的谜，从而构成悬念。因此，李玉的第一个故事采用了普通故事的悬念处理法。

第二个故事出现在电影的后半部分，即对第一个故事进行“二次曝光”：向观众解释主人公的特殊的童年遭遇是怎样造就了她的心灵创伤的。一种精神分析的图景展现在观众面前：前半部电影所呈现的宋其的种种乖张行为，都是对后半部电影合理解释的掩盖。

不妨说，这是一部关于精神分裂的电影。电影把精神分裂叙述为一种人的自我狂想症，也就是陷入创伤记忆而不能自拔的人的一种自我拯救方式：通过精神分裂，受伤的主体可以避免接近造成巨大影响的心理创伤，也就避免自我的彻底毁灭。换言之，精神分裂就是想象性地接近创伤的时刻，通过记忆重组，绕开创伤的历史。在弗洛伊德的讲述中，一个患病的男子对他的女朋友倍加关爱，时刻提防生活中各种可能造成的对自己女朋友的伤害；在弗洛伊德看来，这个男人事实上是在掩盖一种杀人或者虐待的冲动，通过过分强调的关心来掩盖攻击女朋友的冲动。在这里，他同样使用了以想象性的方案压抑伤害冲的方式，通过偏执狂和强迫症的方式把自己变成一个特别爱护女朋友的人，也就掩盖了自己身上的暴力倾向。同样，电影《二次曝光》中的第一个故事正是对第二个故事进行了这种记忆重组。

首先，宋其看到母亲因通奸而被生父杀死的事情而无法接受，于是，她唯一接受这个事件的办法就是将这个故事在想象中通过精神分裂的办法加以修改。所以，宋其就将自己的故事变成了闺蜜和自己的男友通奸，而她则扮演了“凶手”角色，将自己的闺蜜杀死。于是，当宋其自己成为凶手时，她的父亲将永远不再是凶手。这是非常有意思的心理自救的一种方法。

其次，宋其将自己想象成凶手的时候，她就成了自己生父杀母时的在场证据。也就是说，在她的潜意识里，宋其认为其父母的死应该归咎于她。按照弗洛伊德的说法，当你无所作为的时候，你就会产生一种强烈的自责感。弗洛伊德曾经描述一个人在病床上守护父亲的故事：医生嘱咐他千万要小心，如果病人不小心翻身可能会导致呛死；后来父亲死了，虽然他没有翻身，而且儿子把他照顾得很好，但是儿子深刻的印象是有一天父亲翻身他没管，所以他就认为是自己杀死了父亲。这就是道德的自责和幻想的出现。在电影中，宋其显出一种奇怪的恋父情结：用想象的方式来掩盖对杀死母亲凶手的查问。第一个“凶手”（直接导因）是自己的亲生父亲——在宋其的“安排”中，如果母亲因“我”而死，那么就不是因为我的亲生父亲而死；第二个“凶手”（间接导因）是她的养父——如果父母因我而死，那么就不是因为我的养父而死。在这里，宋其对于真凶故事新的安排生成了父亲杀死母亲、宋其杀死闺蜜之后的第三个故事：用车撞死她的养父——这样，她再次成了杀人凶手，其“养父导致母亲死亡”这一事实就不用再追问了，同样，亲生父亲杀死母亲的事情也不用再追问了。

而在电影中，宋其为什么要把父母骨灰放在世外桃源里面呢？为什么要游泳过去才能看到那个存放骨灰的山洞？事实上，在宋其的潜意识中，其奇异的遭遇无论是在法律层面还是道德层面上都具有非法性，这就成了一个天地间无法容纳的遭遇。李玉向我们呈现的是一个人世间常规社会容纳不了的故事，于是，这个事情无论发生在谁身上，谁就要么死掉，要么精神分裂。因此，宋其意识到在现实生活中重建温暖家庭的可能性完全落空，所以只有逃到一个世外桃源。在这里，"世外桃源"寓意着白日梦。而导演毫不客气地按照精神分裂的逻辑来安排电影，从而造就了这部心理悬疑片的内在阐释难度。

值得反思的另一个问题是，为什么在宋其的故事安排中，养父要扮演警察角色呢？事实上，这种故事编织的方法乃是精神分裂症患者呈现出来的防御机制的典型形式。现实中，养父抚养了宋其十几年，但是养父带着深深的自责，他死后留下了一个日记本，里面记录着故事的真实的面貌。如果宋其相信日记的内容，那么前面费尽力气虚构的事情就会瞬间坍塌。所以如果宋其就是凶手，那么凶手的敌人就是日记。在这里，"日记本—父亲"扮演了监督者和警醒梦幻的角色；而在梦（精神分裂症的幻想）中，养父就被置换成了"警察"，一个危险的符号。宋其安排一场意外的车祸让警察死掉之后，这个幻想出来的故事就永远回不到日记本中去了。

当警察被撞死之后，宋其的故事就非常圆满地编完了，而按照她的幻想性的故事逻辑，剩下的事情就是自首了——"自首"恰恰是宋其死亡冲动的体现，这个冲动应该是在母亲死在她面前的时候就暗中产生的。宋其用二十多年的时间将这个故事编得完整，然后去自首，令故事有一个可以被日常逻辑接受的结尾。

显然，《二次曝光》可以被看作是一个非常典型的精神分析个案：替代性死亡、替代性角色、想象性遗忘……一应俱全。在希区柯克的电影《爱德华大夫》中，凶手杀死了爱德华大夫，他唯一让自己不是凶手的办法就是通过一种精神分裂，让自己在想象中变成爱德华大夫。宋其也是如此：她为了让自己死得彻底，还把警察弄死了。只不过希区柯克让凶手扮演死者，从而让杀人事件不发生;而李玉是让无辜者扮演凶手,从而让谋杀这件事不发生。

在这里,电影的两层结构建构了多重文本。

电影的表面文本是一个故事性文本:一个女人的情欲故事,情杀和闺蜜的背叛构造吸引观众票房的元素。在这个文本中,李玉讲述了人是那么脆弱,很容易无辜受到伤害。

第二个文本是宋其痛苦的内心世界的故事:当宋其用丝巾把闺蜜勒死的时候,绝望让人瞬间崩溃。在李玉那里,女人永远比男人更深地感受到家庭伦理的破坏带来的痛苦:宋其母亲因通奸而死,通奸的后果由女人(宋其的母亲)承担;在现实生活中,女人做人流手术吞下爱情的后果。所以,李玉要讲述的第二个故事是女人总是承担着比男人更多的苦难。

有趣的是,李玉还在不经意间将这个故事讲成了一个寓言性文本:现代人的生存寓言。在电影中,这个发生在宋其身上的诡异故事呈现了底层人的双重痛苦——经济的困窘和同时由这种困窘造就的精神的分裂。这如同一个女人在法庭上讲述自己被养父强暴的案情的时候,她却在讲述中再次受到倾听的男人们的侮辱。宋其的痛苦令她用二十几年的经历来编织一个合理地走向死亡的过程,而这一切是为了让她躲避一个那样荒诞的令自己备受凌辱的遭遇。换言之,宋其的精神分裂,乃是挽救尊严的策略,即让自己以略带尊严的方式死去:她宁愿让自己在想象中做一个凶手,也不愿意在现实生活中做一个困顿不堪的"穷人"。在这里,"贫困"不仅仅意味着经济上的困难,也意味着很多人无法想象的内心的卑微和凄怆。

同时,电影同时也呈现给观众现代社会中浪漫想象的能力已经丧失了的图景:人们只能用冷冰冰的方式来处理私密的感情生活了。在影片中,宋其的闺蜜背叛她根本不需要解释前因后果,而是突然地"自然发生";观众并不觉得困扰的原因乃在于,在当下的生活中,一个人的男朋友跟自己的闺蜜好了似乎并不是特别不正常的事情。于是,李玉给我们编这样一个故事而大家不认为这是传奇——20 年前如果有人编这样一个故事,编者就能成为资产阶级腐朽道德的狂想症患者并被批判。显然，电影不经意间颠覆了情感话语中的爱情神话，并由此成为一个冰水世界中人生的象征性文本。

冰水时代的新伦理焦虑

在电影中，不同时代的“爱情”“亲情”主题具有不同的含义。大致说来，爱情主题经历了政治化、道德化、神话化和空壳化的变迁。

20 世纪 70 年代末、80 年代初电影中的亲密关系（亲情、友情、爱情）呈现出浓烈的政治化内涵。那个时候，人们开始用感情故事来对抗泛政治化的生活，如《许茂和他的女儿们》《庐山恋》和《月亮湾的笑声》。《月亮湾的笑声》讲相亲的故事，第一次相亲不成，是因为大跃进；二次相亲不成，是因为“四人帮”；最后一次相亲成功，是因为改革开放。三次相亲的时点乃是三个共和国的政治节点。在《庐山恋》中，“失恋”意味着国家、党团关系的断裂，而爱情则象征了新的外交时代的到来。

20 世纪 80 年代，电影《人生》则显示了这个时期亲密关系的道德化趋势。爱首先要爱有道德的人，不要爱有本事、有理性、有正确的组织关系却没有道德的人。在《人生》中，高加林背弃美丽善良却不识字的刘巧珍，从而背上了“道德原罪”：高加林蔑视乡村道德，而刘巧珍代表了乡村道德的淳朴。于是，“失恋”，意味着个人的未来希望破灭了，而自己变成一个非道德的人。

而到了 20 世纪 90 年代，《开往春天的地铁》的导演张一白用非常浪漫的镜头塑造出一点也不浪漫的新的感情变化：亲密关系的性情化。爱情被当作一种“神话”，于是每个人就都有了所谓追求和享受爱情的神圣权利。在这里，爱情是自由的，这也就令爱情神话呈现出爱情伦理的悖论：“失恋”，意味着浪漫的想象的延展。

到了 2011 年的《失恋 33 天》，亲密关系经历了从未有过的抽象化、空壳化：亲密关系只与时间有关，只要过了这个时间，失恋就可以治愈——失恋只不过是抹平感受的过程，成为陌生人社会情感按摩的特殊方式。这部“失恋 33 天”的电影也就成为“寻找新恋情的 33 天”。浪漫的结尾却吊诡地呈现这样一种爱情空壳化逻辑：只要相信有真爱，会有别的人代替那个位置；真爱不变人会变。“失恋”，意味着情感关系的转移。电影中看不到男女主人公父母的出场，看不到他们实际的生活，看不到亲戚朋友对他们故事的叽叽喳喳。正是在这个陌生人社会的背景下，我们遭遇了《二次曝光》。

进入新世纪以来中国社会现代变革的强度、广度达到了前所未有的程度，个人生活从内到外都处在彻底的变化整合之中。尤其是家庭和性爱观念与行为更是发生了天翻地覆的变化。有调查显示，当代大学生对待性的宽容度明显比上一代人更高：据某项调查：25.5％的年轻人认同偶尔可以有性行为或者无所谓；55.5％的人则对未婚的性爱行为认同或者无所谓[①]。吉登斯认为，现代社会让女人从性爱的恐惧中解放了出来，避孕术的发明，令“性”成为一种摆脱了生殖活动的独立享乐行为[②]。有趣的是，据凤凰网 2011 年的报道，长沙一地一个月避孕套的销量达到 70 万只，其中，高校学生占有较大用量[③]。而世界卫生组织 2010 年统计数据表明，中国女性流产（不含私立医院）人数超过 1700 万人。回忆 20 世纪 90 年代初人们还会为了张艺谋的《菊豆》或者孟京辉的《恋爱的犀牛》疯狂的时候，是无论如何也无法想象 21 世纪自由的性爱已经成了常见的现象了。

正是在《二次曝光》中，我们清晰地看到了当代人亲密关系的巨变所带来的后果：亲密关系的资本化趋势。

---

① 程毅：《当代大学生性观念现状调查、成因分析及其政策维度》，《华东理工大学学报》（社会科学版）2011 年第 5 期。

② ［英］安东尼·吉登斯：《亲密关系的变革——现代社会中的性、爱和爱欲》，陈永国、汪民安等译，社会科学文献出版社 2001 年，第 2—3 页。

③ 《长沙 1 个月至少消耗 70 万避孕套，高校附近销量高》，凤凰网（http://news.ifeng.com/society/2/detail_2011_09/28/9534998_0.shtml）。

在这部电影中,我们看到高度资本化的时代,爱情叙事的去亲情化叙事已经非常明显。如果说《庐山恋》的失恋是一种假象、《人生》的失恋是一种沉重的命题但是尚可解决、《开往春天的地铁》里面的失恋有点轻飘飘、《失恋33天》的失恋变成了喜剧化故事起点,那么,《二次曝光》则第一次向人们展示出人的亲密关系的整体性坍塌的景象。正是在这个意义上说,《二次曝光》乃是一则现代中国社会的批判性寓言。

在片中,我们看到,宋其所有值得信赖的关系都动摇了。

首先是亲情关系的坍塌。

母亲对于孩子来说,意味着家庭的完整,而宋其的母亲却与人通奸。她的父亲因为不得不隐瞒自己的身份,出外打工赚钱,想念着母女二人。宋其的家庭最直接的亲密关系被破坏掉了。在重组的家庭中,宋其的养父一直待她很好,宋其甚至享受到了在自己家庭中从来没有享受过的幸福,她还与养父的儿子相爱了。尽管养父反对,但是他们没有血缘关系,最终总会冲破藩篱走到一起。可是养父却死了,记录真相的日记出现了,一切都不一样了。原来以恩情抚养自己的养父身上还有冤情,母亲有私情,父亲是凶狠的杀人犯,宋其的最直接的亲密关系破碎了。

其次是爱情和友情关系的坍塌。

宋其和男朋友的亲密关系在所谓的现实层面没有变化。可是在宋其的潜意识中,男朋友的爱情根本不值得相信。她编织的梦里男友开始与闺蜜偷情,于是,在她内心深处,朋友是背叛性的。宋其对闺蜜和男朋友的不信任,显示出隐性攻击倾向,而这种倾向恰恰是亲密关系坍塌的一种后果。

电影中,宋其对世界的唯一信赖似乎就是逃到世外桃源中,与父母一起生活。可是她对这种生活也充满了怀疑:她会在这个山洞中遇到闺蜜小西,从而沮丧不安。对于宋其来说,所有故事的编织都导源于一个被彻底损害的亲缘伦理关系。也就是说,《二次曝光》令我们面对一个亲密关系巨变时代的图景。

显然,亲密关系的巨变把我们带到了一个冰水时代。无论是爱情还是亲情,都必须经由理性的衡量,即冷冰冰的理性的计算才能成立——这个计算既可以表现为金钱的计算，也可以表现为非金钱的计算，包括权力、地位等。当代社会的生命经验已经日益被物化的逻辑所操控，一方面人们的悲哀喜乐被物化的世界支配，另一方面人的自我价值的实现和肯定也被纳入了物化的逻辑之中。

马克思这样描述这一现象："它无情地斩断了把人们束缚于天然尊长的形形色色的封建羁绊，它使人和人之间除了赤裸裸的利害关系，除了冷酷无情的现金交易就再也没有任何别的联系了。它把宗教虔诚、骑士热忱、小市民伤感这些情感的神圣发作，淹没在利己主义打算的冰水之中，它把人的尊严变成了交换价值，用一种没有良心的贸易自由代替了无数特许的和自立挣得的自由。"[①]显然，宋其的亲密关系的坍塌，归根到底乃是因为她所生活其中的这个"冰水时代"，亲密关系的巨变乃是日渐冷冰冰的世界的后果。

事实上，宋其精神分裂的故事，也就变成了一个精神分裂时代的寓言。

去年一部叫作《我愿意》的电影显示了这个时代人们怎样用一个浪漫的、平淡的日常的故事来掩盖这种严峻的精神分裂状况：片中女主人公拒绝第一个男朋友的金钱观念，拒绝用金钱可以购买到的爱情；但可怕的是，女主人公最终依旧陷入通过金钱的包围才能激活自己感情的困境。"有钱人的爱情"使得这个故事浪漫完满，而这个完美的故事里面，却包含了荒诞的逻辑：这个资本主义的物化世界中，从来没有过用感情来解决经济问题的故事，只存在用经济解决感情问题的版本——人们会因为现实的经济问题而放弃感情，却不会为感情付出经济的代价；于是，人们就在幻想的世界里编织浪漫的梦来让自己变成爱情的在场者，最终用精神分裂的逻辑来让自己变成一个懂得真爱的人。电影《我愿意》中，女主人公的第一个男朋友举着亮闪闪的金币却披着爱情的外衣重建爱情；第二个男朋友则披着爱情的

① 《马克思恩格斯文集》第2卷，第34页。

外衣,把钱藏在兜里伪装只是寻找与钱无关的爱情。在这里,一方面女主角敢于拒绝资本主义的金钱诱惑,并通过这种拒绝来表达自己的尊严;另一方面,她却羞羞答答地渴望这种尊严最终获得财富的回报。一方面是价值的崇高性的诉求,一方面是享乐性的诉求;人和物的交接显示出欲望的内在分离:一方面希望自己不要成为商品,另一方面,却将这种尊严感看作是更有价值的商品。卖出去,还要卖得有尊严,这就是《我愿意》所显示的资本时代的情感物化逻辑。

人们编织各种各样的梦来掩盖这种危机,总是觉得这个世界上还有更加真诚的浪漫关系等着我们。普遍的精神分裂使得我们不愿意承认自己处在与宋其一样的伦理关系中,不愿意承认爱情已经不可靠了,不愿意承认就连父母的亲情也已经物化了,已经跟资本的物化逻辑联系在一起了。

如果说我们每个现代人在这个冷冰冰的时代中都发生着精神分裂,那么李玉的故事则敢于面对这种分裂,敢于用精神分裂叙事来呈现这个时代亲密关系变革的危机。

在这里,《二次曝光》的精神分裂症的故事是在讲述一个真实社会的危机,心理悬疑的背后,乃是这个世界生活逻辑的可疑。作为类型电影,心理悬疑片的价值恐怕正在于这种寓言式内涵的呈现吧?

赘言："梦境比现实更真实"[1]

当代中国文化艺术的新变

新的媒介的出现，写作意识的改变，文化生产机制的不断创新，使得今天我们面临着文化艺术的新变。

抛开规模的巨大化、单个作品信息量的扩增不谈，单就文化艺术的性质而言，变化已经令人震撼。过去我们说的艺术，是一个艺术家基于个人的经验和遭遇、内心感情的勃发而创作作品。它旨在感动你、感染你。在今天，越来越多的艺术不是由单个人创造出来的，即使是一幅绘画作品，也需要专业的工作室来给它上色。"孤独创作"的时代结束了。摄影师一个人要拍出几千张照片很容易，因为他用的是数码相机；但是，谁来挑选它？他要交给专业的工作室去挑选，最后要上色——不同的作品，不同的上色。在这里，我们发现越来越多的艺术创作不再是情感的行为，而是后情感的行为——艺术已经从可以感动你变成了可以控制你。

怎么控制你呢？比如说人类的艺术长河当中有一种"伟大"的艺术作品，叫韩剧。我推荐大家去看韩剧。为什么？我长达15年的失眠症治不好，韩剧15分钟就能让我睡着。而且，我睡一会儿再醒一会儿，不耽误故事情节。事实上，2013年之后韩国电影电视剧有了很大的变化。大家不妨回忆一下，你多久没有在电影院里买票看过韩国电影了？因为越来越多的韩国影视是可以免费看的。作品里的植入广告也大量减少。

这是为什么呢？

---

① 这一部分内容据2018年6月1日在南京大学艺术学院的讲座录音整理。

心理学上有个有趣的现象叫作"粉红色牢房效应"，即把有暴力犯罪倾向的人关在粉红色的牢房里，罪犯的攻击性就会降低。因为粉红色让人无力。比如男女朋友吵架，总在卧室吵，那你把卧室涂成粉红色就好了；在客厅吵，你就把客厅涂成粉红色：你说我们俩完了，我们到哪儿都吵，那你只好把自己涂成粉红色了。在这里，韩剧通过这样一种内嵌的"粉红色牢房效应"，用暗示的方式改变人们的美学标准。它并不卖它的产品，它卖它的标准，它让你觉得韩国人设计的服装是最好看的，从而韩国的设计师这些年身价飞涨。另外，家庭装修和生活创意产品，都和服装创意标准的改变一样"韩国化"，或者"日韩化"。

文化艺术性质的改变，也伴随着文化艺术价值观念的新变。拉康曾经讲过一个概念，"想象界的大爆发"，用来说明当今艺术文化的巨变似乎很恰当：中国的导演、作家们的想象人的日常生活的能力似乎正在退化，而把人的日常生活想象成神的生活的能力正在提高。2016 年的电视剧《好先生》，江浩坤给他女朋友打电话，在哪儿打？在私人飞机上打，手里拿着一个卫星电话。电影《21 克拉》(2018)中，男主人公跟女主人公说，你怎么样才能嫁给我？她说，你得给我买 21 克拉的钻戒。男的说，拿我命也买不起啊！她说，你知道为什么我跟你要 21 克拉而不是 20 克拉、19 克拉、23 克拉吗？因为人死了，人的身体就会变轻，比起活着时要轻 21 克——这是灵魂的重量！所以你一定要买我的灵魂，你要给我 21 克拉。原来 21 克拉是这么算出来的！

"想象界的大爆发"让我们离现实生活越来越远！于是，一个问题就浮出水面：当今大众文化和艺术，诸如电影、电视、通俗小说，这些作品跟我们的实际生活与现实人生还有关系吗？如果它们不表达我们的真实生活，那它们表达什么？我们还能够从中读解出一些值得咀嚼和思考的东西吗？

“第四种关系”

我先从弗洛伊德著名的“鼠人”故事讲起——当然我们对这个故事要进行一些趣味性的修饰和改造。如果我要给在座的女生介绍一个男朋友，他很有钱很帅，一旦跟你在一起，他就会对你无微不至地关怀。比如说你去上课，他会事先把你上课的路线走一遍，看看有没有石头把你绊倒；如果你下课，他也会把你下课的路走一遍，看看小酒馆里有没有人喝醉了，会攻击你。我的问题是，各位女生，这个男朋友你要不要？我看到很多人摇头说不要，为什么呢？这么好的男朋友也不要，做男人好难啊！其实，我们完全可以把他看作是弗洛伊德的一个病人——类似“鼠人”案例的病人：这是一个精神分裂症的患者，一个具有暴力攻击倾向的人；而他正在用强烈的“爱”来“压抑”这种暴力攻击性。换言之，他唯一掩盖自己不是一个暴力攻击狂的方法，就是对自己的女朋友进行强烈的爱的表达。有趣的是，他不是为了女朋友而压抑自己，而是为了自己而压抑自己——他只有压抑了自己的暴力犯罪倾向，他才觉得自己是个有理性的人，是一个合理的人。

显然，一个人的心理动机可能和表达出来的东西是完全相反的。明明是要压抑自己内心的攻击性，但是表达出来的却是对这个世界的亲和力。假如我们把这样一个故事的结构同艺术进行比照，艺术的世界也许比我们想象的还要复杂。在拉康非常喜欢的一幅画里面，一个画师正在给国王的妻子画像，而镜子里映出国王。拉康分析认为，这幅画看似表达了画师在工作，实际上流露了国王强烈的自我意识：当国王从镜子里看到别人的时候，他比任何时候都更认定自己是国王。齐泽克就此说明何谓白痴：就是自以为自己的身份和自己的主体是完全统一的人，这就是“白痴”。现在，这个国王就陷入伟大的白痴里面。而只有当他达到这个统一的时候，他的征服力量才能真正地显现出来。因此，无论是齐泽克还是拉康，都把这幅气氛宁静的画看作是关于暴力美学的作品。这样的阐释会让我们大吃一惊：原来一个简单的人物肖像画，表现的是一个常见的宫廷的活动，国王和他的妻子正一起享受天伦之乐——让画师给她画画，可是有人却从中看出了国王自以为是的暴力政治胀满的瞬间。这和我们所讲的弗洛伊德的故事何其相似！

事实上，这种弗洛伊德式的故事还有更加值得反思的意味：即呈现了物与物、人与人或符号和符号之间的一种特殊关系。

这个世界上到底存在多少种关系？首先是因果性关系，还有结构性关系。什么是结构性关系呢？比如说，老师和学生的关系，这是师生关系；师生关系不是因果关系，不能说没有老师，就没有学生。这是结构性关系：如果某位老师不占据教师这个位置，也会有别的老师来占据这个位置，比如我；同样，如果某位学生不来占据学生这个位置，也会有别的学生来占据学生的位置，师生之间是一种"结构性的关联"。世界上还有一种关系则是"没有关系"，两者之间永不交往、永不交集，既没有结构性的关联，也没有因果的关联——从万事皆空的角度说，一切关系归根到底又都是"没有关系"。

过去，大多数理论家会认为艺术作品内部是因果关系的。而到了阿尔都塞那里，则会认为艺术作品内部是一种结构性关系。后现代主义者可能会认为艺术作品内部的符号之间是永远不会有机组织的，从而构成一种"没有关系的关系"。后现代主义的风格之一就是"拼贴"——一种没有关系的关系组合。

但是，事物还有第四种关系——就是弗洛伊德式的这个故事里面的心理关系。我选用马克斯·韦伯的概念来描述这"第四种关系"："选择性亲和"(elective affinity)关系，既没有因果关系也没有结构性关系，也不是没有关系，而是事物之间偶发性地发生了关系——按照拉康的说法，这才是"实在界"(The Real)，因为 The Real 这个概念表明，宇宙的一切的关系，都是没有关系而偶发性地有了关系；如果把这种"没有关系而偶发性地发生的关系"放在人类的社会领域来看，就构成了"事件"(The Event)。选择性亲和关系中，谁也不是因，谁也不是果，也不是因为结构性的存在而关联；但是，一旦这种偶然碰在一起的关系建立了，就会发生相互的纠缠和改变。马克斯·韦伯在研究新教伦理和资本主义的关系的时候，提出了这个“选择性亲和”的概念。在韦伯看来，新教伦理并没有产生资本主义，新教伦理只是和资本主义“碰巧碰到”一起，才产生了欧洲的资本主义，然后，我们才认为资本主义就是这个样子的。所以，新教伦理和资本主义乃是选择性亲和的关系。

在弗洛伊德的那个故事里，这个具有暴力倾向的男人压抑其内心的暴力攻击性，他选择了“爱”；于是，暴力攻击性和爱，可以说是一种选择性亲和关系。这个人其实可以选择别的方式来压抑自己，比如请人看电影、与朋友喝酒强制自己微笑。但是，他选择“强烈地爱自己的女朋友”，这不是因果关系或结构性关系的后果。也就是说，并不是所有有暴力倾向的人，都是一个特别爱自己女朋友的人。有的人在家里会打老婆，因为妻子会让他陷入实在界的恐慌；而出了门，他又特别的软弱和猥琐。

事实上，我们更愿意从因果性关系或结构性关系来看艺术作品，即使一个艺术作品内部的各个因素之间可能本来是“没有关系”。我们很少想到，一个艺术作品对于现实的表达很多时候都可能是“选择性亲和”：艺术作品有可能因此建立在一种“独一无二的历史或经历”上——就像爱自己的女朋友这种表达，其实是压抑暴力的选择性亲和。

值得注意的是，为什么这个男人没有选择其他的方式来压抑自己的攻击性，而是选择了“强烈的爱”呢？在这里，一个有趣的无意识的情形就显现了出来：这个男人无意识地知道，暴力攻击是不应该呈现的。

问题在于，谁给了他这个念头？

如果倒退30年，在我上中学的时候，“强烈表达爱情”是不允许的。我们班上一个男生喜欢一个漂亮的女生——其实我们都喜欢她，但是他比较大胆，下了课抓着人家自行车车把，说我们聊聊吧。结果碰上“严打”，就被判了七年。所以，并不是任何时候选择强烈的爱情表达都是正确的。同样，我们也可以说，并不是任何时候选择压抑自己的暴力倾向都是正确的。在一些特定的时代，一个男性对于女性产生了兴趣，他会用暴力攻击的方式来"表现"，这是展示雄性能力的方式。

不妨说，一个人其实没有权力决定压抑什么释放什么。我们对自己的内心没有决定权。20 世纪 80 年代，很多学者常常喜欢在自己的学术著作的序或后记中引用舒婷的一首诗《赠》：

我为你扼腕可惜
在月光流荡的舷边
在那细雨霏霏的路上
你拱着肩袖着手
怕冷似地
深藏着你的思想
你没有觉察到
我在你身边的步子
放得多么慢
如果你是火
我愿是炭
想这样安慰你
然而我不敢……

在学术著作中引用这样的句子，显然是一种"暗示"：我很想说，可我不敢。至少那一代学人，敢和不敢是一个问题。一方面不敢说，另一方面要说出这个"不敢"，但是，这种"说"又不是明确的，是不自主的，很多学者其实不理解自己为什么会感受到"敢和不敢"带来的情感焦虑（今天，"敢和不敢"的焦虑似乎消解了，大家都能和禁忌无忧相处了——齐泽克称之为狗智哲学。齐泽克认为，犬儒主义还有一定的抵抗性，狗智主义就是我知道我在做什么，我知道这不好，可是我得做）。这种"我们不知道我们已经知道"的情形非常值得反思。

进一步说，如果艺术作品乃是具有压抑性的表达的话，那么，如何表达自己的思想情志，人也没有决定权。一个艺术家要把一个作品做成什么样子，把一幅画画成什么样子，其实是没有决定权的——这里有一种特殊的力量，让那个男人认为暴力性倾向是要压抑的，就像他会被无意识地推动着用爱来表达一样。

这样，寓言论批评的基本原则已经浮出水面：

1. 很多当代艺术作品，它所“呈现”的意义，乃是历史无意识的力量“构造”出来的。

2. 艺术作品的符号系统不一定有内在的因果关联，解读者需要用新的手段来重新对它编码，从而“拯救”其意义。

3. 虽然艺术作品的想象方式和想象位置，深深地植根于历史，但是，它并不直接表达这个历史，相反，可能是压抑或者选择性置换这个历史。

于是，我们建立了一个新的“阐释的循环”：首先，必须重申艺术和现实的关系：艺术不是“反映”现实，而是把“现实界”令人恐怖的东西驱逐到“想象界”的一种方式，是对现实的选择性亲和式的编码；其次，其编码系统并不是我们认为的那样很有规律，相反，是“没有规律”；再次，这个“没有规律”本身又是特定历史的无意识压抑的产物，体现更高层次的“规律”，即一种“暴露和承认矛盾之存在的统一性”。

“双重欲望陷阱”

弗洛伊德还有另外一个有趣的故事：一个人，做任何事情都要有人陪伴；这是一个不断地寻找不在场证据的人。这个人认为自己杀死了父亲。他父亲病重在床时，大夫反复叮嘱他说，要注意观察，有问题及时找大夫。但是，他睡着了，醒来时，父亲已经去世。尽管医生证明了他父亲的死是正常的死亡，并非护理之过，但是，他依然坚持认为自己杀死了父亲。

我们当然可以用“弑父冲动”来解读这个故事。弑父冲动的一个典型的表征就是对父亲的内疚。而这个内疚一旦爆发，就会出现父亲的死与我有关的念头——马克斯·韦伯就曾经陷入这种内疚而无法自拔。但是，弗洛伊德忽视了一个非常重要的细节：这个男人明知道他不是凶手，但是为何却自觉地去扮演凶手？

一种诡异的情形可能是这样的：这个男人只有经过扮演"凶手"的角色，他才能抗拒"从来就什么也不发生的日常生活"。这里的关键点是"扮演"：一方面他知道（只是不承认这个"知道"）自己不是凶手，另一方面。却坚持"扮演"这个凶手——这仿佛是一种"死亡本能"的想象性体验。与此同时，这个男人又自觉压抑"自己是凶手"这个"念头"。逻辑是，只有通过压抑"自己是凶手"的方法，自己才能被"追认"为杀死父亲的凶手。如果一个人说："我是一个爱你的人"，我们完全有理由这样思考：这个表达其实是在压抑"我并不爱你"的内心情形，而只有通过这种压抑，自己才能被强烈暗示：我不是不爱，而是爱。所以，"我是一个爱你的人"，这句话也就同时在说：1. "我并不爱你，但这不被允许表达，所以，我才是爱你的人"；2. "我压抑自己的情感，所以，我才能陷入一种情感，才能有机会讲述爱与不爱的叙事"。

弗洛伊德一直认为艺术作品是对人的压抑性情感的升华，但是他忘记了艺术作品中包含了一种"角色扮演"：这是艺术家"创造"出来的压抑和升华，这种创造是艺术家的无意识行为，但是，这种无意识行为中包含了内在的主动性驱力。那个男人创造出了杀死父亲这个念头，然后他再压抑自己，那可以说，他"创造出了自己被压抑的角色"。同理，艺术家在艺术作品当中创造出了被压抑的自我，他用这种想象性压力来展开其叙事，展现其艺术表达，呈现其个人光辉。所以，世界上最不可信的话之一就是艺术家的自传。因为这个自传乃是要把作品当中没有扮演好的、带着裂痕和碎片化特征的、被压抑的角色进行再次扮演。

当我们把艺术作品看成是压抑和释放的双重冲动的时候，就会意识到当今文化艺术给我们提供了"隐秘的快乐"：吊诡的、带有死亡冲动的和个人释放的双重快感的快乐。这就可以很好地解释这种现象：很多文化产品越来越难看，比如电影越拍越烂，小说越写越长，电视剧越拍越没意思，可是人们越看越喜欢。在看起来毫无意义的“文化表意”中，所能实现的并不是经典文化艺术文本中的那些伟大的价值，而是隐藏着压抑性扮演和想象性释放的快感，一种充满故事却毫无意义的“复杂性的简单”，就如同《碟中谍》或者《的士速递》。在这里，传统的艺术理论无法理解和阐释这种文本，尤其是当今那些极端性的艺术文本，如黄渤的《一出好戏》(2018)等。除非重构这些文本，否则无法解读它们。

所以，寓言论批评不认为艺术作品和生活之间存在可以有效阐释的“直接关联”。寓言论批评要找到新的编码方式，找到重新编码当前艺术文本的符码；同时，寓言论批评认为，这种编码的想象方式，依然是被更加深层的历史原因所决定的。

但是，文化批评的目的并不是要把“极端的艺术形态”解释为合理化的东西，而是要重构文本和历史之间的关联。

在人类历史上有很多种艺术作品，是不能够称为艺术作品的，但是却因为其特殊的价值而被反复阐释。如意大利符号学家艾柯的长篇小说《玫瑰之名》，把现代烂俗的通俗小说元素融为一体，成为心理学、符号学、社会学、马克思主义、结构主义批评最喜欢的文本之一。电视剧《欢乐颂》亦如是，虽然它没有《玫瑰之名》那么值得关注。如果用传统的艺术理论来分析《欢乐颂》，就会发现，这部电视剧“表达的主题”“流露的价值观”“塑造的人物”都“不合格”，可是，却依然热播，受大家的喜爱——传统的艺术理论显然无法解释这种“喜欢”是哪里来的，有何内涵。

面对《欢乐颂》这样一个作品，寓言论批评首先要确立它跟历史之间的奇特勾连：如果不是中国长达40年的改革开放，中国人生活水平在40年间缓步而稳定地提升，就没有《欢乐颂》的“欢乐”。同样，从15世纪到18世纪，如果没有整个欧洲资本主义工业社会的长期稳定发展，就不会有《鲁滨孙漂流记》中单纯的自信：把鲁滨孙流放到一个荒岛上，他竟然征服了自然，成为一个大富豪。这里面的乐观和自信不是笛福给的，而是几个世纪的资本主义工业文明的上升养育出来的。美国的情景喜剧《老友记》(*Friends*)更是与里根主义和撒切尔主义给美国带来的富足繁荣和强大有关——如果没有长时间的美国的发展，怎么会有那种单纯的快乐、透明的幽默？剧中的人物怎么能有无论遇到什么样的困难都能一笑置之的豁达？时至今日，美国的艺术文化还能呈现出这种精神吗？我今年春节在哥伦比亚大学度过，清晰地感觉到了中产阶级怨恨情绪在明显增加。这种潜在的心理暗流使我相信，再也不会出现中产阶级的《老友记》中那种透明的快乐。

进而，寓言论批评要分析在特定的历史语境中一部作品精神内涵的复杂幽微。在《欢乐颂》中，"欢乐"是怎样呈现的呢？红酒加气球，完全同质化。而《欢乐颂》里面的"悲伤场景"却格外不同。《欢乐颂》中似乎是偶尔出现的悲伤场景，其叙事总时长却超过了里面的欢乐总时长；其出现频率也超过了欢乐场景的出现频率；同时，《欢乐颂》中每一次出现的悲伤场景也非常独特，每次的悲伤场景往往独一无二。这充分体现在樊胜美这个人物身上，因为她乃是这个剧作里经济地位差别的"节点"。《欢乐颂》的逻辑跟《小时代》的逻辑是一样的，潜在表达的意思都是经济、阶级的差别远远小于情感的差别，都是姐妹情深比阶级差别更重要。但是，《欢乐颂》也像《小时代》一样，没有把这个故事"缝合"好。《欢乐颂》里樊胜美的哭泣，暴露出了"缝合"的失败：她不同场景中的泪水，成为"欢乐"的寓言式的颠覆。

显然，《欢乐颂》的悲伤并不是一个因果关系，也不是结构性关系，更不是没有关系，而是选择性亲和的关系。在这个作品的编码背后，存在决定性的力量，即在特定的语境中，一个作品没有能力表达单纯的快乐，就像它无力表达单纯的悲伤。

今天，大众领域中文化艺术的一个关键性的缺点就是"单纯情感"表达的永不彻底。就像《欢乐颂》的情感表达，既是长达40年改革开放的中国上升期情感象征，又是一代人付出代价的情感症候。在这里，中国社会陷入"双重欲望陷阱"：一方面文本中表达的生命困境面容真切，另一方面，又要掩盖这种真切的面容，用美丽浪漫或者诡异稀奇来假装它不存在。一方面是通过幻象的构造，凸显出幻象背后存在的"真实"（The Real），另一方面则是通过幻象来假装"真实"的不存在。幻象、幻想、梦境、拜物教或者故事,构成了一种"用实在界的方式承认实在界的恐怖"的有趣编码,同时,又是只有"去实在界的冲动里才能凸显实在界的恐怖"的唯一通道。这种"双重欲望陷阱"既暴露生活的困境,更暴露出压抑生活困境的趋势和愿望。这使得当今作品中的编码元素呈现出"非逻辑的逻辑",即"选择性亲和关系"中的偶然组合,并在这种偶然组合中凸显历史的文化政治。

简单说,当今的文化艺术因为其非逻辑化,所以,很容易被看作是胡编乱造,又因为其逻辑化,而凸显历史的另一种驱力。寓言论批评正是要重新编码这种组合,令这种历史性的文化政治浮出水面。

梦境比现实更真实

新时期以来,中国文学和艺术的批评经历过这样一个过程:社会学批评(包括庸俗社会学批评)、建立在"文学是人学"理念上的主体论批评、强调文学自律的审美批评、突出文化内涵的文化批评和心理学批评。

然而,面对当今大众文化领域内各类文学艺术现象,这些批评方式似乎都出现了一些问题。要么把艺术跟现实社会粗暴地并联在一起,要么就是完全不顾艺术跟社会现实之间的关系。文化研究方法的出现对整个文学理论的知识范式影响甚大,甚至可以说是颠覆性的。因为文化研究方法的前提就是不再把文学当成是独一无二的艺术,也不再把艺术当成是第二自然,而是把文学和艺术看作是一般性的文化产品。把艺术、文学当成文化来看待,和把艺术和文学当成第二自然去看待,这是完全不同的。因此,文化批评在 20 世纪 90 年代中叶进入中国并开始崛起,出现了一批新锐的文化批评的学者,一种从生活方式的角度理解文学的批评范式逐渐开始产生影响力。

文化批评和文化研究事实上是两个传统,即法兰克福学派的传统和伯明翰文化研究中心的传统。一个是在理论上坚持政治斗争最终都是文化斗争，这是批判理论的理念；一个是主张抓紧时间行动，否则一切都来不及。用齐泽克的概念来描述，可以叫作"紧急行动的幻觉"。紧急行动的幻觉会创造出强烈的价值感，也会掩盖历史的结构性困境问题的思考。不妨说，只要行动，就往往会把结构性的历史问题变成政策性的社会问题。如通过研究上海的停车位凸显一个城市的空间政治，同时，也就把这种空间政治变成了上海市城市空间管理政策领域内的命题。事实上，马克思主义者——更多是西方马克思主义者——认为，斗争和革命是两个完全不同的概念。批判理论的要求是把政治领域中的斗争最终都变成文化斗争，因为意识形态具有安抚性。

拉康从《资本论》里面找出了"剩余快感理论"，这有助于我们思考这样的问题：工人被剥削了，但是却很快乐；被榨取的过程，变成了享受快感的方式。如果生活和劳动本身已经呈现出这样的吊诡情形，那么，当今的文化艺术也就会越是紧贴生活越是被快感的欲望编码所左右。所以，历史的结构性困境的表达就不可能直接地完成，必须借助于寓言论批评来完成。在弗洛伊德的"鼠人"故事里，病人压抑自己的暴力犯罪倾向，但是他丝毫也不知道为什么要压抑，也不理解为什么使用这样的方式来完成自我的压抑。

这类似马克思在《资本论》里表达的意思：他们在做，他们却不知道为什么。齐泽克强调了这个观点。在《事件》这本书中，齐泽克引用了美国前国务卿的话：我们面临已知的已知、未知的未知、已知的未知。齐泽克认为，还应该突出这样一种情形：未知的已知，即我们不知道的那些我们其实已经知道的东西。这构成了"无意识"这个概念非常有力的新阐释：如果用马克思主义的方式来表达则是，每个人都在商品拜物教的世界里面快快乐乐地生活着，感觉不到物化和异化，反而只感觉到幸福与快慰。所以，寓言论批评的目的和功能，就是要在文化艺术文本的"未知的已知"层面上重新构造对于我们当下生活的体验。

那么，寓言论批评又应该如何开展呢？我曾经论述过本雅明一生的寓言性的问题。他生于"一战"之前，死于"二战"期间。

他的一生乃是从一个灾难走向另一个灾难的一生。本雅明的悲剧性不仅仅体现在两次灾难性的世界大战,更体现在两个灾难之间的时段。在这里,灾难和危机具有了不同的含义。灾难指的是历史的突然断裂,已有的秩序和逻辑完全被打断。而危机则可以理解为本雅明所讲的"紧急状态"式的状况。这是一种"等待状态",是两个灾难之间的节点。危机的这种"等待状态",必须依靠突发性的"灾难"来"激活",即只有经过"历史的回溯",危机才能完全呈现出来。危机的"等待状态",接近"亚历史"的状况,它表现得仿佛不存在,而一旦潜伏期后爆发,它就暴露实在界的恐怖面孔。于是,如果没有第二次世界大战,本雅明一生就是这样的一生:人类历史上工业发展速度最快的时段之一,整个人类正在走向繁荣发展。而第二次世界大战的到来,使所有的繁荣都变成了"紧急状态"(the state of emergency)。

所以,寓言论批评就是在没有灾难的时刻,通过对文化艺术作品中潜伏的回溯性寓言的发现,来唤起 the state of emergency,也就是唤起危机意识,在日常生活的繁华世界里寻找蕴含的紧张性。恰如本雅明所讲的玻璃建筑蕴含着废墟的寓言一样,马克思对资本主义的批判,正是通过不断扩张的社会大生产,在由秩序、理性和严格的管理组织起来的有机性中发现其荒诞。马克思的商品拜物教理论揭示的正是这样一种状况:所谓"物化"——尽管是卢卡奇赋予了物化这个概念以丰富的内涵,正体现了危机的一种能力,即真正的危机首先要假装没有危机。所以,马克思事实上已经讲述了危机的双重性特点,一方面危机是历史本身固有的东西,另一方面,危机具有"去危机化"的内在特性。危机不仅仅因为是危机而令人惊恐,更因为它的浪漫和美丽的自我辩护而令人感觉迷惘和错乱。所以,商品拜物教既是危机的症候,又是假装危机不存在的征兆。因此,商品拜物教具有双重功能,既体现危机,又掩盖危机。它通过把现实和幻象的关系颠倒过来,从而把现实的生活变成虚假的生活,而把生活的真实困境全部驱赶到幻觉当中。

不妨看看齐泽克在《意识形态的崇高客体》中是怎样论

述的：

> 一位父亲连续几天几夜守护在自己孩子的病榻旁。孩子死后，他走进隔壁房间，躺了下来，但门开着，这样他能从他的卧室看到他孩子停尸的房间，孩子的尸体四周点着高高的蜡烛。一个老头被雇来看护尸体，他坐在尸体旁边，口中念念有词地祷告着什么。睡了几个小时后，这位父亲梦到他的孩子站在他的床边，摇着他的胳膊，轻声埋怨道："爸爸，难道你没有看见，我被烧着了。"他惊醒过来，注意到隔壁房间里闪着火光，于是急忙走过去，发现雇来的老头已经沉沉入睡，一只燃烧着的蜡烛倒了，引燃了裹尸被和他心爱孩子的一只胳膊。

拉康的解读与他背道而驰。主体惊醒过来，并不在刺激变得过于强烈之时。主体被惊醒的逻辑与此大异。首先，他建构了一个梦，建构了一个故事，以延长自己睡眠，避免惊醒过来，避免进入现实。他在梦中遇到了他的欲望之现实（reality of desire），即遇到了拉康所谓的实在界（Lacanian Real）。在上述情形中，主体的欲望之现实，或拉康所谓的实在界，就是孩子对父亲的责备："难道你没有看见，我被烧着了。"这责备暗示我们，父亲怀有根本的内疚（fundamental guilt）。他之所以惊醒过来，并非因为外在刺激变得过于强烈，而是因为他在梦中遇到的欲望之现实，遇到的拉康所谓的实在界，比所谓的外在现实更可怕。他惊醒过来，是要逃避在噩梦中显现出来的他的欲望这一实在界（the Real of his desire）。为了能够继续酣睡，为了保持自己的盲目无知，为了避免面对自己的欲望这一实在界，他从梦乡遁入所谓的现实。我们在此可以重述20世纪60年代的那个老"嬉皮士"格言：对于那些不堪重负的人来说，现实就是梦。"现实"是幻象建构（fantasy construction），它使我们能够遮蔽我们的欲望这一实在界（the Real of our desire）。

我们由此可以获得"大众文化"的新定义：大众文化乃是现实生活的商品拜物教把实在界的恐怖驱赶到想象界中去的那套

象征性符号体系。

大众文化并不是什么虚假愿望的满足，也不仅仅是文化工业对于需要的控制，更不是单纯的无个性化的民主性表达，当然也不存在对人类艺术的大解放问题，而是一种驱赶实在界的行动。它把现实变得像梦境一样虚假，以便让人们快乐地，甚至傻乐地活下去，而不必每天“直面惨淡的人生”；而现实则把这些困境以“选择性亲和”的方式驱赶到幻想世界之中，驱赶到想象界里面，大众文化因此变得那么灿烂，即使这种灿烂变成了腐烂，却依然让人们沉浸其中。

在这里，大众文化一方面掩盖了秘密，另一方面又以堂皇的形式呈现这个秘密。大众文化中沉淀了真正被压抑的现实欲望，就像在梦境中被压抑的现实会真正出现一样。

文本之外，如何另建“寓言性文本”？

于是，“寓言论批评”就成为一种想象界的诊断法，一种新的解梦的方式——只是这个梦不是单个人的，而是出现于逻辑严密的象征体系的。

寓言论批评首先要在自成体系的当代文化艺术的文本一侧，重构一个文本。

寓言论批评把生活本身看成是寓言，把原本看起来坚硬无比的“现实”看作是充满了物化性的虚假的世界。一个女生去买衣服，手指摸到喜欢的品牌衣服的料子，指尖产生这样一种“真实的感受”，而为了产生这种“真实的感受”，背后却有无数广告在起作用，各种明星访谈、同龄人的穿着，都在“创造”这个瞬间的现实感。所以，寓言论批评首先要认识到生活本身的经验是不可靠的，需要重新组建生活的意义。

寓言论批评的“寓言”强调其研究对象本身意义的溢出。所谓“寓言”，乃是其本身的语言材料不能够解释其自身的意义的文本，即它的内容完全溢出了它的编码系统。举个例子，狐狸想吃篱笆里面的葡萄，可是它太胖，钻不进去，于是把自己饿瘦后钻进去;吃了葡萄以后,狐狸长胖了,又无法从篱笆里出来。它就自己把自己饿瘦了以后再钻出来。然后狐狸想:我吃这个葡萄有啥意义啊?这不和没吃一样吗?显然,这个故事的内容是其语言材料解释不了的:这个故事作为寓言,乃与狐狸无关,它需要借助于另外的文本阐释,比如万事皆空之类的禅喻等才能解读——这和我们的“现实”何其相似,因为围困了现实的商品拜物教也是物的符号体系解释不了的。

在今天,在大众文化占主流的消费主义艺术时代,文学艺术更像是寓言。即,大众文化时代的艺术文本,表达的并不是它自己。这种寓言性根源于其文本内部选择性亲和关系的编码,根源于其双重欲望陷阱。所以,寓言论批评,就是要把当今大众文化时代的艺术作品阐释成另一个作品,如同把狐狸的故事讲述成关于人的欲望的故事一样,寓言论批评也要用新的寓言来代替旧的寓言。即,用马克思主义的乌托邦代替文化生产当中的异托邦,用创造新的社会的勇气来代替温情浪漫的文化生产的妥协的虚弱,用召唤起来的危机意识来代替被装饰起来的文化奇观。总之,用来自解放意识的总体性寓言来代替源于压抑和遏制的诡辩寓言。

那么,寓言论批评如何在文本之外构建新的文本呢?不妨以前文分析过的日本电影《你的名字》为例来阐述。

这部电影的故事,显示了这样一种有趣的“功能”:它把一个震天动地的“事件”(event)变成了什么都没有发生的日常生活。

“彗星撞击地球”乃是实在界对象征界的毁灭性入侵,也就是“事件”的原核——当这种入侵产生历史性意义的时候,就构成了“事件”——无论是从黑格尔的“黑暗之夜”的角度,还是巴迪欧的“颠覆性的意外”角度,或者齐泽克所说的违规的内在满足冲动的角度来看,它都是严格意义的“事件”。对于人类来说,“彗星撞地球”是完全超出了原因的结果,是选择性亲和的后果;然而,“彗星撞地球”之所以是事件,还在于它的建构性,即事件总是一方面打断历史,另一方面又重构历史。这是象征界与实在界发生“碰撞”的时刻，在这个时刻，原有的理性走向自己的尽头，新的理性开始重新描述世界。

按照拉康的想法，实在界乃是象征界的剩余。齐泽克认为，剩余有两种：一种是因为不足而产生的剩余，另一种是因为丰富而产生的剩余（盈余）。实在界与象征界的碰撞，就会产生意义和符号的“剩余”（盈余）。在事件的前前后后，艺术文化——象征界的生产机器就会被调动起来，生成各种各样的符号。例如，艾滋病作为实在界的硬核，要比感冒所调用的象征界的符号资源要丰富得多。艾滋病更能激起我们言说它的冲动，原因是它无法被说尽，直到它在医学上被克服。

所以，我们就可以把《你的名字》看作是一种对“彗星撞地球”这个事件的想象界和象征界的生产力大爆发。在影片中，“彗星撞地球”壮丽辉煌，令人赞叹。电影一方面讲述一个美丽奇异的爱情故事，另一方面则以美轮美奂的美术画面令惊恐的事件瞬间变成可看的“景观”。故事当中的人物在对抗打乱历史的事件，影片的画面也在对抗这个事件。日本的一个学生告诉我，导演新海诚是高度写实的，《你的名字》中某个地铁站的广告牌的字号大小比例都与真实的那个站一致。显然，新海诚在表达一种无法拥有的东西，他无法拥有东京，就把东京的每一个细节都要用画面的形式来拥有——这是单个的人与东京城市之格格不入的压抑性表达。

城市的细节真实呈现，反而让我们看到了一种永恒坚定的客体力量，一种与主体绝对隔绝的意识。因此，电影的事件性寓言就是隔绝的寓言，但是，却是用假装无法隔绝的故事来体现这个寓言的：彗星撞地球隔绝了男孩女孩，城市和乡村隔绝了他们的肉身；但是，他们交换了身体，实现了融合。电影呈现了现代人那种隐藏于内心深处的强烈扑向对方的冲动：男主人公穿越到三年前去救那个女孩，仿佛彗星从没有来过一样；城乡之间巨大的区隔，完全被心灵的交换期待所改变。

新海诚把东京描绘得如此细致，其独特的新海诚画风构造了尽知东京的幻觉，这同样是“隔绝消失”的幻觉。电影当中的三个故事节点都规律性地创造后创伤主体的寓言：日常生活失而复得，从而仿佛会永恒维持。"彗星撞地球"的惊悚事件，在电影美丽的画风和巧妙的故事逻辑的作用下，变成了没有真正发生的发生。它发生，是因为促成了男女相爱；它没有真正发生，是因为它没有摧毁任何东西。电影在证明，日常生活是永恒的，彗星撞地球是不可能发生的。实在界之于象征界，乃在想象界里得以遁形。

显然，现实中真实的困境——隔绝的困境，被驱赶到了电影美轮美奂的梦境中去了；与此同时，作为一个大众文化产品，《你的名字》也就用这种驱赶困境的方式，凸显了涨满感情的无情者隐喻，呈现了高度清晰的理性机制下所创造出来的疯狂主体的寓言。于是，这部影片的可怕，不在于呈现世界好或坏，而是呈现感情再多也无济于事的窘况。

当寓言论批评把《你的名字》的爱情故事变成冷冰冰的"疯狂理性"的寓言时候，把一个浪漫地追求理解、爱、宽容的文本，变成冷冰冰的、被隔绝于世界之外的人的孤零零的存在故事的时候，我们发现，批评已经另立了电影文本。

参考文献

外文文献

Williams R. H., The Country and the City[M]. London: Chatto and Windus, 1973.

Williams R. H., Sociology of Culture[M]. Chicago: The University of Chicago Press, 1982.

Eli Zavetsky, Political Freud: A HISTORY, New York: Columbia University Press ,1983.

Rowner I., The Event: Literature and Theory[M]. Lincoln: University of Nebraska Press, 2015.

McQuillan, Post-Theory: New Direction in Criticism[M]. Edinburgh: Edinburgh University Press, 1999.

译介文献

卢卡契.审美特性[M].徐恒醇,译.北京:中国社会科学出版社,1986.

贝尔.资本主义文化矛盾[J].赵一凡等,译.北京:生活·读书·新知三联书店,1989.

马尔库塞.单向度的人——发达工业社会意识形态研究[M].刘继,译.上海:上海译文出版社,1989.

本雅明.经验与贫乏[M].王炳钧,杨劲,译.天津:百花文艺出版社,1999.

沃林.文化批评的观念[M].张国清,译.北京:商务印书馆,2000.

桑巴特.奢侈与资本主义[M].王燕平,侯小河,译.上海:上海人民出版社,2000.

阿达利.噪音——音乐的政治经济学[M].宋素凤,翁桂堂,译.上海:上海人民出版社,2000.

本雅明.德国悲剧的起源[M].陈永国,译.北京：文化艺术出版社,2001.

费斯克.理解大众文化[M].王晓珏,宋伟杰,译.北京：中央编译出版社,2001.

齐美尔.社会学——关于社会化形式的研究[M].林荣远,译.北京：华夏出版社,2002.

齐泽克.意识形态的崇高客体[M].季广茂,译.北京：中央编译出版社,2002.

凯尔纳.媒体奇观：当代美国社会文化透视[M].史安斌,译.北京：清华大学出版社,2003.

霍克海默,阿道尔诺.启蒙辩证法·哲学断片[M].渠敬东,曹卫东,译.上海：上海三联书店,2003.

马克思.资本论[M].中共中央马克思恩格斯列宁斯大林著作编译局,译.北京：人民出版社,2004.

鲍尔德温.文化研究导论[M].陶东风等,译.北京：高等教育出版社,2004.

米尔斯.社会学的想象力[M].陈强,张永强,译.北京：生活·读书·新知三联书店,2005.

本雅明.巴黎,19世纪的首都[M].刘北成,译.上海：上海人民出版社,2006.

福柯.另类空间[J].王喆,译.世界哲学,2006(6).

凯尔纳.批评理论与文化研究：未能达成的结合[M].陶东风,译.陶东风.文化研究精粹读本.北京.中国人民大学出版社,2006.

德波.景观社会[M].王昭风,译.南京：南京大学出版社,2006.

莱辛.拉奥孔[M].朱光潜,译.北京：人民文学出版社,1984.

卢卡奇.卢卡奇文选[M].李鹏程编.北京：人民出版社,2008.

马克思,恩格斯.马克思恩格斯文集(十卷本)[M].北京：人民出版社,2009.

尤瑞.游客凝视.杨慧,赵中玉,王庆玲,刘永青,译.桂林：广西师范大学出版社,2009.

乔纳森·特纳，等. 社会学理论的兴起[M]. 侯均生等，译. 天津：天津人民出版社，2006.
雅各比. 乌托邦之死[M]. 姚建彬，译. 北京：新星出版社，2007.
阿伦特编. 启迪：本雅明文选[M]. 张旭东，王斑，译. 2008.
博伊姆. 怀旧的未来[M]. 杨德友，译，南京：译林出版社，2010.
张铁志. 声音与愤怒——摇滚乐可以改变世界吗？[M]. 桂林：广西师范大学出版社，2011.
齐泽克. 暴力：六个侧面的反思[M]. 唐健，张嘉荣，译. 北京：中国法制出版社，2012.
麦高恩. 批评与文化理论中的关键问题[M]. 赵秀福，译. 北京：北京大学出版社，2012.
舒克尔. 流行音乐的秘密(第3版)[M]. 韦玮，译. 北京：世界图书出版公司，2013.
吉登斯. 社会学：批判的导论[M]. 赵旭东等，译，上海：上海译文出版社，2013.
拉什. 自恋主义文化——心理危机时代的美国生活[M]. 上海：上海译文出版社，2013.
希翁. 声音. 张艾弓，译. 北京：北京大学出版社，2013.
弗洛伊德. 弗洛伊德文集[M]. 北京：九州出版社，2014.
瓦尔特—布什. 法兰克福学派史[M]. 郭力，译. 北京：社会科学文献出版社，2014.
齐泽克. 欢迎来到实在界这个大荒漠[M]. 季广茂，译. 南京：译林出版社，2015.
哈维. 资本社会的17个矛盾[M]. 许瑞宋，译. 北京：中信出版社，2016.

后　　记

严格说来，这本书的主要内容此前都以论文形式在学术期刊上发表过。这些论文因为是一路沿着同一个方向思考和写作的，所以，呈现了内在逻辑的关联性，由此，做成一本书的规模，也似乎无可厚非。它们基本上是我近五年来对于文化批评和文学阐释方式问题探索的成果——如果算得上成果的话。

有意思的是，这本书出版的时候，应该正好是我跨入知天命年龄的时候。"人力有所不逮"，这个念头已经开始不请自来。我不期待这本书能解决什么伟大的问题，只是很期待它能提出或者重申一些重要的问题，至少让这些问题"陌生化"。比如，在今天，"现实"和"真实"是什么关系？艺术和生活为什么越来越对立？"生活"真的可靠吗？传统的文艺理论如果不能解释现在的文艺现象，真的仅仅是因为这个现象具有独特的内涵吗？艺术的有机性幻觉来自于怎样的实在界盈余？为什么越是"现实主义"就往往越虚假？梦境为什么常常更令我们惊恐？文化批评可以重新打通文艺理论和现实历史的通道吗？诸多问题，不一而足。

我平时很喜欢阅读历史读物，但是，资料文献的整理却乏善可陈。我的恩师王一川教授告诫我，做学问不能只见"智商"，不见"功夫"。他说的"功夫"，指的就是材料的功夫。我愧对自己的导师，因为我宁愿枕着黑格尔的《小逻辑》呼呼大睡，也不愿意考据一个概念的来龙去脉。我安慰自己说，伟大的思想家从来都不关心概念是谁用的，只关心自己如何给了它力量。但是，这个"安慰"实在无力，因为我拥有伟大思想家应该有的种种"缺陷"，唯独匮乏思想和伟大。

好在我对于梳理和阐释伟大思想家的"盈余"充满兴趣。如果读者朋友愿意高看我一眼，你完全可以从我的书里看出来黑格尔、马克思、韦伯、弗洛伊德、卢卡奇、本雅明、齐泽克等人思想的“杂拌儿”；假如再宽容一点，你还能感觉到一川师思维模式的深刻印迹。我其实一直偷偷地喜欢拉康，但是，因为中国人民大学吴琼教授精彩的讲座和著作的缘故，让我不敢承认这一点。

我一直觉得，虽然，书中的字是作者在键盘上敲打出来的，但是，书却永远是“集体创作”的。诸多师友的爱护、提携和支持，认真而负责的学术期刊编辑的认可和宽容，都是这本书能够“写出来”的力量所在。帮助过我的前辈与同仁众多，难以胜数，也就无法在此一一具名感谢。因为是论文缀缀而成，所以，我愿意列出杂志和责编老师的名单，表示感恩：《文艺研究》的戴阿宝，*Cultural Studies* 的格罗斯伯格和代为约稿的上海大学的王晓明，《文艺理论研究》的朱国华、王峰和王嘉军，《探索与争鸣》的叶祝弟，《南京社会科学》的虞淑娟，《文艺争鸣》的李明彦，《天津师范大学学报》的夏康达，《社会科学报》的綦晓芹，《北京舞蹈学院学报》的仝妍，《河南社会科学》的杜学霞，《文化研究》辑刊的周宪、陶东风、周计武、胡疆锋、陈国战，《民族艺术》的黄怡鹏。

2013 年 5 月，首都师范大学文学院在北京召开“创伤记忆与文化表征：文学如何叙述历史”国际学术研讨会。我的主题发言引起北京大学出版社闵艳芸女士的注意。她盛情约稿，希望我写一部关于武侠小说与记忆研究的书。这个计划后来没有实现。隔了 5 年，我交给她的竟然是这样一部关于文化批评方法研究的书稿。有趣的是，这也是我近 5 年来出版的第一本书。闵编辑爽快而认真，给了我巨大信任，对此，内心甚为感念！相信我们的合作会加深彼此之间的友谊。

时光容易把人抛！50 岁时成此物，不免敝帚自珍，拉拉杂杂一番，就此打住。

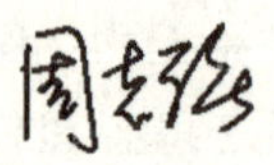

2018 年 9 月 25 日（农历八月十六）